समाज चिंतन

समाज चिंतन

अविनाश राय खन्ना

प्रकाशक • **प्रभात प्रकाशन प्रा. लि.**
4/19 आसफ अली रोड,
नई दिल्ली-110002

संस्करण • 2026
मूल्य • पाँच सौ रुपए
मुद्रक • जयलक्ष्मी प्रिंटिंग प्रेस, दिल्ली

SAMAJ CHINTAN
by Shri Avinash Rai Khanna ₹ 500.00
Published by Prabhat Prakashan Pvt. Ltd., 4/19 Asaf Ali Road, New Delhi-2
e-mail: prabhatbooks@gmail.com ISBN 978-93-5322-150-8

स्वामी सत्यमित्रानंद गिरि

निवृत्त जगद्गुरु शंकराचार्य, पद्मभूषण से सम्मानित

संस्थापक : भारतमाता मंदिर, हरिद्वार

दिनांक : 4 अक्तूबर, 2018

आदरणीय श्री अविनाश राय खन्नाजी,
सप्रेम नारायण स्मरण।

आपके द्वारा जो लेखों का संकलन प्रस्तुत किया जा रहा है वह समाज हित में एक सराहनीय कदम है। वस्तुत: आज के समय में जन-मानस की सरकार से दूरी बढ़ती जा रही है। अधिकतर राजनेता चुनाव होने के पश्चात् जनता से संपर्क तोड़ देते हैं। साथ ही जनता अपना अधिकार तो माँगती है, परंतु कर्तव्य से विमुख रहना चाहती है।

मैं आपके इस लेखन कार्य की प्रशंसा करता हूँ और आपकी पुस्तक के अधिकाधिक प्रसार हेतु परमात्मा से प्रार्थना करता हूँ।

भवदीय

स्वामी सत्यमित्रानन्द

(स्वामी सत्यमित्रानंद गिरी)

निवास : राघव कुटीर, गली नं. 4, हरिपुर कलां, गीता कुटी से आगे सप्तसरोवर क्षेत्र, हरिद्वार

प्राक्कथन

राजनीतिक जीवन बनाम सामाजिक जीवन

मेरा सामाजिक जीवन राष्ट्रीय स्वयंसेवक संघ की शाखाओं से प्रारंभ हुआ। मेरी पारिवारिक पृष्ठभूमि और संगठन के आदर्शों ने मुझे अपने जीवन में सबसे पहला पाठ यह पढ़ाया कि राजनीति में स्वार्थ के स्थान पर यदि समाजसेवा का मिशन होगा तो हमारे कदम कभी भी लड़खड़ाएँगे नहीं, जीवन में अशांति और तनाव नहीं होगा तथा मानव जीवन का लक्ष्य प्राप्त करने की दिशा में हम सदैव अग्रसर रहेंगे। संघ से मिले इस जीवन लक्ष्य रूपी मिशन का ही परिणाम है कि मेरा राजनीतिक दृष्टिकोण सदैव समाज सुधार के बहुआयामी सकारात्मक विषयों में ही खोया रहा। मेरा चिंतन सदैव इसी विचार में लगा रहता है कि समाज में किस-किस प्रकार की बुराइयाँ व्याप्त हैं, कहाँ-कहाँ प्रशासनिक कमियाँ जनता को परेशान करती हैं, किस प्रकार हमारा एक छोटा सा प्रयास अनेक लोगों में प्रेरणा का संचार कर सकता है।

राष्ट्रीय स्वयंसेवक संघ के कार्यकर्ता से सामाजिक जीवन प्रारंभ करने के बाद वकालत करते हुए तथा भाजपा के एक कार्यकर्ता के रूप में अनेक पदों का दायित्व सँभालते हुए, विधानसभा, लोकसभा तथा राज्यसभा सदस्य के नाते, पंजाब मानवाधिकार आयोग के सदस्य के नाते और भारतीय रेड क्रॉस सोसाइटी के उपसभापति पद के कार्यकाल के दौरान अपने सभी राजनीतिक एवं प्रशासनिक कार्यों को मैंने विशुद्ध समाजसेवा की तरह ही समझा। मेरे इसी चिंतन और कार्यशैली का परिणाम था कि अपने इन समाजसेवा कार्यों और चिंतन के बल पर मैं समय-समय पर कुछ-न-कुछ लेखन कार्य भी करता रहा। कुछ पत्रकार बंधुओं के सुझाव पर मैंने इन लेखों को देश के कई दैनिक समाचार-पत्रों में भेजना प्रारंभ किया। प्रत्येक लेख के प्रकाशन के बाद मुझे प्रबुद्ध पाठकों, अनेक राजनीतिक, धार्मिक और सामाजिक नेताओं के साथ-साथ कई सरकारी उच्चाधिकारियों की प्रतिक्रियाएँ भी प्राप्त हुईं। इन लेखों के फलस्वरूप कई गैर-सरकारी संस्थाओं ने नए-नए सेवा और सहायता कार्य भी प्रारंभ किए और कई बार सरकारी कार्यों में भी गति दिखाई दी।

मेरे स्वयं के लिए भी यह लेख सदैव उत्साहवर्द्धक ही सिद्ध हुए। इन लेखों के

माध्यम से मैंने एक तरफ भाजपा की राजनीतिक संस्कृति को पाठकों तक पहुँचाने का प्रयास किया है तो दूसरी तरफ सरकारी नीतियों का स्वतंत्र मूल्यांकन भी प्रस्तुत किया। राजनीतिक, प्रशासनिक और लेखन कार्यों का मिश्रित फल यह था कि कई बार कुछ अनूठे कार्य संपन्न हुए। जैसे—पंजाब में एक विशेष सड़क निर्माण का आंदोलन 'बूट पॉलिश अभियान' के माध्यम से छेड़ना, अनेक विदेशी भारतीयों की दुर्दशा पर विदेश मंत्रालय के माध्यम से विशेष सहायता का प्रबंध करना, भारतीय रेल के इंजनों पर राष्ट्रीय ध्वज अंकित करवाने का अभियान, पानी बचाओ आंदोलन, पंजाब मानवाधिकार आयोग के सदस्य होने के नाते अनेक स्थलों पर व्यक्तिगत दौरे से मानवाधिकार उल्लंघनों पर काररवाई करवाना, रेडक्रास सोसायटी के कार्यों में आपदा प्रबंधन तथा प्राथमिक चिकित्सा को विशेष अभियान की तरह संचालित करना आदि।

आज इन लेखों के संग्रह को पुस्तक रूप में प्रस्तुत करते हुए मुझे यह सोचकर प्रसन्नता हो रही है कि भारत में राजनीति करने वाले लोग भविष्य में विरोध और द्वेष रूपी नकारात्मक कार्यों को छोड़कर समाजसेवा और सुधाररूपी सकारात्मक मार्ग को अपनाने के लिए प्रेरित होंगे।

भारत माता से मेरा यह निवेदन है कि मेरे इन विचारों को अपने सेवारूपी यज्ञ में छोटी सी आहुतियाँ समझकर इनका इस प्रकार विस्तार करें कि भविष्य में भारत के सभी राजनेता ऐसी ही सामाजिक प्रवृत्तियों के रंग में रँगे हुए दिखाई दें। केवल सामाजिक कार्यों से सुसज्जित जीवन ही एक सच्चा राजनीतिक जीवन हो सकता है।

इस प्रार्थना और विश्वास के साथ मैं यह पुस्तक और अपने सभी प्रयास भारतमाता के चरणों में समर्पित करता हूँ।

—अविनाश राय खन्ना

अनुक्रम

समाज

भावनात्मक प्रयास

एक राजनीतिक कार्यकर्ता के रूप में कार्य करते हुए मेरे मन में सदैव राजा जनक, राजा दशरथ और मर्यादा पुरुषोत्तम श्री रामचंद्रजी की छवि विद्यमान रहती है। वनवास का समय पूर्ण होने से पहले सीता हरण से भी पूर्व एक दिन श्रीराम और सीता अपनी वाटिका में बैठे थे। श्रीराम ने सीता से कहा कि शीघ्र ही अब वनवास काल पूरा होनेवाला है। तुम्हारे मन में रानी बनकर जीवन जीने की कल्पना अवश्य आती होगी। इस पर माता सीता ने कहा—"मैंने तुम्हारे साथ जितना भी समय वनों में बिताया है, मुझे तो यहाँ भी हमेशा एक रानी के जीवन का ही अनुभव होता रहा है। क्योंकि आप वन में भी राजाओं की तरह ही व्यवहार करते रहे हो। जब कभी भी आपके समक्ष कोई वनवासी ऋषि या सामान्य साधक राक्षसों से उत्पन्न समस्याओं का उल्लेख करते हैं तो आप उन्हें राजा की तरह ही पूर्ण संरक्षण का वचन दे देते हो। जब आप वनवास काल में भी राजा की तरह समाज के संरक्षक बने रहने का दायित्व निभा सकते हो तो मैं भी इन्हीं परिस्थितियों में रानी का अनुभव कर सकती हूँ।" यह छोटी सी घटना केवल इस सिद्धांत को पुष्ट करती है कि समाज के संरक्षक बनने के लिए बहुत बड़ी धन संपदा से युक्त राज्य व्यवस्था आवश्यक नहीं है। आवश्यकता तो केवल भावनात्मक रूप से साहसी प्रयासों की है।

आधुनिक भारत में राजनीति और राजनेताओं की छवि एक ऐसे व्यक्तित्व के रूप में स्थापित होती जा रही है, जो केवल वायदों और घोषणाओं के माध्यम से एक बार तो जनता का मन मोह लें, परंतु उसके बाद अपनी सारी घोषणाओं को सरकारी तंत्र की तकनीकी प्रक्रियाओं में एक दीर्घसूत्री कार्यक्रम की तरह फँसाकर रख दे। सरकारी कार्यों को करने के लिए तकनीकी प्रक्रियाएँ कानूनी रूप से आवश्यक भी होती हैं। परंतु अकसर भावनात्मक पक्ष की शून्यता के कारण यह प्रक्रियाएँ इतनी लंबी अवधि ले लेती हैं कि पीड़ित पक्ष को राहत न मिलने के बराबर ही सिद्ध होती हैं। मैंने राजनीतिक कार्यों में और जनता की समस्याओं के निराकरण के प्रयास में हमेशा अपने अंदर भावनात्मक रूप से संपन्न नेतृत्व धारण करने का प्रयास किया है। मेरे इन प्रयासों से सदैव सामाजिक एकता, समस्याओं के शीघ्र समाधान और लोगों में संतोष के भाव देखने को मिले हैं।

वर्ष 2002 में जब मैं पंजाब विधानसभा का सदस्य बना तो मेरे क्षेत्र गढ़शंकर से होशियारपुर जानेवाले लगभग 38 किलोमीटर के मार्ग पर साइकिल चलाना भी एक दुष्कर कार्य लगता था। तत्कालीन सरकार के 5 मंत्री भी इस मार्ग का प्रयोग प्रतिदिन किया करते थे। मैंने जब सरकार के समक्ष इस मार्ग पर सड़क निर्माण की माँग रखी तो पर्याप्त धन न होने के कारण सरकार ने कोई ध्यान नहीं दिया। मैंने इस सड़क निर्माण को लेकर स्वयं सार्वजनिक रूप से जूते पॉलिश करने का एक अभियान चलाया। प्रतिदिन कुछ क्षेत्रवासियों के साथ जूते पॉलिश करके 13 दिन में लगभग 43 हजार रुपए इकट्ठे किए। इस प्रयास में एक भिक्षुक का सहयोग भी शामिल हुआ, जिसने 20 रुपए देकर अपने जूते पॉलिश करवाए, क्योंकि उसकी भावना थी कि उसकी यह अल्पराशि सड़क निर्माण में प्रयोग हो सके। 13 दिन के इस अभियान के बाद सरकार ने तुरंत काररवाई की और अगले तीन दिन के अंदर सड़क निर्माण का कार्य प्रारंभ हो गया। इस प्रयास ने यह सिद्ध कर दिया कि आंदोलन भी अच्छे रचनात्मक स्तर के हो सकते हैं।

इसी प्रकार सैला गाँव के 12 घरों के सामने एक छोटी सी सड़क के निर्माण की माँग भी मेरे सामने आई। मैंने जब खर्च का आकलन करवाया तो पता लगा कि लगभग 97 हजार रुपए का खर्च होगा। मैंने उन क्षेत्रवासियों से कहा कि आपने लाखों रुपए अपने मकान के निर्माण पर लगा दिए हैं, यदि आप उसी बजट में 5 या 10 हजार की राशि का खर्च जोड़ लें तो इस छोटी-छोटी राशि को मिलाकर हम स्वयं ही सड़क निर्माण कर सकते हैं। इतना कहते ही 9 व्यक्तियों ने 10-10 हजार रुपए का सहयोग दिया और शेष 7 हजार रुपए राज्य सरकार के कोष से लगवाकर हमने तुरंत सड़क निर्माण का कार्य संपन्न करवा दिया।

मेरे लोकसभा क्षेत्र के एक गाँव लसाड़ा में एक नागरिक के मुरगी फार्म में आग लगने से उसके कार्य और घर का पूर्ण विनाश हो गया। उसका कोई बीमा नहीं था और सरकारी सहायता लंबी प्रक्रिया के बाद भी असंभव थी। यदि होती भी तो इस बात की कोई संभावना नहीं थी कि तत्काल अगले दिन से वह किस प्रकार अपनी रोजी-रोटी को प्रारंभ कर पाएगा। इस घटना के तुरंत बाद जब मैंने वहाँ पहुँचते ही 6 गाँवों के लोग एकत्रित किए तो मैंने सबसे मानवीय सहयोग की अपील की। मैंने जब स्वयं अपनी तरफ से कुछ राशि पीड़ित व्यक्ति को दी तो अनेक लोगों ने धन और निर्माण सामग्री की सहायता उपलब्ध कराने का वचन ही नहीं दिया, बल्कि उसी समय यथासंभव सहायता प्रस्तुत की। पीड़ित परिवार का पुनर्वास कार्य अगले दिन ही प्रारंभ हो गया। देश के गाँव-गाँव में हमें ऐसे नेतृत्व की आवश्यकता है, जो इस प्रकार के भावनात्मक प्रयासों से नागरिकों के संकट दूर करने में सहायक हो सकें। इसी गाँव में एक किले वाला मंदिर है। एक दिन शिवरात्रि के अवसर पर मैं वहाँ गया। उस मंदिर के लिए दो-तीन किलोमीटर की चढ़ाई चढ़नी

पड़ती है। ऊपर पहुँचने के बाद वहाँ विराजमान स्वामीजी ने मुझे कहा कि जनता को इस धर्मस्थल तक पहुँचने में काफी कठिनाई होती है। यह चढ़ाई निजी भूमि से प्राप्त मार्ग के माध्यम से होती है। इसलिए इस मार्ग पर सरकारी खर्च से सड़क नहीं बनाई जा सकती थी। मैंने क्षेत्र के भक्तजनों से अपील करते हुए 10-10 ईंटें और सीमेंट आदि सामग्री दान देने के लिए एक अभियान चलाया। इस अभियान के फलस्वरूप कुछ ही महीनों में वहाँ लोगों ने श्रमदान से स्वत: ही एक सुंदर मार्ग का निर्माण कर दिया।

क्षेत्र के विद्यालयों में जा-जाकर बच्चों से वार्त्तालाप का भावनात्मक रस लेना भी मैंने सदैव अपनी राजनीति का ही एक विशेष पक्ष समझा है। पिछले कुछ वर्षों के दौरान मैंने सभी सरकारी स्कूलों के बच्चों को पूर्ण स्वास्थ्य की ओर ले जाने की दृष्टि से उनके बीच अनेक बार चिकित्सा जाँच शिविर आयोजित किए हैं। ऐसे ही एक अभियान में मुझे पता लगा कि रोपड़, होशियारपुर और नवाशहर क्षेत्रों के 36 बच्चों के हृदय में छेद है। निजी अस्पतालों में इसके इलाज पर न्यूनतम 50 हजार रुपए का खर्च होता है। मैंने 36 विशिष्ट व्यक्तियों को एक-एक बच्चे की चिकित्सा का खर्च वहन करने के लिए प्रेरित किया तो यह सारा कार्य बड़ी सरलता के साथ संपन्न हो गया।

सरकारी विद्यालयों में जाकर एक-एक बच्चे से प्रेमपूर्वक वार्ता करना भी मेरे राजनीतिक जीवन का एक प्रमुख ध्येय रहा है। रोपड़ के एक सरकारी स्कूल में जब मुझे पता लगा कि दो गूँगे-बहरे बच्चे पढ़ रहे हैं तो 12वीं की शिक्षा पूरी होने के बाद उन बच्चों को एक प्राइवेट उद्योग में नौकरी दिलवा दी। उनके माँ-बाप अश्रुपूर्ण आँखों से मुझे धन्यवाद देते हुए कहने लगे कि जिन बच्चों को हम बोझ समझते थे, आपके एक छोटे से प्रयास ने इन बच्चों को हमारे सारे परिवार का सहारा बनने के योग्य बना दिया है। इसी प्रकार एक सरकारी विद्यालय में मुझे पता लगा कि एक बच्ची ने 12वीं कक्षा के बाद एम.बी.बी.एस. की प्रवेश परीक्षा भी पास कर ली थी, परंतु उसकी माँ घरों में छोटे-मोटे काम करके गुजारा करती थी, इसलिए वह उसे एम.बी.बी.एस. में दाखिला नहीं दिला पाई। अगले वर्ष मैंने उस बच्ची को बी.ए.एम.एस. में दाखिला दिलवाया। उसके प्रथम वर्ष की फीस का प्रबंध कुछ साथियों की मदद से किया, दूसरे वर्ष एक अप्रवासी भारतीय से फीस का प्रबंध करवाया, तीसरे वर्ष अपने एक मित्र को प्रेरित किया और चौथे वर्ष एक गैर-सरकारी संगठन को इस सद्कार्य का दायित्व सौंपा। इस प्रकार आज वह बच्ची डॉक्टर बनकर समाज की सेवा कर रही है। समाज के साथ-साथ मेरे अपने परिवार ने भी सदैव तन-मन-धन से मेरे इन भावनापूर्ण राजनीतिक प्रयासों का समर्थन किया। बोड़ा गाँव के एक सरकारी विद्यालय में पढ़ने वाली एक गूँगी-बहरी बच्ची रजनी के सारे शिक्षा खर्च को मेरी बेटी ने अपने दायित्व पर लिया। जिसके परिणामस्वरूप आज वह बच्ची गूँगे-बहरों के विशेष शिक्षण संस्थान में अच्छी प्रकार से शिक्षा ले रही है।

मेरे राजनीतिक जीवन का यही एक सूत्र कि हमारे प्रत्येक कार्य में भावनात्मक दृष्टि अवश्य ही विद्यमान होनी चाहिए। हम चाहे अपने परिजनों की सेवा करें या परिवार के बाहर किसी परिचित या अपरिचित व्यक्ति से व्यवहार करें तो हमारे मन में एक विशेष प्रकार की सद्‍भावना तरंगित होनी चाहिए। इन भावनात्मक तरंगों के सहारे हम जो भी कार्य संपन्न करते हैं, उस कार्य में हमारे शरीर, बुद्धि और आत्मा की सारी शक्तियाँ मिलकर हमारी सहायता करती हैं। इस प्रकार हमारे भावनात्मक प्रयास सदैव दैविक शक्तियों से सुसज्जित होकर अपने परिणाम स्थापित करते हैं। वे सभी उच्च आध्यात्मिक महानुभाव जो किसी-न-किसी रूप में समाज सेवा का दायित्व भी निभाते रहे हैं, उनके जीवन ही भारत के राजनीतिज्ञों को ऐसा भावनात्मक प्रशिक्षण उपलब्ध करा सकते हैं।

□

अनाथ बच्चे और समाज

वैसे तो देश का हर नागरिक देश की संपत्ति होता है, परंतु बच्चों के बारे में तो ऐसा सोचना एक दार्शनिकता का प्रतीक है। हम अपने देश के बच्चों को जैसा चाहें, वैसा बना सकते हैं। इसलिए सरकार और समाज का यह संयुक्त दायित्व है कि जहाँ एक तरफ बच्चों को औपचारिक शिक्षा के पथ पर चलाया जाता है, वहीं उनके अंदर नैतिकता की एक ऐसी भावना का संचार होना चाहिए, जिससे उनकी सोच हमेशा-हमेशा के लिए इस सिद्धांत पर प्रबल हो जाए कि हमारा निर्माण समाज और सरकार ने किया है, इसलिए हमें सदैव इसी समाज और सरकार अर्थात् भारत माता की सेवा में ही अपना जीवन बिताना है। यह सिद्धांत सामान्यत: सुविधा-संपन्न माता-पिता की शरण में तथा पारिवारिक पृष्ठभूमि में पले-बढ़े बच्चों में बेशक महसूस न किया जा सके, परंतु अनाथ बच्चों में यह भाव स्थायी हो सकता है। इसके लिए यह आवश्यक है कि पूरा समाज और सरकारें अनाथ बच्चों को हर प्रकार की शिक्षा और नैतिक विकास के सभी संभव साधन उपलब्ध कराने का प्रयास करे। हमें ऐसे बच्चों का पालन-पोषण तो अपना राष्ट्रीय दायित्व समझकर निभाना चाहिए।

मैं अनाथ बच्चों के संबंध में सदैव बड़ा भावुक रहा हूँ। पंजाब के अतिरिक्त अन्य प्रांतों में भी अनाथालयों में जाकर बच्चों के साथ कुछ समय बिताना मेरी भावुकता को सदैव बढ़ाता रहा है। मैंने इन बच्चों के चेहरों पर सामान्य स्थिति में भी हमेशा एक मूक वेदना को अनुभव किया है—माता-पिता के न होने की वेदना, किसी को अपना न कह पाने की वेदना, भविष्य के प्रति असुरक्षा की वेदना और यहाँ तक कि समय पर और सहानुभूति के साथ दैनिक आवश्यकताओं के पूरा न होने की वेदना। मेरा हृदय सदैव इन वेदनाओं को देखकर द्रवित होता रहा है। अभी हाल ही में एक अनाथालय में इन बच्चों से जुड़ी दो घटनाओं को बड़ी गंभीरता के साथ देखा। एक विद्यालय में पढ़ने वाले दो बच्चों के बारे में मुझे पता लगा कि इनके माता-पिता नहीं हैं और इन्हें पड़ोस के लोग पाल रहे हैं। इसी प्रकार अनाथालय में बच्चों के साथ प्रेम से कुछ समय बिताते हुए, जब मैंने एक बच्चे के सिर पर हाथ रखा तो मुझे एहसास हुआ कि इसके सिर पर बहुत भयंकर रोग

लगा हुआ है। तत्काल मैंने उसकी चिकित्सा का प्रबंध करवाया। उस वक्त मुझे महसूस हुआ कि अनाथालय के प्रबंधकों को भी प्रत्येक बच्चे के साथ इस प्रकार व्यक्तिगत संपर्क बनाकर रखना चाहिए जैसे घरों में हम एक-एक बच्चे के साथ हर प्रकार की हमदर्दी और सावधानी रखते हैं। किसी भी रोग का प्रारंभ से ही इलाज होना चाहिए। इन बच्चों को भी उसी प्रकार सफाई और पौष्टिक भोजन प्राप्त होना चाहिए जैसा घर-घर में हर बच्चे को उपलब्ध होता है। यदि भारत के अनाथालयों में सर्वत्र घरेलू और भावनात्मक वातावरण बनना प्रारंभ हो जाए तो इन बच्चों को अनाथ होने की अनुभूति नहीं रहेगी। समाज के साथ-साथ सरकार का भी यह कर्तव्य है कि अनाथ बच्चों को हर प्रकार का संरक्षण देने के लिए खुले मन से कुछ योजनाएँ क्रियान्वित की जानी चाहिए।

दो गूँगे और बहरे बच्चों को मैंने नौकरी पर लगवाया तो उनके परिवारों में उनके प्रति एकदम सकारात्मकता पैदा हो गई। माता-पिता जिन बच्चों को अपने ऊपर बोझ समझते थे, अच्छी नौकरी के बाद जब इन्हें अच्छा वेतन मिलने लगा तो वही माता-पिता इन पर निर्भर हो गए। इसी प्रकार हर अनाथ बच्चे के बारे में तो विशेष रूप से समाज और सरकारों को यह दृष्टिकोण बना लेना चाहिए कि ये बच्चे हम पर बोझ नहीं हैं, अपितु आज यदि हमने इनका अच्छी तरह पालन-पोषण किया तो यही बच्चे भविष्य में समाज के संरक्षक बन जाएँगे।

अनाथ बच्चों के लालन-पालन और उन्हें समाज की मुख्यधारा में लाने के लिए एस.ओ.एस. विलेज की भूमिका का उल्लेख करना जरूरी होगा। दूसरे विश्व युद्ध के बाद ऑस्ट्रेलिया में डॉक्टरी की पढ़ाई कर रहे हरमन गेमिनेर ने देखा कि विश्व युद्ध में हजारों बच्चे अनाथ हुए। उनका लालन-पालन कौन करेगा, उन्हें समाज की मुख्यधारा में कौन लाएगा? यह सोचकर उन्होंने एस.ओ.एस. विलेज की परिकल्पना की। एस.ओ.एस. विलेज एक ऐसा घर होगा, जिसमें बच्चों का लालन-पालन ठीक वैसे ही किया जाएगा जैसा उनके घर-परिवार में माता-पिता करते हैं। हरमन गेमिनेर के प्रयासों से यह परिकल्पना फलीभूत हुई। आज दुनिया भर में सैकड़ों एस.ओ.एस. विलेज हैं। भारत में एस.ओ.एस. विलेज की संख्या 50 से ज्यादा है। दुनिया भर की 100 प्रमुख एन.जी.ओ. (गैर-सरकारी संगठन) के क्रम में एस.ओ.एस. विलेज का रैंक 33 है। दुनिया भर के एस.ओ.एस. विलेज में करीब 50 हजार बच्चे और 15 हजार किशोर पारिवारिक वातावरण में फल-फूल रहे हैं। इन घरों में बच्चे का लालन-पालन उसकी आया नहीं अलबत्ता माँ द्वारा किया जाता है। 7-8 बच्चों का एक परिवार बनाया जाता है, जिसकी जिम्मेदारी किसी विधवा को दी जाती है, जो उनकी नई माँ होती है। यह प्रयोग दुनियाभर में अनाथ बच्चों के लालन-पालन का सर्वश्रेष्ठ प्रयोग है। भारत सरकार को इस प्रयोग को आदर्श मानकर भारत के अनाथ बच्चों के लालन-पालन की योजना बनानी चाहिए।

अनाथालयों के संचालन में भारतीय संस्था आर्य समाज तथा कई अन्य सामाजिक संस्थाएँ भी विशेष साधुवाद की पात्र हैं। गुजरात तथा पांडिचेरी में आर्य समाज की ऐसी ही दो संस्थाओं का नाम जीवन प्रभात रखा गया है। जहाँ बच्चों को अपने जीवन की एक नई शुरुआत देखने को मिली। दिल्ली के आर्य अनाथालय ने तो बच्चों की उच्च शिक्षा, नौकरी, व्यापार आदि के साथ-साथ विवाह तक का दायित्व भी निभाया है। इसके अतिरिक्त सरकार की तरफ से भी बहुत से अनाथालय चलाए जा रहे हैं। सरकारी अधिकारियों के नियंत्रण में किसी संस्था में भावनात्मक कार्यक्रम को सफलता मिलना सदैव संदेहास्पद ही रहता है।

राज्यसभा में एक चर्चा के दौरान केंद्र सरकार ने यह स्वीकार किया है कि आज तक भारत में अनाथ बच्चों की संख्या पता करने के लिए कभी कोई सर्वेक्षण नहीं करवाया गया है। परंतु यह निश्चित है कि देश में अनाथ बच्चों की संख्या बहुत अधिक है। सरकार को अनाथ बच्चों का सर्वेक्षण करवाकर उनकी निश्चित संख्या का पता अवश्य ही लगाना चाहिए।

इसके अतिरिक्त एक मुख्य सामाजिक समस्या यह आती है कि इन बच्चों के माता-पिता का पता न होने के कारण इनकी पृष्ठभूमि भी पता नहीं लग पाती। यहाँ तक कि इन बच्चों की जन्मतिथि भी पता नहीं लगती। इस सारे चिंतन और भावनाओं के आधार पर मैंने राज्यसभा में अनाथ बच्चों के लिए आरक्षण की व्यवस्था को लेकर एक बिल प्रस्तुत किया। वर्ष 2012 में प्रस्तुत इस बिल में यह प्रस्ताव था कि अनाथ बच्चों के लिए सभी सरकारी प्रतिष्ठानों में आरक्षण की व्यवस्था लागू की जाए। इस बिल पर बहस में भाग लेते हुए सभी राजनीतिक दलों के सांसदों ने बहुत सकारात्मक समर्थन जताया।

अनाथालयों में पलने वाले बच्चों के लिए एक और समस्या है कि 18 या 20 वर्ष की अवस्था के बाद उनसे यह सहारा भी छिन जाता है। यह युवा अवस्था अपने भविष्य के लिए भी चिंतित होती है। ऐसी परिस्थिति में यदि इन बच्चों को कोई गलत व्यक्ति मिल जाए तो यही बच्चे अनैतिक मार्ग पर तेज गति से चलने के लिए मजबूर हो सकते हैं। ऐसी परिस्थिति में इन्हें कोई समझाने वाला भी नहीं होगा। ऐसी अवस्था में इन बच्चों का भविष्य अंधकारमय हो जाता है। अत: स्कूली शिक्षा के बाद इन बच्चों के लिए उच्च शिक्षा, तकनीकी शिक्षा आदि का प्रबंध भी समाज और सरकारों को सुनिश्चित करना चाहिए। अन्यथा युवा अवस्था में यदि इनके सामने अंधकार आ गया तो सारे देश को इसका परिणाम भुगतना पड़ेगा। इसलिए युवा अवस्था की दहलीज पर कदम रखने के बाद तो इन बच्चों के प्रति समाज और सरकार का दायित्व और भी अधिक हो जाना चाहिए। इसी भावना से मैंने अनाथ बच्चों के लिए आरक्षण की माँग करते हुए अपना निजी बिल राज्यसभा में प्रस्तुत किया था।

आज सारे देश में अपराधी गुट भी बच्चों का अपहरण करके उन्हें तरह-तरह की यातनाएँ देकर अपराधी प्रवृत्तियों में शामिल कर देते हैं। भारत का सर्वोच्च न्यायालय इस विषय पर अलग से काररवाई कर रहा है कि भारत के प्रत्येक प्रांत में से प्रतिवर्ष सैकड़ों, हजारों बच्चों के अपहरण के मामले पुलिस कभी सुलझा नहीं पाती। बच्चों के संबंध में पुलिस को संवेदनशील बनाने के लिए सरकार और समाज के पास क्या उपाय है?

हमारी शिक्षा व्यवस्था में सरकारी स्कूलों के माध्यम से शिक्षा प्राप्त करनेवाले लोगों की एक बहुत बड़ी संख्या है। इन विद्यालयों में बच्चों के द्वारा बीच में पढ़ाई छोड़ देना एक प्रमुख समस्या है। परंतु अनाथ बच्चों को प्रेम से पुन: शिक्षा की धारा में लाने के लिए कौन प्रेरित करेगा?

अनाथ बच्चों की इन ढेरों समस्याओं पर चिंतन करते हुए मेरे मन में अब यह निश्चित धारणा है कि भारत के प्रत्येक जिले में एक सुंदर अनाथालय स्थापित होना चाहिए। इन अनाथालयों को सरकार और समाज की भागीदारी के आधार पर संचालित किया जाना चाहिए। भूमि, भवन और संचालन के लिए धन की व्यवस्था सरकार करे। समाज के धनी व्यक्ति भी धन संग्रह में उदारतापूर्वक सहयोग करें। सामाजिक संस्थाएँ, शिक्षित युवक और युवतियाँ इन बच्चों के पालन-पोषण में नियमित रूप से इन अनाथालयों के संपर्क में रहें। प्रत्येक जिले का अनाथालय जिले के कलेक्टर की देख-रेख में चले, जिसमें कलेक्टर के परिवार को मुख्य दायित्व सौंपा जाए। जब कलेक्टर इस अनाथालय को अपना परिवार समझने लगेगा तो जिले के सभी कर्मचारी तथा सामान्य नागरिक भी इन अनाथालयों को अपने परिवार की तरह समझने लगेंगे। इन संस्थाओं के नामकरण में अनाथालय शब्द का प्रयोग भी नहीं किया जाना चाहिए। क्योंकि यह शब्द ही अपने आपमें एक हीन भावना को जन्म देता है। इन संस्थाओं का नामकरण 'जीवन प्रभात', 'सुमंगलम', 'प्रहरी' तथा अन्य सुंदर-सुंदर शब्दों के साथ अपने जिले के नाम के साथ जोड़कर किया जाना चाहिए। केंद्र तथा राज्य सरकारों को अपने प्रशासनिक कार्यों में जहाँ कहीं संभव हो सके, इन अनाथ बच्चों को विशेष प्रोत्साहन देना चाहिए जैसे—गैस एजेंसियों और पेट्रोल पंपों के आवंटन में इन्हें प्राथमिकता देना। प्रत्येक सांसद, ज़िले के सभी विधायकों, अन्य राजनीतिक और सामाजिक नेताओं से लेकर ग्राम प्रधान तक जब सारा समाज इस छोटी सी जिम्मेदारी को अपने कंधों पर ले लेगा तो हमारा देश उस नैतिक पाप से बच जाएगा, जो आज अनाथों को अनाथ समझकर लगातार लापरवाही करता जा रहा है। सरकार और समाज को बनना ही पड़ेगा इन अनाथों का नाथ।

□

राहत योजनाएँ

सरकारों द्वारा समय-समय पर भिन्न-भिन्न नागरिकों के लिए कई प्रकार की रियायतें तथा विशेष सुविधाओं की घोषणा की जाती है। यह रियायतें और सुविधाएँ अधिकतर ऐसे नागरिकों के लिए घोषित की जाती हैं, जो अपने कुछ विशेष लक्षणों के कारण इनके हकदार होते हैं, जैसे—वरिष्ठ नागरिक, छात्र, महिलाएँ, दिव्यांग व्यक्ति या कैंसर तथा अन्य रोगों से पीड़ित नागरिक। इसके अतिरिक्त खिलाड़ियों, स्वतंत्रता सेनानियों आदि के लिए भी कई प्रकार की विशेष सुविधाएँ घोषित होती हैं। परंतु अकसर यह देखा गया है कि जिस विशेष वर्ग के लिए छूट तथा विशेष सुविधाएँ सरकारों द्वारा घोषित की गई हैं, वे सूचना के अभाव में इनका उपयोग ही नहीं कर पाते।

भारत सरकार की विमान कंपनी एयर इंडिया के संबंध में मैंने राज्यसभा के माध्यम से नगर विमानन मंत्रालय के समक्ष इस संबंध में कुछ विशेष प्रश्न प्रस्तुत किए तो तत्कालीन नगर विमानन राज्यमंत्री डॉ. महेश शर्मा ने मुझे सूचित किया कि एयर इंडिया छात्रों, कैंसर रोगियों, नेत्रहीन तथा सैनिकों की विधवाओं के लिए विमानन किराए में 50 प्रतिशत की छूट देती है। मंत्री ने यह भी बताया था कि तीन वर्षों में सिर्फ 39 छात्रों ने इस किराए की छूट का लाभ उठाया था। इस छूट का लाभ उठाने वाले केवल चार कैंसर रोगी थे, जबकि उन्हीं तीन वर्षों में एक भी नेत्रहीन या एक भी सैनिक विधवा ने इस छूट का लाभ ही नहीं उठाया था।

भारतीय रेलवे ने अपनी वेबसाइट पर भी इसी प्रकार स्थायी रूप से शारीरिक अपंग व्यक्तियों, मानसिक विकृति वाले रोगियों, नेत्रहीन, गूँगे और बहरे व्यक्तियों, कैंसर रोगियों, थैलेसिमा रोगियों, हृदय रोगियों, किडनी ऑपरेशन या डायलिसिस करवाने वाले रोगियों, एड्स, टी.बी. आदि सहित अनेक अन्य प्रकार के रोगियों के लिए भिन्न-भिन्न श्रेणियों के किराए में भिन्न-भिन्न प्रकार की रियायतें घोषित कर रखी हैं। इसी प्रकार 60 वर्ष से अधिक आयु के पुरुषों और 58 वर्ष से अधिक आयु की महिलाओं के सभी प्रकार की रेलगाड़ियों के किराए में 40 प्रतिशत छूट प्राप्त है। पुलिस मेडल के राष्ट्रपति पुरस्कार, श्रमसेवाओं के विशेष पुरस्कारों तथा अन्य राष्ट्रीय पुरस्कारों और यहाँ तक कि बाल

पुरस्कारों से सम्मानित व्यक्तियों और बच्चों के लिए भी रेल किराए में छूट के प्रावधान हैं, सैनिक विधवाओं के साथ-साथ लंका शांति बल सैनिकों की विधवाओं, आतंकवाद में मारे गए पुलिस अधिकारियों की विधवाओं आदि के लिए तो 75 प्रतिशत किराए की छूट है। रेलवे विभाग छात्रों को शिक्षण संस्थाओं तथा घर के बीच आने-जानेवाली रेलों पर किराए की छूट देता है। ग्रामीण क्षेत्रों के छात्रों को तो वर्ष में एक बार विशेष शिक्षा टूर के लिए 75 प्रतिशत की छूट घोषित है। कन्याएँ यदि किसी राष्ट्रीय स्तर के मेडिकल या इंजीनियरिंग में दाखिले के लिए कहीं दूर प्रवेश परीक्षा भी देने जाती हैं तो उन्हें भी 75 प्रतिशत छूट घोषित है। यू.पी.एस.सी. जैसी परीक्षाओं के लिए 50 प्रतिशत की छूट घोषित है। शोध छात्रों, एन.सी.सी. के कैंप में भाग लेने वाले छात्रों, बेरोजगार युवकों को सरकारी नौकरी के लिए साक्षात्कार हेतु, किसानों और श्रमिकों को अपने कार्यों से संबंधित किसी विशेष प्रदर्शनी में भाग लेने के लिए और यहाँ तक कि कलाकारों को अपनी कला के प्रदर्शन के लिए, पत्रकारों को पत्रकारिता कार्य के लिए, डॉक्टरों, नर्सों आदि को कई प्रकार की विशेष किराया रियायतें घोषित की गई हैं। जिन लोगों की मासिक आय 1500 रुपए से कम हैं और जो असंगठित क्षेत्र में कार्य करते हैं जैसे—मजदूर आदि उन्हें 150 किलोमीटर तक की यात्रा के किराए में 25 रुपए की छूट है।

भारत सरकार के सामाजिक न्याय एवं अधिकारिता मंत्रालय ने केंद्र के भिन्न-भिन्न मंत्रालयों द्वारा विशेष नागरिकों को भिन्न-भिन्न प्रकार की छूट एवं सहायता सेवाएँ उपलब्ध कराने की सूची अपनी वेबसाइट पर प्रकाशित कर रखी है। इस सूची के अनुसार दूरसंचार विभाग ने इसी प्रकार कुछ विशेष श्रेणियों के लिए डाक आदि दरों में भी कई प्रकार की रियायतें घोषित कर रखी हैं। यदि अंधे व्यक्तियों के लिए कोई पाठ्य-सामग्री डाक द्वारा भेजी जाती है तो 7 किलोग्राम वजन तक के पैकेट का कोई डाक खर्च नहीं लिया जाता। नेत्रहीनों के नाम टेलीफोन कनेक्शन में भी 50 प्रतिशत तक की छूट दी जाती है।

वित्त मंत्रालय का कस्टम विभाग भी नेत्रहीनों के लिए साहित्य तथा अन्य सहायता यंत्र आदि विदेशों से मँगवाने पर भी कस्टम टैक्स आदि की छूट देता है।

नेत्रहीन तथा शारीरिक अपंग व्यक्तियों को तो उनके मूल वेतन का 5 प्रतिशत यात्रा एलाउंस दिए जाने का प्रावधान है। किसी भी प्रकार के दिव्यांग छात्रों को हर प्रकार की सहायता सामग्री राज्य सरकारों द्वारा उपलब्ध कराई जाए, इस प्रकार की योजना भी केंद्र सरकार के समाज कल्याण विभाग ने लागू कर रखी है। यहाँ तक कि इन बच्चों को पुस्तकों, स्टेशनरी, स्कूल की वरदी, यात्रा व्यय आदि जैसे खर्चों के लिए भी विशेष अनुदान की घोषणा की गई है।

आयकर अधिनियम के प्रावधानों के अनुसार परिवार के दिव्यांग व्यक्तियों पर किए गए चिकित्सा खर्च, प्रशिक्षण खर्च या उनके पुनर्वास पर किए गए खर्च पर भी एक

सीमा तक आयकर छूट है। यहाँ तक कि यदि कोई व्यक्ति अपने ऐसे किसी रिश्तेदार पर भी कुछ राशि खर्च करता है तो वह भी आयकर छूट का हकदार है। तेल कंपनियाँ अपनी एजेंसी वितरण में भी 7 प्रतिशत कोटा उन विधवाओं के लिए आरक्षित रखती हैं, जो सरकारी नौकरी के दौरान मृत्यु को प्राप्त हुए या जो लोग शारीरिक रूप से अपंग हैं।

अपंग व्यक्तियों के विशेष कानून के अनुसार सभी सरकारी पदों में 3 प्रतिशत नौकरियों का आरक्षण किया जाता है, जिसमें से एक प्रतिशत नेत्रहीनों के लिए, एक प्रतिशत बहरे लोगों के लिए तथा एक प्रतिशत शारीरिक रूप से अपंग लोगों के लिए होता है।

बैंकों में वरिष्ठ नागरिकों, महिलाओं तथा अपंग व्यक्तियों के नाम पर जमा धनराशियों पर अधिक ब्याज दिया जाता है। यदि कोई भूमि या भवन महिलाओं या वरिष्ठ नागरिकों के नाम पर खरीदा जाता है तो उसके पंजीकरण पर भी सामान्य से कम कर वसूल किया जाता है। केंद्र सरकार अपंग व्यक्तियों की सेवा में लगे गैर-सरकारी संगठनों को भी कई प्रकार की वित्तीय सहायता देती है। यह वित्तीय सहायता उन्हें तरह-तरह के उपकरण तथा अन्य सामग्रियाँ वितरित करने के लिए दी जाती है। केंद्र सरकार दिव्यांग व्यक्तियों को पढ़ाई के लिए भी कई प्रकार की छात्रवृत्तियाँ देने की घोषणा कर चुकी है। केंद्र सरकार द्वारा अपंग व्यक्तियों को 15 से 25 लीटर पेट्रोल का अनुदान प्रतिमाह देने का प्रावधान है। परंतु यह प्रावधान केवल उन लोगों के लिए है, जिनकी मासिक आय 2500 रुपए से कम हो। यदि किसी सरकारी सेवा से निवृत्त कर्मचारी का बाद में विवाह होता है और उसका बच्चा दिव्यांग हो तो उसे उस बच्चे के नाम पर विशेष पेंशन प्राप्त होगी। ऐसे कर्मचारी को सरकारी आवास की भी विशेष सुविधा दी जाती है। सरकारी सेवा के दौरान भी अपंग कर्मचारियों को आवास की विशेष सुविधा देने का प्रावधान है।

देश की अनेक अदालतों ने भी वरिष्ठ नागरिकों के मुकदमों के शीघ्र निपटारे के लिए अलग व्यवस्था कर रखी है। जिन अदालतों में ऐसी व्यवस्था न हो, संबंधित व्यक्तियों को इसके लिए माँग करनी चाहिए।

केंद्र तथा अनेक राज्य सरकारों की कई ऐसी योजनाएँ हैं, जो अपंग व्यक्तियों और भिन्न-भिन्न प्रकार के रोगियों आदि की सेवा के लिए लोगों को प्रशिक्षित करने हेतु अनेक कार्यक्रम चलाए जा रहे हैं, जिससे पूरी तरह से प्रशिक्षित लोग इन विशेष सहायता के योग्य नागरिकों की सेवा करने के लिए गैर-सरकारी संगठनों के माध्यम से दक्षतापूर्वक कार्य कर सकें।

केंद्र तथा राज्य सरकारों द्वारा भिन्न-भिन्न प्रकार की अनेकानेक वित्तीय रियायतों और सुविधाओं के बावजूद जानकारी के अभाव में सभी लोग इन सुविधाओं का लाभ नहीं उठा पाते। यह जागरूक नागरिकों का भी कर्तव्य बनता है कि अपनी जानकारी के लोगों को इस प्रकार की सुविधाओं का लाभ प्राप्त करने के लिए प्रेरित करें तथा उनकी

सहायता करें। इन विशेष सहायता प्राप्त नागरिकों के अतिरिक्त भी यदि कोई अन्य नागरिक विशेष सहायता के पात्र महसूस किए जाते हों तो जागरूक नागरिकों का यह कर्तव्य है कि ऐसे लोगों के समर्थन में संबंधित सरकारों के समक्ष माँगें प्रस्तुत करें जैसे—गूँगे, बहरे व्यक्तियों के लिए रोजगार की विशेष व्यवस्था करना, गैस या पेट्रोल एजेंसियों के आवंटन में उन्हें विशेष आरक्षण प्रदान करना। प्रत्येक नागरिक और सरकारों को भी ऐसे विशेष नागरिकों को किसी प्रकार से भी बोझ न समझते हुए इनकी विशेष सहायता को अपना नैतिक और सामाजिक दायित्व समझना चाहिए। देश के सभी नागरिकों और विशेष रूप से गैर-सरकारी संस्थाओं को भी ऐसे विशेष सहायता के पात्र लोगों की सहायता करने में गर्व महसूस करना चाहिए। यही सबसे बड़ी मानवीयता भी है।

□

'संकल्प से सिद्धि'—नवभारत दीक्षित भारत

9 अगस्त, 1942 के दिन 'भारत छोड़ो आंदोलन' के संकल्प तथा उसके साथ भारत के अनेक वीर-बलिदानियों की त्याग, तपस्या से प्राप्त स्वतंत्रता की पृष्ठभूमि में प्रधानमंत्री श्री नरेंद्र मोदी ने 'संकल्प से सिद्धि' का नारा बुलंद किया था। इसके पीछे उनका उद्देश्य स्पष्ट झलक रहा था—भारत का प्रत्येक नागरिक यदि अपने-अपने क्षेत्र में महान् संकल्पों का निर्माण कर ले तो वह स्वाभाविक रूप से उन संकल्पों के लिए पहले दीक्षा प्राप्त करेगा और परिणामत: उसे महान् सिद्धियाँ अर्थात् सफलताएँ प्राप्त होंगी। यह सफलताएँ हमारी पहचान बन जाती हैं और अनेक लोगों के लिए प्रेरणा बन सकती हैं। इस प्रकार एक-एक नागरिक के सफल जीवन से पूरे भारत का नव-निर्माण होगा।

'संकल्प से सिद्धि' प्रधानमंत्री नरेंद्र मोदी का एक ऐसा महान् आह्वान है, जिसका एक-एक दृष्टिकोण देश के सामाजिक, नैतिक और आध्यात्मिक उत्थान के साथ-साथ आर्थिक विकास का एक प्रबल आधार बन सकता है। देश की जनता का यह कर्तव्य है कि हम सभी नागरिक मिलकर अपने-अपने क्षेत्र में संकल्पों का निर्माण करें और पूरी तन्मयता के साथ सिद्धियाँ प्राप्त करने के लिए जुट जाएँ। अगर भारतवासी संकल्प से सिद्धि के आह्वान को अपने दैनिक जीवन में अपना लेते हैं तो निश्चित रूप से एक नए भारत का निर्माण होगा, जो अनेक कलाओं और विधाओं में दीक्षित होगा। यही मार्ग गरीबी मुक्त भारत, स्वच्छ भारत, भ्रष्टाचार मुक्त भारत, जातिवाद मुक्त भारत, संप्रदायवाद मुक्त भारत और आतंकवाद मुक्त भारत का निर्माण करेगा।

देश के छात्र अपने-अपने स्तर पर पढ़ाई का संकल्प करके उसमें जुट जाएँ, युवा वर्ग अपने-अपने भविष्य मार्ग पर उपलब्धियाँ हासिल करने के लिए ईमानदारीपूर्वक कार्य करने लगें तो देश की दिशा और दशा सुधरने में अधिक समय नहीं लगेगा। प्रत्येक संकल्प के साथ हर छात्र और युवा को यह भी सोचना होगा कि उसे निरर्थक आवारागर्दी, नशे और गलत खान-पान की आदतों में नहीं फँसना, क्योंकि ऐसी नकारात्मक प्रवृत्तियों से एकाग्रता भंग होती है और संकल्प से सिद्धि का स्वप्न भी धूमिल होने लगता है और यह सभी नकारात्मक प्रवृत्तियाँ देश की अर्थव्यवस्था पर अनुत्पादक खर्च के रूप में अरबों

रुपए का बोझ डाल देती हैं। देश के सभी शिक्षकों को यह संकल्प करना चाहिए कि वे देश के नागरिकों को अच्छी गुणवत्ता वाली औपचारिक शिक्षा के साथ-साथ देश की संस्कृति और चारित्रिक मूल्यों से भी ओत-प्रोत करेंगे। तो कल्पना की जा सकती है कि एक दशक के बाद हमारे देश के सभी शिक्षित नागरिक एक महान् और श्रेष्ठ व्यक्तित्व के मालिक होंगे।

इसी प्रकार यदि हमारे देश के वकील और न्यायाधीश मुकदमों को शीघ्र समाप्त करने और न्याय प्रणाली को कानून के साथ-साथ मानवता के आधार पर चलाने का संकल्प कर लें तो दुनिया की कोई ताकत हमारे देश को एक महान् न्याय व्यवस्था वाला राष्ट्र बनने से रोक नहीं सकती। कोई भी न्याय प्रणाली जब मुकदमों को निपटाने में आवश्यकता से अधिक समय लगाने लगती है तो एक तरफ उसका विशाल आर्थिक बोझ नागरिकों पर और देश पर पड़ता है तो दूसरी तरफ पक्षकारों में बढ़ता असंतोष मानसिक रोगों का कारण बनने लगता है। देश का वैज्ञानिक भी किसी उद्‌देश्य पर धारणा करने के उपरांत अपने जीवन का एक लंबा समय ध्यानपूर्वक उस धारणा पर लगाता है तो वह एक नए आविष्कार के साथ अपने क्षेत्र का सिद्धपुरुष बनता है। देश में जितने अधिक सिद्ध वैज्ञानिक होंगे, अपने देश के साथ-साथ सारे संसार की मानव जाति का भी उतना ही अधिक विकास हो सकता है।

हमारे देश में छोटे-बड़े सभी स्तरों के राजनेता, यदि यह संकल्प कर लें कि वे अपने राजनीतिक जीवन में सामाजिक और मानवतावादी कार्यों के बल पर अपनी छवि एक महान् नेता के रूप में तैयार करेंगे तो ऐसे राजनेताओं की सिद्धि का यह रूप होगा कि पंचायत से पार्लियामेंट तक वे किसी भी निर्वाचन में जनता के एक पूजनीय नेता के रूप में उतरकर सफलता प्राप्त करेंगे। राजनेताओं का ऐसा सफल सामाजिक जीवन हमारे देश में चारों तरफ सुख और शांति की वर्षा करने लगेगा। राजनीतिक उठा-पटक और राजनीति के अपराधीकरण जैसी प्रवृत्तियाँ भी समाप्त हो सकती हैं, जिनके कारण आज की राजनीति बेहिसाब भ्रष्टाचार करते हुए देश के आर्थिक विकास को लगातार बाधित करती रहती है। देश के व्यापारी यदि ईमानदारीपूर्वक अपने लेन-देन कार्यों को करने का संकल्प कर लें तो ग्राहकों में भी ऐसे व्यापारियों की साख स्थायी रूप से मजबूत हो जाती है। स्थायी साख ही एक व्यापारी की सिद्धि है। यदि हमारे देश के व्यापारी अपने व्यापार में सिद्धियाँ प्राप्त करने लगें तो हमारे देश की आर्थिक विकास दर को लगातार ऊँचा उठने से कोई रोक नहीं सकता। हमारे देश के पुलिसकर्मी यदि यह संकल्प कर लें कि देश से आपराधिक प्रवृत्तियों को समाप्त करना है तो स्वाभाविक रूप से वे अपराधियों के साथ रिश्वतखोरी का संबंध छोड़कर अपना ध्यान केवल इस बात में लगाएँगे कि अपराधी को उचित दंड मिले और जेल अधिकारी के रूप में इस बात पर ध्यान रहेगा कि कैदी के

रूप में अपराधियों को मानवतावादी और आध्यात्मिक प्रेरणाओं का पाठ नियमित रूप से पढ़ाया जाए। पुलिस और जेल अधिकारियों के ऐसे संकल्प से वह दिन दूर नहीं होगा, जब हमारे देश के अपराधी भी समाज के लिए एक मानवतावादी सेवक बन जाएँगे। पुलिस और जेल अधिकारियों की ये सिद्धियाँ अंततः पुलिस स्टेशनों, जेलों और अदालतों पर खर्च होनेवाले अरबों रुपए के बजट को कम कर सकती हैं।

मिलिट्री के जवानों का देश की रक्षा का संकल्प ही हमारी दिन-रात रक्षा करता है और हम देश की सीमाओं के भीतर सुख-शांति से अपने कार्यों को संपन्न कर पाते हैं। नहीं तो कल्पना करो कि उग्रवादी ताकतें प्रतिदिन हर शहर में अपने बम-पटाखों से देशवासियों का जीना दूभर कर दें। देश की सारी जनता यदि यह संकल्प कर ले कि हमें स्वस्थ रहना है तो स्वाभाविक रूप से हमारे देशवासी प्राकृतिक खान-पान और योग, ध्यान जैसी भारतीय क्रियाओं के बल पर ही आजीवन निरोगी रहने की सिद्धि प्राप्त कर सकते हैं। यदि देशवासियों में यह सिद्धि स्थापित हो गई तो कितना बड़ा कल्याण पूरे देश का होगा, जो आज करोड़ों-अरबों रुपए अंग्रेजी दवाइयों, ऑपरेशन जैसी कष्टकारी चिकित्सा और अस्पतालों की सेवाओं पर खर्च करने पड़ते हैं।

□

टूटते परिवार

किसी पौधे को जब नए स्थान पर लगाया जाता है तो उसकी पूरी तरह से देखभाल करनी पड़ती है। इसी तरह जब नए रिश्ते जुड़ते हैं तो उन्हें भी प्यार, त्याग, अपनेपन, अनुशासन, सहनशीलता और सम्मान जैसे गुणों से संचित करने की आवश्यकता होती है। परंतु आधुनिक युग के बदलते परिवेश में यह लगता है कि रिश्तों की मिठास को बनाए रखने में हम असफल हो रहे हैं।

विवाह के बाद बेटी से बहू बनकर ससुराल पहुँची कन्या का वहाँ एक प्रकार से नया जन्म तो होता ही है साथ ही यह रिश्ता दो परिवारों को एक सूत्र में बाँधने का काम भी करता है। माता की गोद और बाप के दुलार से जो खुशियाँ उसे मिली होती हैं, वह वैसी ही दुनिया की आशा अपने लिए ससुराल में भी करती है। इतना ही नहीं, ससुराल पक्ष भी घर में बहू को बेटी का स्थान देते हुए यह कोशिश करता है कि उसे कभी पराएपन का एहसास न हो। एक बेटी, जो अपने माता-पिता, भाई-बहनों को छोड़ अपने ससुराल पहुँचती है तो उसकी स्थिति भी उस नए पौधे जैसी होती है, जिसे एक स्थान से, दूसरे स्थान पर स्थापित किया जाता है। ससुराल में उस बेटी को माता-पिता के स्थान पर सास-ससुर, भाई-बहन की जगह देवर और ननद मिलती है तो सबसे बड़ा सम्मान व प्यार उसे पति से प्राप्त होता है।

जो लड़की अपने मायके को छोड़कर नई जगह पर आती है, उसे वहाँ के माहौल में घुलने मिलने के लिए कुछ समय लगना तो स्वाभाविक सी बात है। ससुराल वालों को भी उसकी आदत समझने और लड़की को ससुराल वालों के आचार व्यवहार को समझने में थोड़ा समय जरूर लगता है। इस स्थिति में जल्दबाजी दोनों के लिए घातक हो सकती है। इस जल्दबाजी में मतभेद पैदा होते हैं। कई बार तो यह मतभेद टकराव का रूप ले लेते हैं और एक-दूसरे के सम्मान में खड़े होनेवाले परिवार एक-दूसरे के दुश्मन बनने के लिए तैयार हो जाते हैं। इस प्रकार घर में शुरू होता है महाभारत।

महिलाओं के अधिकारों की रक्षा के लिए आई.पी.सी. की धारा 304बी, 498ए आदि का प्रावधान किया गया है। इन धाराओं का प्रावधान किए जाने से उन परिवारों को राहत

की साँस मिली थी, जिनकी लड़कियाँ वास्तव में ससुराल पक्ष द्वारा परेशान की जा रही थीं। मगर आज जहाँ यह धाराएँ अनेक पीड़ित महिलाओं के लिए सुरक्षा ढाल का काम कर रही हैं, वहीं कुछ मामलों में इनका गलत प्रयोग भी किया जा रहा है। जैसे मामूली झगड़ों में भी पति सहित ससुराल के अन्य सदस्यों को भी मुकदमेबाजी में शामिल कर देना आदि। ऐसी घटनाओं के कारण आज रिश्तों का ताना-बाना ही बिगड़ता जा रहा है। कई घर टूट चुके हैं या टूटने की कगार पर हैं।

भारत में संयुक्त परिवार की परंपरा रही है। परंतु आज एकल परिवार की परंपरा जोर पकड़ रही है। इस कारण अनुशासन, सहनशीलता और त्याग जैसे गुणों में भी कमी आती जा रही है और लगभग पूरा समाज दिशाहीन हो रहा है। संयुक्त परिवार में एक विवाहिता, जब अपने ससुराल पहुँचती थी तो वह अपने ससुराल को ही अपना घर समझती थी और पति परमेश्वर ही उसके लिए सबकुछ हुआ करता था। संयुक्त परिवार में भारतीय महिलाएँ सारे घर को सँभालने का कार्य करती थीं, लेकिन अब एकल परिवारों के कारण घर-परिवार सिकुड़ रहे हैं।

अंग्रेजी शासन में भी जब इंडियन पीनल कोड की स्थापना हुई, तब भी विवाहित (मैट्रिमोनियल) मुद्दों से जुड़े मामलों को इससे बाहर रखा गया था। संभवतः उस वक्त के कानून निर्माताओं ने यह सोचा होगा कि पति-पत्नी के बीच वैवाहिक मामलों को हल करने के लिए कोर्ट कचहरी की नहीं, अपितु घरेलू समन्वय की आवश्यकता अधिक होती है। बुद्धिजीवियों ने सोचा होगा कि जो रिश्ते प्यार और घर की चहारदीवारी में सुलझाए जा सकते हैं, उन्हें कानून के चक्रव्यूह से बाहर ही रखा जाए तो अच्छा है। यह एक वास्तविकता है कि जब से उक्त धाराओं का प्रावधान किया गया है, तब से वैवाहिक मामलों से जुड़े अधिक मामले सामने आ रहे हैं।

विचारों और सिद्धांतों की एकता का एक छोटा सा उदाहरण है—एक गरीब परिवार रोजी-रोटी की तलाश में भटक रहा था। इतने में पति को सोने की एक अशर्फी मिली। उसने सोचा कि अगर इस बात का पता उसकी पत्नी को चला तो शायद उसके मन में लालच आ जाएगा। इसलिए उसने अशर्फी को मिट्टी में दबाना शुरू कर दिया। इतने में उसकी पत्नी भी वहाँ पहुँच गई और उसने अपने पति से पूछा कि वह क्या कर रहे हैं। अब पति के सामने सच बताने के सिवा कोई चारा नहीं था। इसलिए उसने अपने पत्नी को बताया कि उसे एक अशर्फी मिली थी, जिसे वह मिट्टी में दबा रहा है। इस पर उसकी पत्नी ने कहा कि जो वस्तु उनकी है ही नहीं, वह उनके लिए मिट्टी के समान ही है। इसलिए वह अशर्फी को नहीं अपितु मिट्टी को मिट्टी में दबा रहा है। इस घटना में दोनों की भावनाओं, विचारों और सिद्धांतों का अतुलनीय समन्वय दिखाई देता है। परंतु आज पति-पत्नी के विचार ही आपस में मेल नहीं खाते। इसलिए मनमुटाव होना स्वाभाविक सी बात है।

आज महिलाओं के प्रति सम्मान की भावनाओं में कमी होती जा रही है। रिश्तों में पारदर्शिता न होने के कारण भी रिश्तों में दरार पड़ रही है। अलग-अलग राज्यों से प्राप्त रिपोर्ट के अनुसार अगर कहीं उक्त धाराओं के तहत 100 मामले सामने आते हैं तो वहाँ केवल 10 मामलों में ही दोष सिद्ध हो पाता है। इससे स्पष्ट है कि उक्त धाराओं का गलत प्रयोग अधिक हो रहा है। ऐसे मामलों में ससुराल पक्ष के अधिक-से-अधिक लोगों को लपेटने की मानसिकता बढ़ती जा रही है। इसे रोकने के लिए कड़े कदम उठाना आज के समय की माँग है।

हालाँकि रेडक्रॉस, महिला थाने, महिला आयोग तथा कुछ गैर-सरकारी संगठनों द्वारा रिश्तों की टूटती डोर को जोड़ने के लिए प्रयास किए जा रहे हैं। इसके बावजूद सुधारों की तरफ बढ़ाए जा रहे कदमों की रफ्तार काफी धीमी दिखाई दे रही है। झगड़े के उन कारणों की जड़ तक जाने की भी जरूरत है, जो कलह का कारण बन रहे हैं।

महिला अधिकारों की रक्षा करने के लिए कानून का प्रावधान होना अनिवार्य है। परंतु इसके साथ ही कानूनों का दुरुपयोग करनेवालों पर कार्रवाई का प्रावधान किया जाना भी उतना ही जरूरी है। सर्वोच्च न्यायालय ने केवल एफ.आई.आर. दर्ज करने पर ससुराल पक्ष के सदस्यों को गिरफ्तार न करके मामले की गंभीरता के साथ जाँच के बाद ही गिरफ्तारी के निर्देश दिए हैं। यह फैसला उन लोगों को राहत देगा, जो उक्त धाराओं के दुरुपयोग के शिकार हो रहे हैं। समाज के बिगड़ते ताने-बाने को बचाने के लिए जहाँ कानून की धाराओं में बदलाव होना जरूरी है, वहीं रिश्ते में सुधार के लिए अपनेपन की भावनाओं का संचार करना भी जरूरी है। इसके लिए इस बात का ध्यान रखना चाहिए कि खुद रिश्तों का सम्मान करें, एक-दूसरे की छोटी-छोटी बातों पर उग्र न होकर प्यार से मामले को हल करें। जहाँ तक हो सके बच्चों के सामने किसी बात पर नोक-झोंक न करें और बच्चों को बड़ों का आदर छोटों से प्यार करना सिखाएँ। ऐसा करके हम जहाँ बहू-बेटियों को उनके अधिकार और सम्मान दिलवाने में सफल होंगे, वहीं बच्चे भी बड़ों का सम्मान कर पाएँगे। पति-पत्नी के विचार मेल खाते हों तो आपसी तालमेल से दोनों मिलकर बड़ी-बड़ी समस्याओं का हल चुटकियों में कर सकते हैं। अगर हम अपने घरों को टूटने से बचाना चाहते हैं तो हमें छोटी-छोटी बातों को भूलने व अनदेखा करने, रिश्तों का सम्मान करने तथा भारतीय संस्कृति के अनुसार जीवनयापन के गुणों को धारण करने की पहल करनी होगी।

□

नशा मुक्ति कैसे हो?

नशे की महामारी को समाप्त करने के लिए चाहे कितने भी दावे क्यों न किए जाएँ, लेकिन सच्चाई यह है कि नशे की प्रवृति उतनी ही अधिक फैलती जा रही है। इसका प्रमाण है—देश के सभी प्रांतों में नशे की दुकानों में वृद्धि और तस्करों के बढ़ते हौसले। यहाँ यह ध्यान देने वाली बात है कि सरकार के अनेक प्रयासों के बावजूद नशे की अधिकृत व अनधिकृत दुकानों की संख्या लगातार बढ़ती जा रही है। इसके अतिरिक्त पूरी तरह से प्रतिबंधित नशीली वस्तुएँ भी तस्करी के माध्यम से युवा पीढ़ी की रगों तक पहुँचाई जा रही है। बेशक शराब की बोतलों पर सेहत के लिए हानिकारक होने की बात प्रकाशित की जाती है और शराब पर कई तरह के टैक्स लगाए जाते हैं, परंतु यह बात जगजाहिर है कि अधिकतम राजस्व प्राप्ति के लिए प्रत्येक प्रदेश में हर वर्ष शराब के ठेकों की बोलियाँ करवाई जाती हैं। बोली करवाने वाले भी कोई और नहीं, बल्कि सरकार के ही अधिकारी होते हैं।

बड़ी हैरानी की बात है कि दूध देने वाला व्यक्ति दूध को तो घर-घर जाकर बेचता है, परंतु नशा खरीदने के लिए लोग लाइनों में खड़े होते हैं।

एक रिपोर्ट के अनुसार भारत में हेरोइन का नशा करनेवालों की संख्या एक मिलियन अर्थात् 10 लाख से अधिक है, जबकि गैर-सरकारी स्रोतों के अनुसार यह संख्या 5 मिलियन अर्थात् 50 लाख को पार कर चुकी है। महँगे नशों में शामिल अफीम और हेरोइन का प्रयोग अमीर लोगों तक ही सीमित नहीं रहा, बल्कि अब यह नशा आम लोगों तक अपनी पहुँच बना चुका है। पहले लोग केवल शराब का सेवन अपनी अमीरी के लक्षण दिखाने के रूप में किया करते थे, परंतु आज शराब के साथ-साथ हेरोइन, स्मैक व आईस जैसे खतरनाक नशे भी अमीरी के लक्षण के रूप में प्रयोग हो रहे हैं। ऐसे लक्षणों को समाज और देश के लिए किसी भी प्रकार से लाभप्रद नहीं माना जा सकता। भले ही नशा तस्करों को रोकने के लिए सीमा सुरक्षा बल, नारकोटिक्स सेल और पुलिस समय-समय पर कार्रवाई कर नशे की वस्तुओं को जब्त करते हैं, लेकिन शहरों से गाँवों तक फैल चुके तस्करों के जाल पर नियंत्रण की आवश्यकता है।

युवाओं की रगों में दवाइयों का नशा भी उतनी ही बुरी तरह से घर कर चुका है कि उन पर नशा छुड़ाने वाली किसी भी तरह की प्रक्रिया का कोई असर नहीं होता। इतनी सख्ती के बावजूद चोरी-छिपे और सरेआम बेची जा रही नशीली दवाएँ भी आनेवाली पीढ़ी को कमजोर बनाने का काम कर रही हैं। किसी नशे के आदी युवक से स्मैक आदि पकड़ने पर पुलिस अपनी पीठ थपथपाते हुए उस पर मुकदमा तो दर्ज कर देती है, लेकिन इस गहराई तक जाने का प्रयास नहीं किया जाता कि वह नशा कहाँ से और किस प्रकार लाया गया था। इन विभागों की काररवाई एक सीमा तक ही रहने के कारण तस्करों के हौसले लगातार बुलंद होते चले जाते हैं।

शिक्षा विभाग ने नशे को समाप्त करने के लिए विशेष अभियान चलाए हैं। इसके लिए शिक्षण संस्थाओं से जुड़े किसी भी कर्मचारी को यह अनुमति नहीं है कि वह शिक्षण संस्थाओं में नशा करके प्रवेश करे। ऐसे ही प्रतिबंध अन्य कार्यालयों के लिए भी घोषित किए गए हैं। इन प्रतिबंधों का उल्लंघन करनेवाले कर्मचारियों को भयंकर परिणाम भुगतने की चेतावनी दी गई है। परंतु विभाग ने इसके लिए जो मापदंड अपनाए हैं, वह पर्याप्त नहीं हैं। क्योंकि एक ही कार्यालय में कार्य करनेवाले कर्मचारी की शिकायत आज के दौर में शायद ही कोई करे या फिर आपसी दुश्मनी के कारण किसी को मानसिक रूप से परेशान करने के लिए साथी कर्मचारी शिकायत आदि करवा सकते हैं। सरकारी स्कूलों में शराब के सेवन की जाँच करने के लिए एल्कोमीटर का प्रबंध होना चाहिए। यह कार्य स्कूल प्रबंधक कमेटियों या जिलाधिकारियों के साथ-साथ संबंधित एस.डी.एम., पंचायत व नगर परिषदों तथा स्वास्थ्य विभाग के अधिकारियों को सौंपा जा सकता है। इतना ही नहीं सभी कर्मचारियों का माह में कम-से-कम एक बार इस चेकअप से गुजरना अनिवार्य बनाया जा सकता है। अगर विद्यार्थियों की बात करें तो उनको नशे से दूर रखने के लिए कागजी स्तर पर कई बातें की जा रही हैं, लेकिन हकीकत इससे कोसों दूर है। आज भी गाँव तथा कस्बों में पाबंदी के बावजूद गुटखा और तंबाकू आदि आसानी से मिल जाते हैं, क्योंकि वहाँ चेकिंग करनेवाले संबंधित विभागों के पास समय ही नहीं है। जबकि कई जगह पर तंबाकू मुक्त होने के दावे किए जाने लगे हैं। सरकारी प्रतिबंधों का प्रभाव केवल इतना ही दिखाई देता है कि अब गुटखा आदि दुकान के बाहर लटकते दिखाई नहीं देते, बल्कि चोरी छिपे बेचे जा रहे हैं। बड़े-बड़े होटलों में तो शराब चलती ही रहती है, लेकिन कई जगह पर गाँवों में लोगों ने अपने आप ही शराब बिक्री के केंद्र खोल रखे हैं। गाँवों में नशे की प्रवृत्ति को समाप्त करने के लिए सरकार को इस बात का प्रावधान करना चाहिए कि बिना गाँव की अनुमति के शराब का ठेका न खोला जाए। प्रत्येक पंचायत के लिए यह अनिवार्य किया जाए कि वह गाँव पंचायत में प्रस्ताव पास करे कि वह अपने गाँव में शराब की दुकान खुलवाना चाहते हैं अथवा नहीं। इस प्रस्ताव की प्राप्ति के बाद

ही गाँव की अनुशंसा के अनुसार ठेके का निर्णय होना चाहिए। कई बार देखने में आया है कि सरकार जबरदस्ती ठेका अलाट कर देती है, जिसके खिलाफ गाँववासी सड़कों पर उतरकर ठेके को बंद करवाने के लिए संघर्ष करते हैं। नशे के आदी कई लोग अपना घर बरबाद कर चुके हैं और कई बरबादी की कगार पर हैं। अफसरशाही की नाक के नीचे नशे का सारा खेल खेला जा रहा है और अनेक प्रयासों के बावजूद राजनीतिक दखल के चलते सरकार की सभी योजनाएँ सफलता से कोसों दूर ही दम तोड़ जाती हैं।

अगर राज्य सरकारों को अपने-अपने राज्य को नशा मुक्त करना है तो उन्हें गुजरात मॉडल अपनाना होगा, जहाँ पूर्ण नशाबंदी है। शराब जैसे नशीले पदार्थ से पैदा होनेवाले राजस्व का विकल्प ढूँढ़ते हुए उद्योग को बढ़ावा देना होगा। आखिर गुजरात में भी तो शराब पर रोक लगाकर राज्य के विकास की गति को देश में सबसे आगे ले जाकर एक मिसाल कायम की है। नशा मुक्ति के लिए सरकारी महकमे स्कूली बच्चों की रैलियाँ निकालने के आदेश देकर अपने कार्य की इतिश्री कर लेते हैं। सरकारी विभाग यह समझते हैं कि वर्ष में दो बार रैली निकालने से विद्यार्थी नशे से नफरत करने लगेंगे। नशे को रोकना है तो इसके लिए निरंतर प्रयास किए जाने की जरूरत है। सरकार इन बातों के लिए करोड़ों रुपए हर वर्ष जारी करती है, लेकिन अपने आदेशों को क्रियान्वित करने के लिए पूरी सजग दिखाई नहीं देती।

यदि सरकार पूरी सजग हो तो स्कूलों और कॉलेजों के 100 मीटर के घेरे में न ही शराब की दुकानें और ठेके दिखाई देते और न ही पान-मसाले की दुकानें दिखाई देतीं। इतना ही नहीं आजकल तो धार्मिक स्थानों के करीब भी नशीली वस्तुओं की बिक्री देखी जा सकती है। सामाजिक स्तरों पर भी अनेक प्रयास प्रारंभ किए जाने चाहिए। शैक्षणिक स्तर पर नशा मुक्ति का संकल्प लेने वाले विद्यार्थियों को विशेष प्रोत्साहन दिए जाने चाहिए। सरकारी व गैर-सरकारी विभागों में कार्यालय स्तर पर भी नशा मुक्त रहनेवाले कर्मचारियों को तरक्की में कुछ अंक दिए जाएँ तो अन्य कर्मचारियों को भी नशा मुक्ति की प्रेरणा मिलेगी। युवक-युवतियों के नशे की तरफ बढ़ते कदमों को रोकने के लिए उन्हें यह बताना जरूरी है कि नशे से उनका शारीरिक, मनोवैज्ञानिक, नैतिक और बौद्धिक विकास कितना प्रभावित होता है। अगर हम नशा रोकने में सफल हो जाते हैं तो देश को अपराधमुक्त करने की दिशा में भी हम अग्रसर हो सकते हैं। देश की युवा पीढ़ी बौद्धिक और शारीरिक रूप से जितनी अधिक बलशाली होगी वह देश की प्रगति के लिए भी लाभदायक सिद्ध होगी।

□

संस्कारों से विमुखता के दुष्परिणाम

संस्कार और नैतिक मूल्य मानव जीवन के अभिन्न अंग हैं। इनसे दूरी ही आज हमारे पतन का कारण बन रही है। भारतीय संस्कृति के अनुसार मानव जीवन सोलह संस्कारों से शृंगित है। बच्चे के जन्म से बुढ़ापे तक और शरीर त्यागने तक मानवीय जीवन को शृंखलाबद्ध तरीके से इन संस्कारों में बाँधा गया है।

मगर वर्तमान समय में हम अपने संस्कारों से विमुख होकर ही कष्टों के भागी बन रहे हैं। इसका कारण है कि आज समाज के ऊपर पाश्चात्य संस्कृति का प्रभाव बढ़ता जा रहा है। देश में बढ़ रहे अपराध भी इसी का कारण हैं। हम न तो अपने संस्कारों का अनुसरण कर रहे हैं और न ही अपने बच्चों को संस्कारयुक्त बनाने में सफल हो पा रहे हैं। इसके चलते व्यावहारिक शिक्षा की तरफ बढ़ती दौड़ ने जहाँ माँ-बाप को बच्चों से दूर कर दिया है। इसी प्रकार बच्चे भी माता-पिता के प्रति कर्तव्यों से विमुख होने लगे हैं।

संस्कारों और ज्ञान की भक्ति में तपकर निकलने वाले भारतीयों ने ही विश्व में कुछ स्थान प्राप्त किया और विश्व को अपनी संस्कृति के उच्च मूल्यों से अवगत करवाया है। ऐसी महान् विभूतियों में से स्वामी विवेकानंद का नाम प्रमुखता से लिया जा सकता है। जिन्होंने एक तरफ भटके हुए भारतीयों को संस्कारों से जोड़ा तो दूसरी तरफ विश्व को भी बता दिया था कि हमें अपने भारतीय होने पर कितना गर्व है। यही कारण है कि उनके द्वारा कही गई बातें आज भी पश्चिमी देश बड़ी श्रद्धा के साथ समझने का प्रयास करते हैं। ऐसे भारतीय संस्कारों के प्रति आज की युवा पीढ़ी व आनेवाली पीढ़ी को अवगत कराना अति आवश्यक हो चुका है। इसके लिए जहाँ स्कूलों में भारतीय ग्रंथों के माध्यम से संस्कार शिक्षा अनिवार्य की जानी चाहिए, वहीं घरों के बिगड़ते ताने-बाने को सुधारने के लिए भी कदम बढ़ाने की आवश्यकता है।

नैतिक मूल्यों के पतन के कारण ही देश में बलात्कार जैसी शर्मसार घटनाएँ घटित होने से जहाँ देश की कानून व्यवस्था व शिक्षा प्रणाली पर प्रश्नचिह्न लग रहा है, वहीं हमारी अमूल्य व अतुलनीय संस्कृति पर भी प्रश्न उठने लगे हैं। जिनका उत्तर देने के लिए हमें संस्कारों के प्रति अपनी संकल्प शक्ति को और दृढ़ करना होगा। पश्चिमी सभ्यता

का ही प्रभाव है कि आज रिश्तों के संबोधन में भी बड़ा अंतर आ गया है। माँ-बाप को मम्मी-डैडी और अन्य रिश्तों के लिए अंकल और आंटी तथा मैडम जैसे शब्दों का चलन बढ़ने से बड़ों के प्रति सम्मान और उनके साथ रिश्ते की मिठास का पता ही नहीं चलता है। भले ही हम संस्कारों की दुहाई देते नहीं थकते हैं, पर यदि अपने अंदर झाँककर देखें तो सच्चाई खुद-ब-खुद सामने आ जाएगी कि आखिर कमी कहाँ है। आज हम बच्चे के जन्मदिन पर पाठ, पूजा, दान के स्थान पर केक काटकर ही नहीं, बल्कि केक पर मोमबत्तियाँ बुझाकर खुशियाँ प्रकट करते हैं, जबकि भारतीय संस्कृति के अनुसार दीप जलाकर सुख समृद्धि की कामना की जानी चाहिए।

संस्कारों से ही नैतिकता का जन्म होता है। इनकी कमी के कारण ही हम कष्ट भोग रहे हैं। नैतिक शिक्षा के बिना हममें और पशु में कोई अंतर नहीं रह जाता। नम्रता, सदा सत्य बोलना, दया भाव रखना, बड़ों की आज्ञा का पालन और उनका आदर करना, बुरी आदतों से दूर रहना हमारे इतिहास और नैतिक शिक्षा के अंग हैं। यदि हम अपने धर्म ग्रंथों का अनुसरण करें तो उनमें भी हमें नैतिक मूल्यों पर चलने की विशेष प्रेरणाएँ प्राप्त होती रहती हैं। बच्चा जब होश सँभालने लगता है तो उसी समय से उसके अंदर नैतिक मूल्यों का संचार किया जाए तो अवश्य ही वह एक धैर्यवान, शीलवान, ईमानदार और वीर पुरुष बनेगा। परंतु आज बच्चे को जन्म से ही स्टेटस सिंबल के तौर पर पाश्चात्य संस्कृति और अंग्रेजी बोलना सिखाया जाता है। इसका सीधा असर हमारे रहन-सहन और विचारों पर पड़ रहा है। एक विशेष कहावत है—"धन गया तो कुछ गया, सेहत गई तो थोड़ा गया और चरित्र गया तो सबकुछ गया।" परंतु आज इन प्रसिद्ध कहावतों से निकलने वाले संस्कारों और संदेशों के अर्थ ही बदलते जा रहे हैं। इसलिए ऐसे संस्कार देने वाले नैतिक वाक्यों को सार्थक रूप देते हुए जीवन में धारण करने की आवश्यकता है। तभी भारतीय उच्च मूल्यों की मर्यादा को बनाए रखा जा सकता है। पहले पहल गर्भवती महिलाओं को धर्म ग्रंथों में वीर गाथाओं को पढ़ने व सुनने की सलाह दी जाती थी तथा महिलाएँ खाना बनाते समय भगवान् का ध्यान किया करती थीं। इससे उनके प्यार, मेहनत और भाव का प्रभाव खाने पर पड़ता था। इससे विचार शुद्ध रहते थे। महिलाओं को यह बात समझने की जरूरत है कि द्रौपदी के गर्भ में ही अभिमन्यु ने चक्रव्यूह में दाखिल होने और उसे नष्ट करने की शिक्षा प्राप्त कर ली थी और महाभारत के समय उसने अपनी वीरता और साहस का अदम्य उदाहरण पेश किया था। जिसकी वीरता के किस्से आज भी हम अपने बच्चों को सुनाते हैं। मगर खुद किस दिशा में जा रहे हैं, यह सोचने का हमारे पास समय ही नहीं है। समाज में आज महिलाओं की जो स्थिति हो रही है उसके लिए हम जहाँ लचर व्यवस्था, नैतिकता के पतन, खान-पान और पहनावे में बदलाव को कटघरे में खड़ा करना चाहते हैं, जबकि मनोरंजन के नाम पर अधिकतर फिल्मों और नाटकों

के माध्यम से परोसी जा रही अश्लीलता इसके लिए अधिक जिम्मेदार है। क्योंकि टी.वी. और सिनेमा के माध्यम से कई नाटकों और फिल्मों में जो दृश्य दिखाए जा रहे हैं, उन्हें संस्कारों की श्रेणी में नहीं रखा जा सकता और न ही उन्हें दिखाए जाने की स्वीकृति दी जानी चाहिए। यहाँ तक कि विज्ञापनों के माध्यम से भी अश्लीलता परोसी जा रही है। घरेलू कार्यक्रमों के नाम पर भी दोहरे अर्थों वाली शब्दावली का प्रयोग किया जा रहा है। यह सब देखकर तो ऐसा लगता है कि संस्कार और नैतिकता की सारी बातों को हमारा समाज पैसे के नशे में खो चुका है।

बच्चों को संस्कारयुक्त बनाने के लिए उन्हें संस्कारों की भट्टी में तपाना बेहद जरूरी हो चुका है। हमें संस्कारों और नैतिक शिक्षा के मूल्य को पहचान कर अपने जीवन में इन्हें विशेष स्थान प्रदान करना चाहिए। तभी हम सब मिलकर अपने समाज और देश को एक बार फिर विश्व गुरु बनाने, सामाजिक असुरक्षा के भाव को खत्म करने, कन्याओं व महिलाओं के सम्मान को पुन: स्थापित करने और विश्व स्तर पर उच्च संस्कारों की प्रतिष्ठा बनाए रखने का सपना साकार कर पाएँगे।

□

बिछड़ों को मिलाने के प्रयास में रेडक्रॉस

परिवार से बिछड़ने का गम एक विचित्र प्रकार के भय और दर्द से भरा होता है। विशेष रूप से जब कोई बच्चा अपने परिवार से बिछड़ता है तो माता-पिता के मन में उसी वक्त से अनेक प्रकार के भयावह विचारों की श्रृंखला प्रारंभ हो जाती है। हमारा बच्चा किस हालत में होगा, उसे खाना भी मिला या नहीं, उस पर क्या-क्या अत्याचार किए जा रहे होंगे, उससे क्या-क्या काम करवाए जा रहे होंगे, वह किसी शारीरिक दुर्घटना का शिकार तो नहीं हो गया, शारीरिक और मानसिक दर्द से उसकी क्या हालत होगी? ऐसे अनेक विचारों के चलते-चलते माता-पिता का दर्द लगातार बढ़ता जाता है। कई बार बच्चे को बिछड़े एक लंबी अवधि बीत जाती है, कभी-कभी तो कई वर्ष बीत जाते हैं, परंतु इसके बावजूद भी माता-पिता के मन में एक अजीब सी आशा की किरण सदैव बनी रहती है। हर आहट और विचित्रता को महसूस करते ही उनके मन में बार-बार यह प्रश्न उठता है कि हो सकता है कि हमारा बच्चा किसी विशेष अवस्था में वापस आ जाए। माता-पिता निरंतर अपने मन-मंदिर के साथ-साथ धार्मिक स्थलों और सिद्ध पुरुषों की शरण में लगातार इस प्रार्थना के साथ उपस्थित रहते हैं कि किसी तरह हमारे बच्चे की अवस्था की जानकारी मिल जाए। इस प्रकार परिवार से बिछड़ना एक स्थायी दर्द पैदा कर जाता है।

भारतीय रेडक्रॉस सोसाइटी परिवार सूचना सेवा नाम से एक अलग विभाग कार्य करता है। इस विभाग का मुख्य उद्देश्य बिछड़े सदस्यों को उनके परिवार से मिलवाना है। यह विभाग केवल अपराध का शिकार हुए बच्चों को ही नहीं अपितु अन्य किसी भी परिस्थिति में बिछड़े सदस्यों को उनके परिवारों से मिलवाने का कार्य करता है।

भारतीय रेडक्रॉस सोसाइटी की भारत के सभी राज्यों में सैकड़ों शाखाएँ हैं। वास्तव में भारत के प्रत्येक जिला स्तर तक इस संस्था की शाखाएँ स्थापित हैं। इस प्रकार इस संस्था का कार्य पूरे देश के स्तर तक एक केंद्रीयकृत नेटवर्क के माध्यम से संपन्न किया जाता है। इसके अतिरिक्त रेडक्रॉस सोसाइटी सारे विश्व में भी कार्यरत है। विश्व के सभी देशों की रेडक्रॉस संस्थाएँ अंतरराष्ट्रीय स्तर पर एक संगठन की छत्रछाया में कार्य करती हैं। इस प्रकार रेडक्रॉस सोसाइटी केवल भारत में ही नहीं, अपितु अंतरराष्ट्रीय स्तर पर

एक नेटवर्क की तरह कार्य करती है।

देश के अंदर परिवार से बिछड़ने के अनेक कारण हो सकते हैं। अपहरण जैसे अपराध का शिकार होने के अतिरिक्त बाढ़, भूकंप, तूफान, मेलों की भगदड़ आदि के कारण भी अकसर कई सदस्य परिवारों से बिछड़ जाते हैं। बिहार का एक युवक तमिलनाडु में कार्य करता था। उसके पीछे उसका गाँव भयंकर बाढ़ की चपेट में आ गया। उसका अपने परिवार से संपर्क टूट गया। तमिलनाडु रेडक्रॉस की शाखा ने उसे अपने परिवार से संपर्क साधने में सहायता उपलब्ध कराई।

इसी तरह कभी-कभी दूसरे देशों के सदस्य भी भारत में आकर परिवारों से बिछड़ जाते हैं। अन्य देशों से संबंधित बच्चों को शरणार्थी का दर्जा दिलवाकर रेडक्रॉस सोसाइटी अपने प्रयास प्रारंभ करती है। जैसा कि अफगानिस्तान की एक युवती राबिया के केस में किया गया, जो एक सम्मेलन में भाग लेने के लिए भारत आई थी; परंतु पीछे से आतंकवादियों ने उसके गाँव पर हमला किया। उसके परिवार में 14 वर्ष का एक छोटा भाई ही था, जिसे वह पड़ोसियों की देख-रेख में छोड़कर आई थी। भारतीय रेडक्रॉस सोसाइटी ने राबिया को अपने भाई से मिलवाने में सफलता प्राप्त की।

भारत के नागरिक जब अन्य देशों में कार्य करने के लिए जाते हैं तो वे भी कभी-कभी ऐसी ही परिस्थितियों का शिकार हो सकते हैं। ऐसा अधिकतर उन लोगों के साथ होता है, जो दूसरे देशों में नौकरी की तलाश करते-करते अपराधी गुटों के हाथ लग जाते हैं। ये अपराधी गुट इनसे हर प्रकार के गलत कार्य करवाते हैं और फिर जेल का हौवा दिखाकर उन पर हर प्रकार के अत्याचार किए जाते हैं। कुछ दशक पूर्व देवानंद तथा प्राण पर फिल्मांकित एक कहानी 'देस-परदेस' नामक फिल्म के रूप में जनता के सामने आई थी। ऐसे जाल में फँसे लोगों को उस देश की रेडक्रॉस सोसाइटी से संपर्क करके दूतावास के माध्यम से भारत में अपने परिवार तक अपनी सूचना पहुँचाने का मार्ग उपलब्ध है। परंतु सामान्यतः जानकारी के अभाव में लोग रेडक्रॉस सोसाइटी जैसे नेटवर्क का लाभ नहीं उठा पाते। लोगों के दिमाग में रेडक्रॉस सोसाइटी की एक ही प्रमुख छवि स्थापित है कि यह संस्था रक्तदान लेकर रोगियों को आवश्यकता पड़ने पर रक्त देती है।

भारतीय रेडक्रॉस सोसाइटी पिछले लगभग 50 वर्षों से इस पारिवारिक सूचना सेवा नामक विभाग का संचालन कर रही है। इस संस्था के संज्ञान में लाई गई शिकायतों पर सफल कारवाई कभी-कभी 80 प्रतिशत तक भी पहुँचती जाती है। इसका मुख्य कारण यह है कि यह विभाग परिवार की रिपोर्ट पर कारवाई करने से अधिक इस बात पर जोर देता है कि बिछड़े हुए सदस्यों का इस संस्था की स्थानीय शाखा पता लगाए और उनकी शिकायत पर उनके परिवार को ढूँढ़ने का कार्य प्रारंभ हो। इस प्रक्रिया के अंतर्गत रेडक्रॉस सोसाइटी की सभी स्थानीय शाखाएँ अपने-अपने क्षेत्रों में उन बच्चों का पता लगाने में

प्रयासरत रहती हैं, जो अपने परिवारों से बिछड़कर अन्य स्थानों पर रह रहे हैं। जैसे कोई बच्चा किसी परिवार में नौकरी करता है, भिखारी के रूप में कार्य कर रहा हो या बाल संरक्षक संस्था में पल रहा हो। ऐसे बच्चों से उनके परिवार और मूल स्थान की जानकारी लेकर अपनी शाखाओं के माध्यम से प्रयास प्रारंभ करती है। रेडक्रॉस सोसाइटी के इस कार्य में स्थानीय स्तर पर चलने वाली बाल संरक्षक संस्थाएँ अत्यंत लाभकारी होती हैं। जब भी किसी गुमशुदा बच्चे का पता लगे तो उसकी सूचना स्थानीय रेडक्रॉस सोसाइटी को देनी चाहिए और उस बच्चे की व्यवस्था स्थानीय बालगृह में की जानी चाहिए। इस प्रयास के साथ ही बच्चों को उनके परिवारों से मिलवाने का कार्य सरल हो सकता है।

□

'गोल्ड मेडल' का दहेज

आए दिन हम देखते हैं कि भिन्न-भिन्न प्रकार से दिव्यांग बच्चों और युवक/युवतियों के लिए अलग-अलग प्रकार के खेल और मनोरंजन के कार्यक्रमों का आयोजन किया जाता है। ऐसे आयोजनों को अकसर लोग बड़े कौतूहल अर्थात् हैरानी के साथ देखते हैं, क्योंकि सामान्य जीवन में व्यक्ति बंद आँखों के साथ चार कदम भी चल नहीं पाता। चार कदम चलने के लिए प्रयास भी करे तो दो बार कहीं-न-कहीं टकराता है। ऐसे सामान्य जीवन के बीच हमें कितनी हैरानी होती है, यह सुनने या देखने पर कि अंधे बच्चों की दौड़ का आयोजन किया गया है। दौड़ में भाग लेने वाला प्रत्येक बच्चा पूरे नियम के साथ अपने ट्रैक पर दौड़ रहा है। उनमें से कोई भी बच्चा आपस में टकराता नहीं और अपने ट्रैक से भटकता भी नहीं। जब एक प्रतियोगिता की तरह कुछ बच्चे इसमें भाग ले रहे हों तो स्वाभाविक है कि कोई-न-कोई प्रथम और कोई द्वितीय और कोई तृतीय स्थान पर आएगा ही। परंतु ऐसे बच्चों की जीत सामान्य बच्चों की विजय से अधिक प्रसंशनीय होती है।

समाचार-पत्रों के माध्यम से एक खबर मिली थी कि दिव्यांग बच्चों की खेल प्रतियोगिता में एक नेत्रहीन बच्ची दौड़ में प्रथम आई। समाचार-पत्रों में उसके जीवन के पुराने विजय रिकॉर्ड भी प्रकाशित हुए थे। वह युवती अपने विद्यालय स्तर की प्रतियोगिताओं के बाद जिला और राज्य स्तर से भी ऊपर उठते हुए राष्ट्रीय स्तर पर प्रथम विजेता के रूप में उभर आई। लगातार हर स्तर पर जीत का सेहरा बँधवाने के बाद उसका यशोगान पत्र-पत्रिकाओं में बढ़ने लगा। अभी वह विद्यालय में ही पढ़ रही थी। अपने राजनीतिक कार्यक्रमों के बीच जब मैं उस बच्ची के जिले में पहुँचा तो स्वाभाविक रूप से उस बच्ची को मिलने की इच्छा जाग्रत् हुई। मैं उस बच्ची के परिजनों से भी मिला। परिवार बहुत ही सामान्य आर्थिक स्थिति का था। मैंने जब इस परिवार से कोई सेवा पूछी तो वह बच्ची स्वयं बोल उठी कि वह विद्यालय के बाद कॉलेज की पढ़ाई करना चाहती है, परंतु आर्थिक स्थिति कमजोर है। उसकी इस बात को सुनकर मेरा मन अश्रुमय हो गया और मैंने तुरंत विद्यालय की पढ़ाई पूरी करने के बाद उसकी कॉलेज शिक्षा का आश्वासन दे दिया। बाद

में मैंने उस आश्वासन को पूरा भी किया। संबंधित राज्य की सरकार से 15 हजार रुपए की आर्थिक सहायता भी तुरंत उपलब्ध करवाई। वह बच्ची कॉलेज की शिक्षा भी पूरी कर चुकी। इस बीच उसका आत्मविश्वास इतना बढ़ चुका था कि वह कॉलेज स्तर पर सामान्य बच्चों की दौड़ में भी अपने अंधेपन के बावजूद दौड़ने लगी और ऐसी दौड़ में भी वह प्रथम आने लगी। इस प्रकार वह युवती 15 से अधिक गोल्ड मेडल जीत चुकी थी। गोल्ड मेडल एक प्रकार से व्यक्ति की कुशलता को एक पूरे वर्ग के बीच सर्वोच्च सिद्ध करने का प्रतीक मात्र है। उसके इस कला कौशल को देखकर हर व्यक्ति मंत्रमुग्ध होने लगा। इसी वातावरण में एक दिन एक अच्छे पत्रकार ने इस युवती के साथ विवाह का प्रस्ताव कर दिया। दोनों परिवारों ने इस संबंध को वैवाहिक संबंध के रूप में विधिवत् स्थापित कर दिया। युवती अब अपने ससुराल में जाकर रहने लगी।

विवाह के लगभग 3-4 वर्ष बाद अचानक हाल ही में मेरे पास उस युवती का फिर फोन आया। विवाह के बाद वह अपने स्पोर्ट्स का मार्ग छोड़ चुकी थी। उसका दो वर्ष का बेटा था। इस बार वह अपने लिए किसी रोजगार की व्यवस्था करने की प्रार्थना मुझसे करने लगी। मैंने उससे कहा कि तेरा छोटा बच्चा है और तेरे पति की आर्थिक स्थिति भी मजबूत है।, वह अच्छा स्थापित पत्रकार है और स्वतंत्र रूप से भी कई अन्य कार्य करता है। इस पर वह कहने लगी कि कुछ समय से उन्होंने मेरा परित्याग कर दिया है और मैं अपने बेटे के साथ अपने पिता के घर पर ही रह रही हूँ। मैंने जब परित्याग का कारण पूछा तो उसने बताया कि उसकी सास ने विवाह को स्वीकृति इसलिए दी थी, क्योंकि मेरे पास 15-16 गोल्ड मेडल थे और वह समझती थी कि एक-एक गोल्ड मेडल कई तोले के सोने के बराबर होगा। इस प्रकार गरीब परिवार की लड़की के साथ विवाह में दहेज मिले या न मिले, 30-40 तोले सोना तो मिल ही जाएगा। जब मेरे गोल्ड मेडल देखने के बाद मेरी सास को पता लगा कि गोल्ड मेडल तो एक सामान्य धातु का टुकड़ा है, जिस पर स्वर्ण रंग की केवल चमक ही चढ़ाई जाती है, उसका व्यवहार मेरे प्रति पूरी तरह दुर्भावना से भर गया। उसने अपने बेटे को भी मेरे विरुद्ध कर दिया। परिणामतः उन्होंने मुझे ससुराल छोड़ने के लिए मजबूर कर दिया।

मैं इस दर्द भरी गाथा को सुनकर स्वयं बहुत ग्लानि से भर गया कि हम किस समाज का नेतृत्व कर रहे हैं? हमारा समाज किसी व्यक्ति की बड़ी-से-बड़ी कुशलता और उसकी उपलब्धियों को लोभ-लालच के तराजू में तौलने से भी परहेज नहीं करते। इस छोटे से किस्से को सुनने के बाद समाज को अपने मन में प्रेम और सद्भावना के साथ विचार करना चाहिए कि एक व्यक्ति की समाज में उपलब्धियों और परिवार में उसकी सेवा की अधिक कीमत है या धन और संपत्तियों की? धन-संपत्तियों का लोभ इसी प्रकार हमारे समाज के परिवारों को लगातार समाप्त करता जा रहा है। दहेज का लालच कितनी ही सुशिक्षित

और गृह कार्यों में कुशल युवतियों के जीवन को खराब कर देता होगा। दहेज केवल एक आपराधिक कार्य ही नहीं है, अपितु दहेज की अवधारणा एक ऐसी मानसिकता के साथ जुड़ी है, जो स्पष्ट रूप से लोभ-लालच पर खड़ी है; परंतु ऐसी मानसिकता को विकसित करने के बाद व्यक्ति यह भूल जाता है कि यदि इस दहेज की मानसिकता का त्याग न किया गया तो उनका अपना परिवार ही खंडित हो जाएगा। दहेज की इस मानसिकता को हमें सामाजिक स्तर पर ही एक-एक व्यक्ति के मन से निकालने का प्रयास करना चाहिए। इस मानसिकता का सामाजिक बहिष्कार होना चाहिए।

□

बेटियाँ सुखी तो राष्ट्र सुखी

संस्कृत के एक विद्वान् के साथ समाज में दु:खों और बढ़ते हुए अपराधों पर चर्चा के दौरान उन्होंने बताया कि इसका मुख्य कारण समाज में महिलाओं के अपमान और उनके प्रति अपराध की बढ़ती घटनाएँ जिम्मेदार हैं। भारत में महिलाओं के सम्मान के संबंध में अर्थात् वेद में कहा गया है—'यत्र नार्यस्तु पूज्यन्ते रमन्ते तत्र देवता:।' यत्रैवास्तु न पूज्यन्ते सर्वास्तत्राफल क्रिया:। अर्थात् जिस समाज में नारी शक्ति का सम्मान होता है, वहाँ पर देवताओं का वास होता है और जिस कुल में स्त्रियों का सम्मान नहीं होता, वहाँ उनकी सब क्रिया निष्फल है। इसका सीधा सा अर्थ हुआ कि जब समाज में नारी का सम्मान घटने लगता है तो वहाँ स्वाभाविक रूप से राक्षसी प्रवृत्तियाँ पैदा होने लगती हैं। भ्रूण हत्याबंदी विषय पर तो सरकारी और गैर-सरकारी प्रयासों से अच्छे परिणाम देखने को मिल रहे हैं। हालाँकि अभी भी लड़कों की तुलना में लड़कियों का अनुपात ब़राबर नहीं आ पाया।

'बेटी बचाओ' का नारा अकसर भ्रूण हत्या रोकने के संबंध में ही समझा जाता है। परंतु मेरा स्पष्ट मत है कि कन्याओं को भ्रूण हत्या जैसे घिनौने अपराध से बचाने के बाद जन्म लेने वाली उस बेटी को उसके पूरे जीवन तक भरपूर आदर, संरक्षण और प्रगति की सभी सुविधाएँ उपलब्ध कराना भी सारे समाज का कर्तव्य बनता है। बेटी को जन्म देने के बाद उसकी पढ़ाई के साथ-साथ उसे मनचाहे क्षेत्र में प्रगति के अवसर, पूरे सम्मान के साथ विवाह तथा विवाह के बाद भी ससुराल परिवार में उसी प्रकार का सम्मान मिले जैसा माता-पिता के घर पर मिलता था। दो परिवारों के बाहर भी जब कोई बेटी समाज में विचरण करे तो उसे अपराधमुक्त वातावरण प्राप्त हो। यह तभी संभव है, जब 'बेटी बचाओ, बेटी पढ़ाओ' नारे को हम पूरे व्यापक रूप में समझें कि बेटियों को हर प्रकार से सम्मान और प्रगति के सभी अवसर प्राप्त होने चाहिए।

महिलाओं के संबंध में जब तक हमारे देश में मूल भारतीय संस्कृति की स्थापना एक-एक व्यक्ति के मन में नहीं होती, तब तक महिलाओं की रक्षा सदैव संदेह के घेरे में ही रहेगी। महिलाओं की रक्षा के बिना समाज में पूरी तरह सुख और शांति की स्थापना

भी नहीं हो पाएगी। यह कार्य किसी विशेष सरकारी प्रयास से नहीं हो सकता, बल्कि इसके लिए हम सबको गैर–सरकारी प्रयासों से ही यह सुनिश्चित करना होगा कि बेटियों की शिक्षा से लेकर उन्हें सुखी जीवन उपलब्ध कराना हमारा प्रथम दायित्व होना चाहिए।

कुछ वर्ष पूर्व एक समाचार के माध्यम से रीना (बदला हुआ नाम) के बारे में पता चला, जो दृष्टिहीन होने के बावजूद भी दौड़ में प्रथम आई। विद्यालय से लेकर राष्ट्रीय स्तर पर उसने प्रथम विजेता का स्थान प्राप्त किया। अपने राजनीतिक कार्यक्रमों के बीच मैं एक दिन उस लड़की से मिलने उनके घर गया। परिवार की आर्थिक स्थिति बहुत कमजोर थी। बच्ची की विद्यालय की पढ़ाई समाप्त हो रही थी। उसने मुझे कहा कि वह कॉलेज में भी पढ़ना चाहती है। मैंने उसकी शिक्षा की सारी व्यवस्था की। राज्य सरकार से कुछ आर्थिक सहायता भी दिलवाई। आज वह युवती कॉलेज की शिक्षा भी पूरी कर चुकी है। इसी प्रकार अंतरराष्ट्रीय स्तर की एक और खिलाड़ी युवती को भी राज्य सरकार से आगे शिक्षा की आर्थिक सहायता उपलब्ध करवाई।

मेरी अपनी बेटी के विद्यालय में उसके साथ एक लड़की पढ़ती थी, जिसके परिवार की आर्थिक स्थिति कमजोर होने के बावजूद उसका भविष्य अंधकार में था। मेरी बेटी ने मुझे प्रेरणा दी कि उसके पढ़ाई के खर्च को बेशक कम करके उसकी सहेली की पढ़ाई में मदद करनी चाहिए। उस लड़की को मैंने स्नातक तक की पढ़ाई पूरी करवाई और उसकी नौकरी का भी प्रबंध किया। कुछ समय के बाद एक दिन जब वह मुझे मिलने आई तो उसने बताया कि मैंने एयर कंडीशनर का नाम तो सुना था, परंतु इस नौकरी से मुझे पहली बार एयर कंडीशनर केबिन में बैठकर काम करने का अनुभव हुआ है। मैं उसकी बात को सुनकर केवल इसी बात में खो गया कि हमारे देश में ऐसी कितनी ही बेटियाँ और बेटे होंगे, जो आर्थिक कमजोरी के कारण न तो पढ़ाई पूरी कर पाते हैं और न ही उनके भविष्य का कोई मजबूत आर्थिक आधार बन पाता है।

पंजाब के नवाशहर जिले के एक ग्रामीण सरकारी स्कूल में जब मैं बच्चों से बात कर रहा था तो मैंने देखा कि सातवीं कक्षा की एक छोटी सी बच्ची गुमसुम एक तरफ खड़ी थी। मेरे बुलाने पर भी उसने कोई प्रतिक्रिया नहीं दिखाई। मैंने माँ–बाप का नाम पूछा, परंतु वह कुछ नहीं बोली। मुझे पता लगा कि वह लड़की न बोल सकती है और न सुन सकती है। मैंने उसके माँ–बाप को बुलाकर उन्हें समझाया कि इसे अलग मूक–बधिर बच्चों के विद्यालय में दाखिल करवाना चाहिए। उनका जवाब था कि हमारी चार बेटियाँ और हैं, जबकि आर्थिक हालत कमजोर है। इस पर मैंने उस बिटिया का दाखिला जिला रूपनगर के प्रकाश मेमोरियल विद्यालय में करवा दिया, जहाँ मूक और बधिर बच्चों को शिक्षा देने की ही विशेष व्यवस्था थी।

मेरे होशियारपुर निवास के पास ही एक ऐसी बिटिया मेरे संज्ञान में आई, जो पढ़ने

में काफी होशियार थी और डॉक्टरी शिक्षा के क्षेत्र में जाना चाहती थी। परंतु उसके परिवार की आर्थिक स्थिति इतनी कमजोर थी कि उसकी माँ को दूसरों के घरों में सफाई, बरतन आदि का कार्य करके घर का खर्च चलाना पड़ता था। मैंने उस बेटी को विज्ञान की शिक्षा और डॉक्टरी की शिक्षा के लिए हर संभव सुविधा उपलब्ध कराई। मैं जब भी उसे देखता हूँ, मेरा मन खुशी से भर जाता है, क्योंकि वह लड़की आज हमारे ही शहर में दाँतों की डॉक्टर बनकर नाम कमा रही है।

कुछ वर्ष पूर्व श्री अटल बिहारी वाजपेयीजी के जन्मदिवस पर मैंने होशियारपुर के अपने पैतृक गाँव जेजों दोआबा के सरकारी विद्यालय में छात्राओं के प्रति सम्मान व्यक्त करने के लिए कन्या पूजन का कार्यक्रम निर्धारित किया। पूजनीय कन्याओं ने मुझे कहा कि आपने कन्याओं के बारे में बड़ी उच्च बातें कही हैं, परंतु हमारे गाँव में विद्यालय के बाद कॉलेज की पढ़ाई का कोई प्रबंध नहीं है। शिक्षा के प्रति उनकी भावनाओं का सम्मान करते हुए मैंने बाबा औघड़दास एजुकेशनल सोसाइटी का गठन किया और हर तरफ से वित्तीय सहायता एकत्र करने के लिए कुछ लोगों को इस कार्य में लगाया। प्रारंभ में इस सोसाइटी के द्वारा गाँव के मंदिर में कॉलेज की कक्षाओं का आयोजन किया गया। बाद में गाँव के सरकारी विद्यालय में ही कॉलेज की विधिवत् पढ़ाई प्रारंभ हो गई। इस प्रकार गाँव की बेटियों के लिए उच्च शिक्षा के द्वार खुल गए। इस कॉलेज से निकलने वाली अनेक बेटियाँ प्रांत के कई विभागों में कार्यरत भी हो चुकी हैं। इनमें दो बेटियाँ तो बी.एस. एफ. में नौकरी भी कर रही हैं।

भटिंडा की भी एक ऐसी ही घटना ने मेरे अंदर भावनात्मक रूप से उस बेटी के प्रति दर्द उत्पन्न कर दिया, जो अपने आपको ताई कमांडो में दक्ष मानती थी और अंतरराष्ट्रीय स्तर पर होनेवाली एक प्रतियोगिता में भाग नहीं ले पा रही थी, क्योंकि उसके परिवार की आर्थिक हालत कमजोर थी। उसके पिता ने बैंक से 15 हजार रुपए का ऋण लेकर उसके विदेश जाने की व्यवस्था की। उस बेटी को अंतरराष्ट्रीय ताई कमांडो प्रतियोगिता में प्रथम स्थान मिला। परंतु गाँव में आने पर कहीं किसी प्रकार का स्वागत समारोह तो दूर किसी ने उसे शुभकामनाएँ भी नहीं दीं। समाचार-पत्रों के माध्यम से जब मुझे यह जानकारी मिली तो मैं तुरंत अपने कार्यक्रमों के बीच समय निकालकर उस बेटी को मिलने उनके घर पहुँचा। मैंने पंजाब सरकार से उसे 15 हजार रुपए की सहायता दिलवाई। जो गाँव अपनी बेटी की इतनी बड़ी उपलब्धि पर उसे सम्मानित नहीं कर पाया, वह बेटी अपने गाँव के दर्द को सुनाते हुए मुझे कहने लगी कि हमारे गाँव में पीने के पानी की व्यवस्था नहीं है। मैंने अपनी सांसद निधि में से तुरंत उनके गाँव में पीने के पानी की व्यवस्था का प्रबंध करवाया।

इन सभी प्रयासों के बावजूद मैं यह सोचने के लिए मजबूर हो जाता हूँ कि देश की

असंख्य प्रतिभाएँ सुविधाओं और सहायता के अभाव में दबकर रह जाती होंगी। वास्तव में हमारे छोटे-छोटे प्रयास हमारे देश की महान् उन्नति का आधार बन सकते हैं। इसलिए समाज के प्रत्येक संपन्न व्यक्ति को यह अपना नैतिक और राष्ट्रीय दायित्व समझना चाहिए कि जहाँ कहीं भी पढ़ाई में रुचि रखनेवाले बच्चों को आर्थिक सुविधाओं के अभाव में कोई समस्या आ रही हो तो ऐसे बच्चों को शिक्षा की पूरी सुविधाएँ उपलब्ध करवानी चाहिए। बेटियों के लिए तो हमारा यह दायित्व और अधिक महत्त्वपूर्ण हो जाता है, क्योंकि बेटियाँ सुखी तो राष्ट्र सुखी।

□

समस्याओं का निदान

गुमशुदा बच्चों का अपराधीकरण

इस सिद्धांत में कोई संदेह या विवाद नहीं हो सकता कि बच्चे देश का भविष्य होते हैं। किस बच्चे ने कितनी योग्यता अर्जित करने के बाद किस रूप में देश की सेवा करनी है यह तो भविष्य ही बताएगा, परंतु आज के बच्चे संस्कारित हों, नैतिक हों तथा शैक्षणिक योग्यता और कला-कौशल में पारंगत हों, इसे सुनिश्चित करना परिवार, समाज और सरकार की संयुक्त जिम्मेदारी है। प्रत्येक माता-पिता अपने बच्चों के गुणों का विकास करने के लिए हर संभव प्रयास करता है। परंतु हमें चिंता उन बच्चों की भी करनी चाहिए, जो बाल्यावस्था में अपने माता-पिता के प्रेम से वंचित होकर गुमशुदा वातावरण में जीवन व्यतीत करने के लिए बाध्य हो जाते हैं। एक तरफ ऐसे बच्चे अपनी पहचान खो देते हैं और दूसरी तरफ उनके अपराधीकरण की संभावनाएँ भी अधिक होती हैं।

भारत में लापता बच्चों की संख्या लगातार बढ़ती जा रही है। लोकसभा तथा राज्यसभा में अनेक बार इस विषय पर चर्चा भी हो चुकी है कि लापता बच्चों का पता लगाने के लिए सरकारों को कुछ विशेष पुलिस अभियान प्रारंभ करने चाहिए। यह समस्या सर्वोच्च न्यायालय के समक्ष भी कई बार जनहित याचिकाओं के रूप में सामने आई है। सर्वोच्च न्यायालय ने भी बड़ी गंभीरता के साथ बच्चों को अगवा किए जाने पर चिंता जताते हुए पुलिस को अनेक बार कड़ी फटकार लगाई है, क्योंकि पुलिस बहुतायत मामलों में बच्चों का पता लगाने में नाकाम रहती है।

सर्वोच्च न्यायालय के समक्ष मानवाधिकार आयोग की वर्ष 2005 की रिपोर्ट में लापता बच्चों से संबंधित आँकड़े प्रस्तुत करते हुए यह कहा गया है कि प्रतिवर्ष लगभग 44 हजार बच्चे सारे देश में से लापता होते हैं, जबकि लगभग 11 हजार बच्चों का पता ही नहीं चलता। अगस्त 2014 में लोकसभा में इस विषय पर चर्चा के दौरान कहा गया कि प्रतिवर्ष लगभग 1 लाख बच्चे लापता होते हैं। एक चर्चा में यह भी कहा गया कि खुफिया तंत्रों की सूचनाओं के अनुसार भारत में लगभग 800 अपराधी गुट बच्चों को उठाने और उन्हें तरह-तरह के अपराधी कार्यों में लगाने के लिए कार्यरत हैं।

इन सब आँकड़ों और चर्चाओं से यह स्पष्ट होता है कि हमारे देश में गुमशुदा बच्चों

को ढूँढ़ने का तंत्र पूरी तरह से सक्षम नहीं है। जब बच्चों को गली-मोहल्लों या विद्यालयों के आस-पास से उठा लिया जाता है तो उसके बाद ये अपराधी गुट इन मासूम बच्चों को अलग-अलग प्रकार के आपराधिक कार्यों में प्रयोग करना प्रारंभ कर देते हैं। लड़कियों को वेश्यावृत्ति जैसे धंधों में जबरदस्ती धकेलना, लड़कों को हर प्रकार के अपराध और हिंसा के कार्यों में प्रयोग करना, नशाखोरी तथा नशे के व्यापार में इन्हीं बच्चों को सहायक बना लिया जाता है और कुछ गुट तो गरीब बच्चों को भीख माँगने जैसे मार्ग पर धकेल देते हैं। अकसर ऐसे आपराधिक मार्गों पर धकेले जाने के कुछ वर्षों बाद ये बच्चे उसी वातावरण को अपना परिवार और अपना जीवन स्वीकार कर लेते हैं और सारी उम्र उस आपराधिक नर्क में बिताने के लिए मजबूर हो जाते हैं। निठारी हत्याकांड जैसी घटनाओं से परदा उठने के बाद दर्जनों बच्चों के कंकाल मिलने पर पता लगा कि वे बच्चे आस-पास के क्षेत्रों से लगभग दो वर्ष से लापता थे।

यह सहज कल्पना की जा सकती है कि किसी बच्चे के गुमशुदा हो जाने के बाद उसके माता-पिता के मन पर क्या बीतती है। लंबी अवधि बीत जाने के बाद भी उन्हें सदैव आस लगी रहती है कि शायद उनका बच्चा कभी वापस मिल जाए। परंतु जैसे-जैसे वर्षों पर वर्ष बीतते जाते हैं, वैसे-वैसे ऐसे बच्चों के माता-पिता को उनके मिलने की संभावनाएँ भी कम होती जाती हैं।

पुलिस काररवाई की सच्चाई यह है कि पुलिस बच्चे के गुमशुदा होने पर केवल सूचना मात्र दर्ज करती है। जबकि पुलिस को विधिवत् एफ.आई.आर. दर्ज करके गंभीर काररवाई करनी चाहिए। सारे देश की पुलिस को नियमित रूप से वेश्यालयों, आपराधिक गुटों और भिखारी गुटों पर कड़ी नजर रखनी चाहिए कि जैसे ही इनके पास नए लड़के और लड़कियाँ शामिल दिखाई दें, उन मामलों को बड़ी गंभीरता और कड़ाई के साथ लेना चाहिए। हो सकता है कुछ बच्चे सुरक्षा की गारंटी महसूस करके अपनी पुरानी स्मृति से अपने परिवार का पता बता दें या वर्तमान घुटन से मुक्ति की इच्छा व्यक्त करें। इसलिए पुलिस तथा मानवाधिकार संगठनों को नियमित रूप से ऐसे बच्चों के साथ संवाद स्थापित करते रहना चाहिए तथा उनके लिए पुनर्वास की व्यवस्था करनी चाहिए।

गत वर्ष लोकसभा में गुमशुदा बच्चों पर ही चल रही एक चर्चा के दौरान एक संसद् सदस्य ने यह विचार भी दिया था कि गुमशुदा बच्चों की समस्या से निपटने के लिए कितने सांसद विद्यालयों में मार्शल आर्ट प्रशिक्षण के लिए अपने कोष में से सहयोग देते हैं। कितने सांसद ऐसे हैं, जो अपने क्षेत्र के बच्चों को विद्यालयों से घर पहुँचने तक की सुविधा एवं सुरक्षा सुनिश्चित कराने के लिए विद्यालयों को प्रेरित करते हैं। कितने सांसद ऐसे हैं, जो गुमशुदा बच्चों के संबंध में उनके माँ-बाप की शिकायतों पर काररवाई के लिए पुलिस पर दबाव बनाते हैं। यदि भारत के प्रत्येक सांसद और विधायक अपने-अपने

क्षेत्र की पुलिस पर इस अपराध के लिए विशेष दबाव बनाए तो संभव है कि पुलिस समय रहते त्वरित काररवाई करने के लिए मजबूर हो जाए और इतनी बड़ी संख्या में गुमशुदा बच्चों की समस्या देश के लिए एक विकराल समस्या न बन पाए।

मैंने हाल ही में राज्यसभा में इस विषय पर विस्तृत चर्चा के लिए सरकार को नोटिस दिया तो मेरे प्रश्नों के उत्तर में सरकार ने कई प्रावधानों का संदर्भ प्रस्तुत करते हुए एक आशाजनक योजना लागू करने का आश्वासन दिया है।

सुप्रीम कोर्ट के निर्देश से गुमशुदा बच्चों की एफ.आई.आर. दर्ज करना अनिवार्य किया गया है। महिला एवं बाल कल्याण मंत्रालय ने एक वेबसाइट और एप्प का निर्माण किया है, जिसमें गुमशुदा बच्चों की फोटो लगाई जाती है। देश में कहीं भी कोई गुमशुदा बच्चा पाया जाता है तो उसकी फोटो उस वेबसाइट से एप में डालकर तुरंत मिलान किया जा सकता है कि वह बच्चा कहाँ से गुमशुदा हुआ था और उसकी पृष्ठभूमि की पहचान भी की जा सकती है। दिल्ली हाईकोर्ट द्वारा दिल्ली पुलिस को निर्देश देकर एक ऐसा एप निर्मित करवाया गया है, जिसमें गुमशुदा बच्चों के फोटो डाले जा रहे हैं। सामाजिक संस्थाओं के माध्यम से लोगों को जाग्रत् किया जा रहा है कि वे सड़कों, चौराहों पर भीख माँगने वालों बच्चों को भीख नहीं दें अलबत्ता अपने मोबाइल से उनका फोटो खींचकर उस एप में डाउनलोड कर दें। ऐसा करने पर तुरंत पता चल जाएगा कि भीख माँगने वाला वह बच्चा कहाँ से लापता हुआ था। उम्र के साथ शक्ल बदलने पर भी उस एप के द्वारा पहचान कर ली जाएगी। इस तरह समाज की सक्रिय भूमिका से गुमशुदा बच्चों को तलाशने के सार्थक अभियानं शुरू हुए हैं।

□

अप्रवासी विवाह का आकर्षण

भारत के युवक और युवतियों का विदेशों में बसे भारतीयों के साथ विवाह काफी लंबे समय से सामाजिक, आर्थिक और कानूनी विवादों का विषय रहा है। विशेष रूप से जब कोई अप्रवासी भारतीय अमेरिका या यूरोप के किसी अन्य विकसित देश में रह रहा हो तो ऐसे लोगों के साथ मिलकर गैर-कानूनी गतिविधियों का मार्ग ढूँढ़ते-ढूँढ़ते अकसर लोग विवाह जैसे पवित्र कार्य का प्रयोग भी ऐसे कार्यों के लिए करने लगते हैं। इससे अकसर विवाह बंधन में फँसने वाला अनजान साथी अपराधी मानसिकता का शिकार हो जाता है। अकसर लड़कियाँ ही ऐसे चक्रव्यूह में फँसती हुई देखी गई हैं। ऐसी घटनाओं के कई सामाजिक दुष्प्रभाव भी होते हैं।

अपराधी मानसिकता वाले अप्रवासी भारतीयों को दो प्रकार की श्रेणियों में बाँटा जा सकता है। प्रथम, वे अप्रवासी भारतीय जो देखने में तो पत्नी की तलाश में भारत आते हैं, परंतु उनका उद्देश्य धनी माता-पिता की बेटियों को विवाह जाल में फँसाकर दहेज के रूप में तरह-तरह से धन की माँग करते रहना होता है। दूसरे प्रकार के ऐसे विवाह हैं, जिनमें भारतीय पक्ष विदेश जाकर बसने के लोभ में वीजा बनवाने की प्रक्रिया को सुनिश्चित करने के लिए विदेशी भारतीय से विवाह करता है।

अधिकतर समस्याएँ प्रथम प्रकार के षड्यंत्रकारी विवाहों में देखने को मिलती हैं, जब विदेश में बसा कोई पुरुष भारत में आकर सामाजिक और आर्थिक रूप से संपन्न परिवारों की लड़कियों के साथ विवाह का आयोजन करता है। वह भारतीय परिवार को इस बात का पूरा सब्जबाग दिखाता है कि विदेश में उनकी बेटी को बहुत अच्छे स्तर का जीवन प्राप्त होगा और यहाँ भारत में भी उनके परिवार को उच्च सामाजिक प्रतिष्ठा प्राप्त होगी। इस प्रकार के प्रलोभन में भारतीय परिवार सरलता के साथ फँस जाते हैं। इतना ही नहीं वे ऐसे विवाहों पर अपार धन भी व्यय करते हैं। खर्चीले विवाह के अतिरिक्त भारी दहेज भी दिया जाता है, परंतु वास्तविकता विवाह के बाद सामने आती है। अकसर लड़की को वीजा बनने में देरी के बहाने यहीं छोड़ दिया जाता है। अप्रवासी भारतीय पुरुष जानबूझकर उसके माता-पिता को प्रतीक्षा की कुछ अवधि बिताने के लिए मजबूर करता

है, जिससे वह उनसे और अधिक धन वसूली कर सके। किसी प्रकार जब नव-विवाहित युवती प्रतीक्षा की घड़ियाँ पूरी करके विदेश पहुँचती है तो उसके लिए असहनीय दृश्य प्रस्तुत होते हैं। अपने पति के आपराधिक चाल-चलन तथा अनैतिक संबंधों को देखकर उस लड़की के पास और कोई उपाय नहीं बचता कि वह घुट-घुटकर विदेशी भूमि पर अपने दिन काटती रहे। यदि वह इस सारी दुविधा को अपने माता-पिता से साँझा करती भी है तो भारत में बैठे उसके माता-पिता उसकी सहायता भी नहीं कर पाते। इन परिस्थितियों में पति उसके माता-पिता को भावनात्मक रूप से और अधिक ब्लैकमेल करना प्रारंभ कर देता है, जिससे वह उनसे लगातार इस बात के लिए धन वसूली करता रहे कि जिससे उनकी बेटी विदेश में सुखी रह सके या केवल जिंदा ही रह सके। ऐसी लड़कियों को विदेश में एक प्रकार से परित्यक्ता का जीवन जीना पड़ता है। विदेश में ऐसी लड़कियों को न कोई सहयोग करनेवाला होता है और न ही विदेशी कानून भारत की तरह असहाय पत्नियों को कोई विशेष सहारा देने वाले होते हैं। ऐसे वैवाहिक विवाद भारत के अनेक प्रांतों विशेष रूप से पंजाब, हरियाणा, आंध्र प्रदेश, तमिलनाडु, केरल तथा गुजरात आदि में देखने सुनने को मिलते हैं।

दूसरे प्रकार के विवाह में अकसर भारतीय पक्ष विदेशों में अपने लिए वैवाहिक संबंध की तलाश करता है, जिससे वह उस देश का स्थायी वीजा प्राप्त कर सके। इस कार्य में विदेशों में बसे कई लोग तो पूरे आपराधिक गुटों का संचालन करते हैं, जिसमें भारतीय युवक को किसी भी देश में ले जाने के लिए वहाँ की किसी युवती से उसका विवाह होना दिखा दिया जाता है। ऐसे कार्यों में बिचौलिए गुट अपार धनराशियाँ वसूल करते हैं। हाल ही में भारत के स्थानीय समाचार-पत्रों में ऐसे नकली विवाहों के आयोजनों पर विस्तृत रिपोर्ट भी प्रकाशित हुई। होशियारपुर, लुधियाना तथा जालंधर के कुछ स्थानीय समाचार-पत्रों में तो विदेशों में विवाह के नाम से विशेष वैवाहिक विज्ञापन भी प्रकाशित किए गए। ऐसे विवाहों में केवल कोर्ट विवाह प्रक्रिया का ही सहारा लिया गया, जिससे वीजा मिलने में सरलता हो सके। इस प्रकार की हरकतों को देखकर इंग्लैंड दूतावास ने तो कुछ समय के लिए वैवाहिक वीजा देने पर प्रतिबंध ही लगा दिया था।

लंबी अवधि की विदेशी दासताँ ने भारतीय समाज को आर्थिक तथा सामाजिक रूप से आज भी विदेशी संस्कृति का गुलाम बनाकर रखा हुआ है। पंजाब के अंदर तो विदेशों में जाकर अधिक धन कमाने की मानसिकता व्यापक रूप से देखी जा सकती है। दक्षिण भारत के कुछ राज्यों में भी यह दौड़ बढ़ती जा रही है। इस दौड़ के कारण लोग किसी भी हद तक जाते हुए देखे जा सकते हैं। इन कार्यों में अपार धनराशि खर्च करना लोग ऐसा समझते हैं जैसे किसी नए व्यापार में निवेश करना।

विदेशों में जाकर बसने की प्रक्रिया में शामिल आपराधिक मार्ग को देखते हुए, अब

केंद्र सरकार के अप्रवासी विभाग तथा राष्ट्रीय महिला आयोग ने भी गाँव-गाँव के स्तर पर लोगों में इन षड्यंत्रों से सचेत रहने का प्रचार प्रारंभ कर दिया है। महिला आयोग की वेबसाइट पर भारतीय महिलाओं के लिए विशेष सुझाव भी लिखे गए हैं। पुरुषों को भी यह स्मरण रखना चाहिए कि जाली अप्रवासी विवाह प्रक्रिया के माध्यम से वे विदेश पहुँचने के बजाय जेल भी पहुँच सकते हैं। लेकिन इस सामाजिक बुराई को रोकने के लिए इतना पर्याप्त नहीं है।

अब यह महसूस किया जा रहा है कि अप्रवासी विवाहों में शामिल इस आपराधिक मार्ग से भोले-भाले लोगों को राहत दिलाने के लिए कोई विशेष कानून नहीं है। प्रतिवर्ष कई हजारों की संख्या में ऐसे जाली विवाह सरकार की सूचना में आ रहे हैं। पीड़ित पक्ष इन षड्यंत्रों में फँसने के बाद न्याय की माँग करते हुए जगह-जगह ठोकर खाने के लिए मजबूर हो रहे हैं। इस संबंध में निश्चय ही सख्त कानून बनाए जाने चाहिए। इस आवश्यकता को महसूस करते हुए मैंने राज्यसभा की याचिका समिति के समक्ष एक विस्तृत याचिका प्रस्तुत करते हुए यह प्रार्थना की कि अप्रवासी विवाहों के विरुद्ध जागरूकता बढ़ाने के लिए और अधिक प्रचार किया जाना चाहिए। भारत की सरकार विदेशों के साथ कुछ विशेष प्रकार के समझौते करें, जिनमें ऐसे अपराधी षड्यंत्रों में शामिल पक्षों को कानून के दायरे में लाने का प्रबंध किया जा सके। ऑस्ट्रेलिया, फ्रांस, हांगकांग, जर्मनी, कुवैत, मॉरिशस, नीदरलैंड, सऊदी अरब, दक्षिण अफ्रीका, स्पेन, यू.ए.ई., इंग्लैंड, अमेरिका आदि सहित 38 देशों के साथ इस संबंध में भारत के समझौते हो चुके हैं। भारत के अंदर भी ऐसे विवाहों को लेकर सख्त कानूनों की आवश्यकता है। ऐसे विवाहों से पूर्व अप्रवासी पक्ष के पूर्ण तथ्यों का प्रमाण विदेशों से प्राप्त किया जाना चाहिए, उनके पासपोर्ट और वीजा आदि का भी गंभीरता से निरीक्षण किया जाए। अप्रवासी पक्ष के इन सभी दस्तावेजों की फोटोकॉपियाँ करवाकर सुरक्षित रखनी चाहिए। इसके अतिरिक्त भारत में विवाह के पंजीकरण के समय यह अनिवार्य किया जाना चाहिए कि अप्रवासी भारतीय अपनी वैवाहिक योग्यता का प्रमाण पत्र अपने प्रवास वाले देश की सरकार अथवा भारतीय दूतावास से प्रमाणित करवाकर प्रस्तुत करें, जिसमें उसके किसी पूर्व विवाह, तलाक अथवा लिव-इन-रिलेशन के साथ-साथ उसकी आय के स्रोतों आदि की भी प्रमाण सहित जानकारी शामिल हो।

भारतीय पीड़ित पक्ष को इस सारी प्रक्रिया में निःशुल्क कानूनी सहायता दी जानी चाहिए। इस प्रकार के मामलों में वकीलों को भी अधिक मेहनत करनी पड़ती है। कानूनी प्रक्रिया में भी अप्रवासी भारतीय कई प्रकार के षड्यंत्र रचकर भारत की कानूनी प्रक्रिया को धोखा देने का प्रयास करते रहते हैं। भारत की अदालतों के नोटिस और वारंट इत्यादि अप्रवासी भारतीयों तक पहुँचाने की जिम्मेदारी भारत के कानून मंत्रालय और गृह मंत्रालय की होती है। इसके अतिरिक्त विदेश मंत्रालय की जिम्मेदारी है कि विदेश के भारतीय

दूतावास के माध्यम से अप्रवासी भारतीय की हर प्रकार की सूचना उपलब्ध कराए। भारत सरकार को अप्रवासी भारतीयों के साथ जुड़े इन मंत्रालयों से संबंधित अधिकारियों को भी अत्यधिक संवेदनशील बनाना पड़ेगा। यदि कोई अप्रवासी भारतीय अपनी पत्नी के साथ इस प्रकार के षड्यंत्र करता है तो भारतीय अदालतों में ऐसे व्यक्ति के विरुद्ध आपराधिक मुकदमे प्रारंभ करने के साथ-साथ उसका विदेश का वीजा निरस्त कराने की प्रार्थना भी विदेश मंत्रालय के समक्ष प्रस्तुत की जानी चाहिए। अकसर अप्रवासी भारतीय विदेशी कानूनों का सहारा लेते हुए वहाँ की अदालतों में मुकदमे करके बिना भारतीय पक्ष की उपस्थिति के तलाक के अंतिम निर्णय भी प्राप्त कर लेते हैं। सर्वोच्च न्यायालय ने नीरजा सराफ बनाम जयंत सराफ मामले में यह स्पष्ट निर्णय दिया है कि भारत सरकार इस प्रकार का कानून पारित करके कि भारत में संपन्न हुए किसी भी विवाह पर तलाक का आदेश कोई विदेशी अदालत नहीं दे सकती। ऐसे कानून में यह प्रावधान भी जोड़ने चाहिए कि भारतीय पत्नी का अपने पति की भारत और विदेशों में स्थित सभी संपत्तियों में अधिकार घोषित किया जाए तथा भारत की अदालतों द्वारा दिए गए आदेशों का क्रियान्वयन विदेशों में भी सरलतापूर्वक संभव होना चाहिए।

मेरा निश्चित मत है कि यदि इस याचिका की प्रार्थना के अनुरूप सरकार यह विशेष उपाय करती है तो जाली अप्रवासी विवाहों पर कुछ रोकथाम अवश्य ही लग सकेगी और पीड़ित पक्ष की पीड़ा को कम करने में भी सहयोग प्राप्त होगा।

□

अप्रवासियों पर आतंकवाद के खतरे

किसी राष्ट्र का कोई सदस्य जब आजीविका अर्जित करने के लिए संसार के अन्य भागों में जाकर बसता है तो एक मायने में यह संस्कृति का प्रसार समझा जाता है। विदेशों में बसने वाले भारतीयों के माध्यम से अन्य देशों में भारतीय संस्कृति के उदार लक्षणों से उन देशों के नागरिक भी प्रभावित होते हैं। विदेशों में जाकर धन अर्जित करनेवाले लोग अपनी मातृभूमि के प्रति भी सदैव अपनी कृतज्ञता दिखाने में संकोच नहीं करते। जिन लोगों के परिवार भारत में ही हैं, वे तो नियमित रूप से अपनी आय का पर्याप्त हिस्सा भारत में बसे अपने परिवारों को नियमित रूप से भेजते रहते हैं। परंतु जो लोग काफी लंबे समय से विदेशों में रह रहे हैं, वे भी समय-समय पर भारत में निवेश और आपदाओं के समय उदारतापूर्वक सहयोग में भी अग्रणी रहते हैं। विदेशों में रहनेवाले भारतीय मूल के व्यक्तियों को अप्रवासी भारतीय कहा जाता है।

अप्रवासी भारतीयों की अनुमानित संख्या लगभग तीन करोड़ आँकी गई है। सबसे अधिक लगभग 44 लाख भारतीय अमेरिका में रह रहे हैं। सऊदी अरब में 28 लाख, संयुक्त अरब तथा म्याँमार में 20-20 लाख, मलेशिया में 21 लाख, इंग्लैंड में 18 लाख, लंका में 16 लाख, दक्षिण अफ्रीका में 15 लाख और कनाडा में 10 लाख भारतीय हैं।

वर्ष 2003 से श्री अटल बिहारीजी के नेतृत्व वाली केंद्र सरकार ने प्रतिवर्ष 9 जनवरी को 'अप्रवासी भारतीय दिवस' आयोजित करने का निर्णय लिया। वर्ष 1915 में 9 जनवरी को ही महात्मा गांधी ने दक्षिण अफ्रीका से भारत वापस लौटने के बाद स्वतंत्रता आंदोलन में भाग लेना प्रारंभ किया था।

अप्रवासी भारतीय दिवस के माध्यम से सरकार प्रतिवर्ष जहाँ एक तरफ भारतीय संस्कृति के इन दूतों को सम्मानित करती है और उनके अनुभवों को साझा करने के लिए कई प्रकार के सम्मेलन भारत में आयोजित किए जाते हैं, वहीं अप्रवासी भारतीयों को पूरी सुरक्षा की गारंटी देना भी भारत सरकार का प्रमुख दायित्व है। इसलिए भारत सरकार को यथाशीघ्र प्रभावशाली कदम उठाते हुए विदेशों में घायल होनेवाले या मृत्यु को प्राप्त होनेवाले भारतीय नागरिकों के मुआवजे के लिए भी कोई पहल करनी ही चाहिए।

जब कोई भारतीय नागरिक किसी अन्य देश में कार्य करने के लिए जाता है तो प्रारंभ में उसे कई प्रकार की परेशानियों का सामना करना पड़ता है। उसके सामने विदेशी भाषा की समस्या होती है, विदेश की संस्कृति और परंपराओं की समझ नहीं होती, विदेशी नियमों और कानूनों के प्रति भी उसे अधिक जानकारी नहीं होती। कई बार भारतीय नागरिक दूसरे देशों में सामाजिक भेदभाव के शिकार भी होते देखे गए हैं। इसके अतिरिक्त आतंकवादी गतिविधियों में वृद्धि के कारण भी कई देशों में बाहर से आए व्यक्तियों को असुरक्षित वातावरण झेलना पड़ता है। कभी-कभी प्राकृतिक आपदाओं के कारण भी विदेशी नागरिक होने के नाते ऐसे लोग असहाय अवस्था में नजर आते हैं। इस प्रकार भारतीय नागरिकों को जाने-अनजाने कई प्रकार की दुर्भाग्यपूर्ण अवस्थाओं में फँसे हुए देखा जा सकता है।

इन सारी अवस्थाओं पर चिंतन करते-करते मेरे मन में कुछ प्रश्न पैदा हुए, जिन्हें लेकर मैंने विदेश मंत्रालय के समक्ष राज्यसभा सचिवालय के माध्यम से वस्तुस्थिति की जानकारी माँगी।

सरकार ने जानकारी दी कि बगदाद में जिन यात्रियों के पास वापस आने का प्रबंध नहीं था या जो दस्तावेज अथवा अप्रवासन अनुमति के अभाव में वहाँ फँस गए थे, ऐसे 7 हजार भारतीय नागरिकों को हर प्रकार की सहायता उपलब्ध कराकर भारत वापस लाया गया। इराक में उग्रवादी गतिविधियों के शिकार लोगों के लिए भारत सरकार ने 24 घंटे की हेल्पलाइन सेवा प्रारंभ की थी, ताकि भारत में रह रहे उनके परिवारों को हर प्रकार की तत्काल सूचना उपलब्ध कराई जा सके। इसी प्रकार लीबिया से भी लगभग 5000 भारतीयों को पड़ोसी देशों की सहायता से भूमि, वायु और समुद्री मार्ग के माध्यम से भारत लाया गया था। इसी तरह यमन से भारतीय नागरिकों को वापस लाने के लिए गत वर्ष सरकार ने एक व्यापक अभियान चलाया था, जिससे लगभग 5 हजार भारतीय और लगभग 2 हजार अन्य विदेशी नागरिकों को भी मुक्त कराया गया। सरकार समय-समय पर कुछ देशों के बारे में भारतीय नागरिकों को कई प्रकार के परामर्श जारी करती है, जिसमें ऐसे देशों में न जाने के परामर्श से लेकर अन्य सावधानियों का संकेत दिया जाता है।

गृहराज्य मंत्री ने मेरे प्रश्नों के उत्तर में यह भी सूचित किया कि भारत सरकार ने अप्रवासी भारतीय नागरिकों की सुरक्षा के लिए 'भारतीय समुदाय कल्याण निधि' का प्रबंध किया हुआ है। आपात परिस्थितियों में ऐसे लोगों को चिकित्सा सुविधाएँ उपलब्ध कराना, विदेशों में उनके अस्थायी निवास की व्यवस्था करना, वापस भारत लाने के लिए उनके हवाई टिकट की व्यवस्था करना और मृत व्यक्तियों के पार्थिव शरीर को भारत वापस लाने की व्यवस्था इसी कोष के माध्यम से की जाती है।

इसके अतिरिक्त विदेश मंत्रालय ने अपनी वेबसाइट पर 'मदद' नामक योजना की घोषणा की है, जिसके अंतर्गत अप्रवासी भारतीयों के वीजा, पासपोर्ट से लेकर अदालती

मुकदमे, घरेलू सहायता, विदेशों की जेलों में बंद होने पर सहायता, विदेशों में मृत्यु की अवस्था में उनके पार्थिव शरीर को भारत लाने, अपराधियों को भारत में लाने, विदेशों में नौकरी की बकाया राशियाँ या मुआवजा दिलवाने या गुमशुदा व्यक्तियों की तलाश से संबंधित कार्यों में हर संभव सहायता उपलब्ध करवाई जाती है।

वास्तव में जब कोई भारतीय विदेश जाकर बसता है तो उसे संकट के समय स्वाभाविक रूप में अपनी मातृभूमि से ही हर सहायता की अपेक्षा रहती है। यह उसकी मातृभूमि की सरकार का भी एक महान् नैतिक और मानवीय दायित्व है कि अपने देश के नागरिकों को परदेश की धरती पर अपनत्व और सुरक्षा की अनुभूति प्रदान करे।

विदेशों में रहनेवाले भारतीय नागरिकों का जीवन जब खतरे में होता है और किसी भी कारणवश जब उनकी मृत्यु हो जाती है तो भारत सरकार के द्वारा ऐसे व्यक्तियों के परिवारों को पर्याप्त मुआवजा दिलाने का प्रयास किया जाना चाहिए। यह मुआवजा भारत सरकार स्वयं दे या उस देश की सरकार से दिलवाए, जहाँ भारतीय नागरिक की मृत्यु हुई हो। इस संबंध में भारत सरकार को अन्य देशों के साथ कुछ समझौते भी करने पड़ेंगे।

□

दुर्घटनाएँ ऐसे नहीं रुकेंगी

क्या यह संभव है कि सड़कों पर कोई दुर्घटनाएँ ही न हों? इसके लिए हमें यह सुनिश्चित करना होगा कि हम सभी सड़क सुरक्षा के नियमों का पालन अवश्य करें। लेकिन भारत में ऐसी संभावना दिखाई नहीं देती। इसके कई कारण हो सकते हैं। हमारे देश में सड़क दुर्घटनाओं का सबसे बड़ा कारण है कि हमारी व्यवस्था में एजेंटों के माध्यम से लाइसेंस प्राप्त करनेवालों पर कोई नियंत्रण नहीं किया जा रहा। बार-बार सुरक्षा नियमों का उल्लंघन करनेवालों के लाइसेंस रद्द करने जैसे प्रावधान का पालन नहीं हो रहा है। सड़क सुरक्षा नियमों का उल्लंघन करनेवालों पर केवल जुरमाना लगा देने से उनकी आदतें नहीं सुधर सकतीं। जुरमाना लगाने से सरकारी कोष में धन एकत्रित तो अवश्य होता है, लेकिन ट्रैफिक नियमों का पालन न करनेवालों को यह एहसास करवाया जाना, उससे ज्यादा आवश्यक है कि उनकी एक छोटी सी गलती से किसी का परिवार उजड़ सकता है।

सड़क दुर्घटनाओं में मरने वालों की संख्या का ग्राफ दिन-प्रतिदिन बढ़ता ही जा रहा है। अनेक विख्यात राजनेता, खिलाड़ी, फिल्म कलाकार तथा कई अन्य विशिष्ट लोग भी ऐसी ही सड़क दुर्घटनाओं में अपना जीवन गँवा चुके हैं। देश की जनसंख्या के अनुपात में वाहनों की संख्या अधिक बढ़ रही है, जिस कारण सड़कें छोटी नजर आने लगी हैं। कहीं-कहीं तो सड़कों में इतने गड्ढे होते हैं कि वे गड्ढे ही दुर्घटनाओं का कारण बन जाते हैं। दुर्घटना की संभावना वाले मोड़ पर यदि समुचित रोशनी की व्यवस्था न हो तो रात्रि में कई दुर्घटनाएँ घटित हो जाती हैं। ऐसी अवस्था में यह आशा ही नहीं की जा सकती कि सड़कों पर सफर सुरक्षित होगा। सड़कों के दोनों तरफ किए गए अवैध कब्जों से भी यातायात प्रभावित होता है, परंतु देश के प्रशासन तंत्र की पूरी उदासीनता यह दरशाती है कि प्रशासन सड़क सुरक्षा को लेकर गंभीर नहीं है।

भारत में प्रतिवर्ष सड़क हादसों में मरने वालों की संख्या डेढ़ लाख से भी अधिक है। लेकिन दमन एवं दीव, दादरा एंड नगर हवेली में सड़क दुर्घटनाओं की संख्या न के बराबर है। वहाँ पर पिछले 5 सालों में सड़क दुर्घटनाओं के कारण संभवत: एक

भी मृत्यु नहीं हुई। राष्ट्रीय राजमार्गों, एक्सप्रेस मार्गों व चुनिंदा क्षेत्रों में सड़क सुरक्षा संपरीक्षा आयोजित की जाती है। ड्राइविंग प्रशिक्षण संस्थानों की स्थापना, वाहन यात्रा सुरक्षा से संबंधित नियमों जैसे—हेलमेट, सीट बेल्ट, पावर स्टेरिंग, रियर-व्यू मिरर आदि का प्रचार-प्रसार केवल जनवरी माह के पहले सप्ताह मनाए जानेवाले सड़क सुरक्षा सप्ताह की औपचारिकता के रूप में ही दिखाई देते हैं। बाकी सारा वर्ष इस तरफ ध्यान दिया जाना आवश्यक नहीं समझा जाता। सरकारी आँकड़ों के अनुसार वर्तमान समय में सड़क दुर्घटनाओं का सबसे बड़ा कारण क्षमता से अधिक सवारियों को लादना, वाहन चलाते समय मोबाइल का प्रयोग करना, दो पहिया वाहन पर ट्रिपल राइडिंग को बताया जाता है। लेकिन सरकार ऐसी कोई जानकारी देने में असमर्थ है कि इन कारणों को समाप्त करने के लिए क्या उपाय किए जा रहे हैं। छोटे शहरों में ड्राइविंग स्कूलों की काफी कमी है, गाँव स्तर पर तो इसकी संभावना ही नहीं होती। हमारे यहाँ वाहन चलाने का लाइसेंस बड़ी आसानी से मिल जाता है। किंतु यह भ्रष्ट व्यवस्था वाहन चालक को वाहन चलाने का नहीं बल्कि दुर्घटनाओं का लाइसेंस दे देती है। कनाडा, अमेरिका, दुबई, बहरीन जैसे देशों की तरह भारत में भी लाइसेंस लेने के लिए कड़ी परीक्षा का प्रावधान किया जाना जरूरी है।

ट्रैफिक पुलिस के पास एल्कोमीटर, रिफ्लेक्टर, स्पीडोमीटर, मार्शल ड्रेस, बैरीकेट तथा अन्य उपकरणों की सदैव कमी बनी रहती है। अगर ड्राइविंग लाइसेंस नियमानुसार जारी किया जाए और ड्राइवर हर नियम का पालन करें तो सड़क दुर्घटनाओं की संख्या को कम किया जा सकता है। वी.आई.पी. कल्चर ही नियमों के पालन में सबसे बड़ी बाधा है। एक चौक पर खड़े सिपाही ने यदि किसी उच्च प्रशासनिक अधिकारी, मंत्री या राजनेता अथवा किसी अन्य गणमान्य व्यक्ति को ट्रैफिक नियमों की पालना न करने के कारण चालान आदि की काररवाई कर दिखाई तो उसकी गूँज दूर तक जाती है और शीघ्र ही ऐसे पुलिस अधिकारियों को कोपभाजन का शिकार बनाया जाता है। ऐसा शायद ही कहीं हुआ हो कि इस प्रकार के पुलिस अधिकारियों की प्रशंसा की गई हो। इस प्रकार की घटनाओं को देखकर अन्य ट्रैफिक पुलिस अधिकारी भी कठोर काररवाई नहीं कर पाते।

नॉर्वे यात्रा के दौरान मैंने वहाँ की संसद् का भ्रमण किया और उसके बाद जब मैं बाहर आया तो वहाँ के एक एम.पी. ने बातों ही बातों में मुझसे पूछा कि अगर आपके देश में कोई कांस्टेबल किसी विधायक, सांसद, मंत्री को रोककर उसका चालान कर दे तो क्या होगा। मेरे मुँह से एक ही जवाब निकला कि वहाँ ऐसी हिम्मत कांस्टेबल शायद कभी नहीं कर सकता। इस पर उसने मुझे बताया कि नॉर्वे के परिवहन मंत्री संसद् में पहुँचने के लिए स्वयं गाड़ी चलाकर आ रहे थे। उनकी गाड़ी ओवर स्पीड पर थी। सड़क पर खड़े कांस्टेबल ने उन्हें रोककर बताया कि उनकी गाड़ी ओवरस्पीड है तथा

उनका ओवर स्पीड का चालान कर दिया। इतना ही नहीं, संबंधित मंत्री का नियमानुसार तीन साल के लिए लाइसेंस रद्द कर दिया। वह मंत्री तीन साल तक साइकिल पर संसद् आते रहे। यह बात सुनकर मैं सोच में पड़ गया कि अगर हमारे यहाँ ऐसा होता तो शायद बेचारे कांस्टेबल की नौकरी ही चली जाती कि उसने मंत्री को रोककर उसका चालान काटने की हिम्मत की।

विदेशों में कई जगह आप तब तक गाड़ी नहीं खरीद सकते, जब तक कि आपके पास उसे खड़ा करने के लिए गैराज की व्यवस्था न हो और आपके पास कड़ी परीक्षा से गुजरकर हासिल किया गया लाइसेंस न हो। लेकिन हमारे यहाँ तो अवैध रूप से सड़कों पर खड़ी गाड़ियों के बारे में पूछने वाला कोई नहीं है। इसके बावजूद लोग धड़ाधड़ गाड़ियाँ खरीद रहे हैं।

सड़क दुर्घटनाओं को रोकनें के लिए कैसी व्यवस्था होनी चाहिए, इस पर ध्यान देना अत्यंत आवश्यक है। ट्रैफिक पुलिस को हर प्रकार के आवश्यक उपकरण और सुविधाओं का पूरा प्रबंध करना चाहिए। जब तक पार्किंग की व्यवस्था न हो, खरीददार को वाहन खरीदने का अधिकार नहीं मिलना चाहिए। गलत ढंग से पार्क गाड़ियों के चालान काटकर वाहन जब्त करने की व्यवस्था होनी चाहिए। बार-बार नियमों का उल्लंघन करनेवालों के लाइसेंस रद्द होने चाहिए। शराब व अन्य तरह का नशा करके वाहन चलाने वालों को पकड़े जाने पर उसका चालान काटने के साथ-साथ उसे तब तक वाहन चलाने की अनुमति न दी जाए, जब तक उसका नशा उतर न जाए। वाहन चलाते समय मोबाइल फोन सुनने वाले को रोकक़र उनके किसी पारिवारिक सदस्य या शहर के किसी गणमान्य व्यक्ति को बुलाकर उनकी उपस्थिति में मोबाइल वापस किया जाए, जिससे वाहन चालक को अपनी गलती का एहसास भली प्रकार से हो सके और किसी गणमान्य व्यक्ति की जिम्मेदारी निर्धारित हो सके कि वाहन चालक आगे से ऐसा नहीं करेगा। ट्रिपल राइडिंग करनेवाले को रोककर उनसे पूछना चाहिए कि तीनों में से किसे उतारा जाए और चालक का चालान भी किया जाए। इसी तरह हेलमेट पहने बिना या सीट बेल्ट लगाए बिना वाहन चलाने वालों व ओवर स्पीड चलाने वालों का भी चालान काटने के साथ-साथ उन्हें उनकी गलती का एहसास करवाना, ताकि भविष्य में उन्हें ऐसी गलतियाँ न करने की प्रेरणा दी जा सके। ऐसे कई छोटे-बड़े प्रयास सारे देश में किए जाने चाहिए, जिससे सड़क यात्रा को सुरक्षित बनाया जा सके। यदि ऐसा न किया गया तो अनेक अमूल्य जीवन सड़क दुर्घटनाओं का शिकार होते रहेंगे। हमें समाज में यह निश्चित भाव स्थापित करना चाहिए कि ट्रैफिक नियमों का पालन न करना भी अन्य सामाजिक बुराइयों की तरह ही एक बुराई है और इसे जड़ से मिटाने के लिए हम सभी के प्रयास अविलंब प्रारंभ होने चाहिए।

ट्रैफिक नियमों का पालन करवाने के लिए सामाजिक संस्थाओं को आगे आना होगा। इस संबंध में एक उद्धरण पेश किया जाना उचित रहेगा। पंजाब के एक कस्बे का सर्वेक्षण किया गया तो पाया गया कि 100 में से 95 लोग ट्रैफिक नियमों का पालन नहीं कर रहे थे। उपस्थित ट्रैफिक पुलिस भी अपना कर्तव्य निभाती हुई दिखाई नहीं दे रही थी। इस पर मैंने ट्रैफिक पुलिस इंचार्ज को पूछा कि लोग ट्रैफिक नियमों का पालन नहीं करते और न ही पुलिस द्वारा चालान काटे जा रहे हैं। उस कांस्टेबल ने मुझे बताया कि जब भी नियमों का उल्लंघन करनेवालों का चालान काटने लगते हैं तो वह किसी-न-किसी राजनेता से बात करवा देता है। ऐसे में नियमों का पालन करवाना कठिन हो जाता है। मैंने उससे उन राजनेताओं के नाम प्राप्त किए, जो ऐसी सिफारिशें करते थे। इसके बाद शहर में ट्रैफिक नियमों के प्रति जागरूकता पैदा करने के उद्‌देश्य से एक सेमिनार आयोजित किया गया। इसमें उन सभी राजनेताओं को भी बुलाया गया, जो सबसे अधिक फोन किया करते थे। कार्यक्रम के दौरान सभी को शपथ दिलाई गई कि कोई भी ट्रैफिक नियमों का उल्लंघन करनेवालों को छोड़ने के लिए फोन नहीं करेगा। सेमिनार का असर अगले ही दिन देखने को मिला। पुलिस ने एक दिन में नियमों का उल्लंघन करनेवाले 272 लोगों के चालान काटे। कई दिनों तक इसका प्रभाव ऐसे ही चलता रहा। इस दौरान एक वरिष्ठ राजनेता ने बताया कि वह खुद इस बात से दुखी है कि न चाहते हुए भी उन्हें फोन करने पड़ते हैं। इस पर एक योजना बनाई गई कि नियमों की पालना सभी के लिए अनिवार्य है और कानून सभी के लिए एक है। इसके बाद पुलिस ने दिखावे के लिए उस वरिष्ठ राजनेता का एक चालान किया। उसके बाद उस राजनेता से किसी ने पुलिस को फोन नहीं करवाया। इस घटना से जनता में यह संदेश पहुँचाया गया कि कानून की नजर में सभी एक हैं और अब नियमों का उल्लंघन करने पर कोई बच नहीं पाएगा। हमारी इस कोशिश का असर काफी दिनों तक रहा। शायद लोगों को यह बात समझ आ गई थी कि ट्रैफिक नियमों का पालन करके किसी भी तरह की अनहोनी घटना और असुविधा से बचा जा सकता है। ऐसा नहीं है कि लोग नियमों का पालन करना नहीं चाहते। प्रशासन अगर कड़ाई बरते तो लोग खुद नियम अनुसार ट्रैफिक चलाएँगे।

व्यवस्था की कमियों को सूचीबद्ध किया जाए तो पता लगेगा कि हमारे यहाँ साइकिल पर चलने वालों और पैदल चलने वालों के लिए अलग रास्ते नहीं बनाए गए। 50 या 100 साल आगे की कल्पना करके शहरों और गाँवों के विकास की योजनाएँ नहीं बनाई जातीं। हड़प्पा सभ्यता से संबंधित जानकारी के अनुसार उस युग में बसाए गए शहरों की सड़कें और गलियाँ बड़ी ही चौड़ी, खुली-खुली और सुविधाजनक हुआ करती थीं। परंतु हमने उस प्राचीन सभ्यता से भी कोई सबक नहीं लिया। आज के युग में हर प्रकार के नियमों और कानूनों को ताक पर रखकर अवैध निर्माण अंधाधुंध तरीके

से जारी है। परंतु इसके दुष्प्रभाव की तरफ ध्यान दिया जाना जरूरी नहीं समझा जा रहा। इन्हीं कारणों से सड़क दुर्घटनाओं में वृद्धि लगातार जारी है। सड़कें ठीक न होने के कारण यदि कोई दुर्घटना होती है तो इसमें सड़क बनाने वाले से लेकर सरकार को भी बराबर का जिम्मेदार ठहराया जाना चाहिए। दुर्घटनाओं के कारणों की बारीकी से जाँच की जानी चाहिए, जिससे भविष्य में कोई भी सरकार या सरकारी तंत्र नियमों की अवहेलना न कर पाए।

□

सड़क दुर्घटनाएँ कम हो सकती हैं

संयुक्त राष्ट्र के एक अंग विश्व स्वास्थ्य संगठन ने कई वर्ष पूर्व सड़क दुर्घटनाओं पर गहरे चिंतन और अनेक देशों के आँकड़ों का अध्ययन करने के बाद यह घोषित किया था कि सड़क दुर्घटनाएँ भी सार्वजनिक स्वास्थ्य का एक महत्त्वपूर्ण विषय हैं। इस अंतरराष्ट्रीय रिपोर्ट में यह स्पष्ट किया गया है कि सड़क दुर्घटनाओं के कारण प्रत्येक देश की औसतन 2 प्रतिशत सकल घरेलू उत्पाद क्षमता कम हो जाती है। इसका सीधा सा अभिप्राय यह हुआ कि यदि हम अपने देश में सड़क दुर्घटनाओं को कम कर पाएँ तो बिना किसी अतिरिक्त प्रयास के देश की सकल घरेलू उत्पाद को बढ़ाया जा सकता है। सड़क दुर्घटनाओं में लगभग एक तिहाई मृत्यु 15 से 40 वर्ष के बीच की आयु वाले युवा नागरिकों की होती है। एक अन्य सर्वेक्षण में यह सिद्ध हुआ कि यदि सड़क यातायात में 30 प्रतिशत वाहनों को कम कर दिया जाए तो 28 प्रतिशत दुर्घटनाएँ कम हो जाती हैं। इसी प्रकार यदि साइकिल यात्राओं को 20 प्रतिशत बढ़ा दिया जाए तो उससे भी सड़क दुर्घटनाएँ 7 प्रतिशत कम हो जाती हैं।

90 प्रतिशत सड़क दुर्घटनाएँ निर्धारित से अधिक गति पर वाहन चलाने के कारण होती हैं। सड़क दुर्घटनाओं को कम करने के पीछे सरकारी जिम्मेदारी से बचने के लिए अकसर एक ही तर्क दिया जाता है कि सरकार अर्थात् पुलिस प्रत्येक वाहन पर निगरानी नहीं रख सकती। परंतु आधुनिक युग में सार्वजनिक कैमरों की शुरुआत के बाद अब यह तर्क भी बेकार लग रहा है। वास्तव में सरकार चाहे तो एक-एक वाहन पर नजर रखी जा सकती है और इतना ही नहीं लापरवाही, तेज रफ्तार या यातायात नियमों के किसी छोटे से उल्लंघन पर भी पुलिस का यातायात विभाग दोषी वाहन चालक को पकड़ सकता है, चालान किए जा सकते हैं, दोषी चालकों के विरुद्ध आपराधिक काररवाई की जा सकती है, उसका ड्राइविंग लाइसेंस रद्द किया जा सकता है और वाहन मालिक के विरुद्ध भी जुरमाने से लेकर वाहन जब्त करने की काररवाई भी की जा सकती है। इस सारे अभियान के पीछे एक मजबूत राष्ट्रव्यापी राजनीतिक इच्छा शक्ति की आवश्यकता है। ऐसे अभियान के प्रारंभ होते ही देश के बड़े शहरों के साथ-साथ मध्यम और छोटे शहरों में भी प्रत्येक

चौक पर प्रत्येक दिशा से आनेवाले मार्गों पर कैमरे लगाए जा सकते हैं।

जब सड़क दुर्घटनाओं को देश की अर्थव्यवस्था के विकास में एक बड़ा बाधक सिद्ध किया जा चुका है तो भारत की सरकारों को भी इस सिद्धांत को गंभीरता के साथ समझने और इस बाधा के निराकरण के लिए प्रयास प्रारंभ करने चाहिए। सरकारों के क्रिया-कलाप पर जब निगरानी की बात आती है तो भारतीय मीडिया सदैव अपने आपको लोकतंत्र के चौथे स्तंभ के रूप में प्रस्तुत कर देता है। यदि भारतीय मीडिया को वास्तव में लोकतंत्र का चौथा स्तंभ सिद्ध करना हो तो प्रत्येक समाचार-पत्र और इलेक्ट्रॉनिक मीडिया जैसे टी.वी. चैनल आदि को अपने पत्रकारों और कैमरा टीम का एक दल प्रतिदिन न्यूनतम एक या दो घंटे के लिए देश के इस महान् कार्य में नियुक्त करना चाहिए। प्रत्येक समाचार-पत्र या टी.वी. चैनल की एक टीम अपने-अपने शहर के अलग-अलग चौक पर प्रतिदिन एक या दो घंटे की ड्यूटी निर्धारित करे। इस टीम में बेशक न्यूनतम एक कैमरामैन ही क्यों न हो। यह कैमरामैन प्रतिदिन एक चौक पर दो घंटे खड़ा रहकर ऐसे वाहनों के चित्र या वीडियो रिकॉर्डिंग करता रहे, जो ट्रैफिक नियमों का उल्लंघन करते हुए दिखाई दें। इस कार्य के लिए प्रातः और सायं का ऐसा समय चयन किया जाना चाहिए, जब सड़कों पर यातायात आवश्यकता से अधिक होता है। चित्र या वीडियो रिकॉर्डिंग करते समय लालबत्ती पार करनेवाले, बिना हेलमेट के दो पहिया चलाने वाले या दो से अधिक सवार दिखाई देने पर, गलत दिशा में वाहन चलाने वाले, नो-पार्किंग वाले स्थानों पर वाहन खड़ा करनेवाले, कारों आदि में सीट बेल्ट न लगाने वाले, मोबाइल पर बातें करते हुए वाहन चलाने वाले तथा अन्य इसी प्रकार के छोटे-छोटे उल्लंघनों पर विशेष ध्यान देकर इस प्रकार चित्र लिये जाएँ, जिससे वाहन चालक की सूरत, वाहन नंबर तथा उल्लंघन स्पष्ट दिखाई दे रहा हो। ऐसे चित्रों और रिकॉर्डिंग पर उल्लंघन का समय और तिथि भी अवश्य अंकित होने चाहिए। मीडिया द्वारा इस प्रकार के चित्र और रिकॉर्डिंग प्रतिदिन पुलिस के परिवहन विभाग को सौंपे जाएँ और इन उल्लंघनों की संक्षिप्त सूचना अपने समाचार-पत्र या चैनल पर प्रस्तुत की जाए। ऐसे प्रयासों के कारण जब पुलिस उल्लंघन करनेवाले वाहनों को चालान नोटिस आदि भेजना प्रारंभ करे तो उसे अपनी सफलता के रूप में भी अपने समाचार-पत्र या चैनल पर दिखाया जाए। पुलिस विभाग को मीडिया की इस सामाजिक पहल पर उचित काररवाई करनी ही चाहिए, जिससे मीडिया और चैनलों का यह प्रयास पाठकों और दर्शकों के लिए जहाँ एक तरफ विशेष रूप से रुचिकर साबित हो और दूसरी तरफ शहर के सभी वाहन चालकों के अंदर भी अनुशासन और ट्रैफिक नियमों का पालन करने की प्रेरणा का संचार हो। इस प्रकार भारतीय मीडिया का यह प्रयास सड़क दुर्घटनाओं में कमी लाने की दिशा में एक महान् अभियान साबित होगा। भारतीय मीडिया का यह योगदान देश की अर्थव्यवस्था को मजबूत बनाने में भी

अप्रत्यक्ष रूप से सहयोगी सिद्ध होगा। भारतीय मीडिया ने यदि एक बार व्यापक रूप से यह अभियान प्रारंभ कर दिया तो स्वाभाविक रूप से पुलिस का यातायात विभाग भी इस प्रयास से प्रेरित होगा और स्वयं यातायात नियमों के उल्लंघन के विरुद्ध कैमरों तथा यातायात पुलिसकर्मियों की सहायता से लामबंद होता हुआ दिखाई देगा।

वैसे सरकारों की तरफ से सड़क दुर्घटनाओं में कमी लाने के लिए बहुत सारे कदमों की आवश्यकता है। प्रत्येक चौक पर कैमरों के साथ-साथ वाहन की गति मापने वाले यंत्र भी लगाए जा सकते हैं। वाहनों में गति नियंत्रण की व्यवस्था भी लागू करवाई जा सकती है। दो पहिया वाहनों पर उत्तम गुणवत्ता वाले हेलमेट पहनना सख्ती से लागू किया जाना चाहिए। राज्य सरकारों तथा स्थानीय निकायों को सड़कों की मरम्मत का कार्य नियमित और स्थायी रूप से चलाते रहना चाहिए। विशेष रूप से खुले गटर और अचानक बनने वाले गड्ढों या सड़क की टूट-फूट की मरम्मत का कार्य करने में एक दिन भी विलंब नहीं होना चाहिए। जहाँ तक संभव हो सके कॉलोनियों के अंदर तथा शहर की छोटी सड़कों पर ट्रैफिक का आवागमन एकतरफा मार्ग की तरह निर्धारित होना चाहिए। दो तरफा मार्ग केवल उन्हीं सड़कों पर चलें, जहाँ आने-जाने के बीच में पट्टी का निर्माण हुआ हो। यातायात विभाग को स्कूलों और कॉलेजों में यातायात नियमों के पालन को लेकर अनेक कार्यक्रम और यहाँ तक कि कई प्रकार की प्रतियोगिताएँ भी आयोजित करनी चाहिए। ड्राइविंग लाइसेंस जारी करते समय भी यातायात विभाग नागरिकों को यातायात नियमों के प्रति विस्तारपूर्वक दिशा-निर्देश तथा प्रेरणाएँ प्रदान करें। यातायात नियमों का उल्लंघन करने और विशेष रूप से ऐसी सड़क दुर्घटनाओं के मामलों में अदालतों को भी सख्ती बरतनी चाहिए, जिनमें किसी व्यक्ति को गंभीर चोटें आई हों या किसी की मृत्यु हुई हो। शराब पीकर गाड़ी चलाने वाले लोगों के विरुद्ध तो यातायात नियमों के साथ-साथ शराब पीकर सार्वजनिक स्थलों पर आवागमन के आरोप पर काररवाई होनी चाहिए। सरकारों के साथ-साथ गैर-सरकारी संस्थाओं तथा प्रत्येक परिवार के माता-पिता को यह सुनिश्चित करना चाहिए कि वे अपने अवयस्क बच्चों को वाहन चलाने की अनुमति न दें। यहाँ तक कि कम उम्र के बच्चों को तो सड़क पर साइकिल चलाने के लिए भी अनुमति नहीं दी जानी चाहिए।

□

पुलिस स्टेशनों के मालखाने

अपराध में शामिल वस्तुओं और वाहन को पकड़कर पुलिस स्टेशनों में रखने का कोई लाभ नहीं है। मजिस्ट्रेट व अदालतों को ये वाहन उचित शर्तों पर तुरंत सुपर्ददारी पर देने की पहल करनी चाहिए। यदि वाहन का कोई दावा न करे तो ऐसे वाहनों की बिक्री करने का भी पुलिस को अधिकार है। यदि वाहन बीमित हो तो बीमा कंपनियों को सूचना दी जानी चाहिए। यदि बीमा कंपनी भी उसका कब्जा लेने से इनकार करे तो अदालत के निर्देशानुसार ऐसे वाहनों की बिक्री कर दी जानी चाहिए। यह सारी व्यवस्था 6 माह के अंदर की जानी चाहिए। बिक्री से पूर्व वाहनों के पर्याप्त चित्र तथा विस्तृत पंचनामा तैयार किया जाना चाहिए। वाहनों को मजिस्ट्रेट अदालत के समक्ष प्रस्तुत करना आवश्यक नहीं। वाहन पकड़े जाते समय उसकी रिपोर्ट ही मजिस्ट्रेट अदालत के समक्ष प्रस्तुत करना ही पर्याप्त है।

सर्वोच्च न्यायालय तथा विभिन्न उच्च न्यायालयों के द्वारा अनेक बार इस प्रकार के निर्णय दिए जाने के बावजूद भी भारत के किसी भी राज्य के पुलिस स्टेशनों में आपको मालखाने के रूप में साइकिल, स्कूटर, मोटरसाइकिल, कारें और यहाँ तक कि बस और ट्रक खड़े मिल जाएँगे। इन्हीं मालखानों में चोरी में बरामद घरेलू संपत्तियाँ जैसे—फ्रिज, टी.वी., सोफे, पलंग, आलमारियाँ आदि भी देखे जा सकते हैं। वैसे मालखाने के नाम पर पुलिस स्टेशन में छोटे या बड़े किसी एक कमरे का निर्धारण किया जाता है, परंतु मालखाने में जमा सामान इतना अधिक हो जाता है कि उसे पुलिस स्टेशनों के आस-पास खाली स्थान जैसे आँगन, गलियारे और यहाँ तक कि पुलिस स्टेशन की दीवार के बाहर फुटपाथ पर भी रख दिया जाता है। वाहनों की तो इतनी अधिक दुर्गति होती है कि पुलिस द्वारा वाहन जब्त होने के बाद पुलिस स्टेशन के अंदर या आस-पास खड़े वाहन से टायर तथा अन्य कीमती सामान चोरी होने शुरू हो जाते हैं। कुछ दिन बाद जब वाहन का मालिक सुपर्ददारी पर अपना वाहन लेने जाता है तो उसे कभी भी पुरानी स्थिति का अपना वाहन नहीं मिलता।

दंड प्रक्रिया संहिता की धारा-451 तथा 457 इस संबंध में विशेष प्रावधान प्रस्तुत करती हैं। दंड प्रक्रिया संहिता की धारा-451 में यह प्रावधान है कि जब भी किसी अपराध

की घटना से संबंधित कोई संपत्ति दंड न्यायालय के समक्ष प्रस्तुत की जाती है तो दंड न्यायालय को यह अधिकार है कि मुकदमा समाप्त होने तक उस संपत्ति को उसकी उचित रक्षा के लिए आदेश करे। मजिस्ट्रेट अदालत ऐसी संपत्तियों के बारे में विशेष गवाही नोट करके उसके विक्रय या किसी अन्य प्रकार से उस संपत्ति के प्रबंधन का आदेश दे सकती है। धारा-457 में यह प्रावधान है कि जब पुलिस किसी संपत्ति को जब्त करती है तो मजिस्ट्रेट के आदेश से उस संपत्ति को उसके हकदार व्यक्ति को दे सकती है। यदि जब्त की गई संपत्ति का कोई हकदार नहीं होता तो पुलिस ऐसी संपत्ति के बारे में स्थानीय मजिस्ट्रेट की आज्ञा से एक ऐसी घोषणा करवा सकती है, जिससे 6 माह के अंदर किसी हकदार व्यक्ति को संपत्ति प्राप्त करने के लिए आमंत्रित किया जाए।

सर्वोच्च न्यायालय के न्यायमूर्ति श्री पी. सथाशिवम तथा श्री दीपक वर्मा की खंडपीठ ने वर्ष 2010 में जनरल इंश्योरेंस परिषद् की याचिका पर एक विशेष निर्णय दिया, जिसमें भारत के सभी राज्यों के पुलिस प्रमुखों को यह आदेश दिया गया है कि वे जब्त की गई संपत्तियों के संबंध में आपराधिक प्रक्रिया संहिता के प्रावधानों के अनुसार कारवाई करते हुए, इन संपत्तियों को इनके हकदारों को देने या विक्रय आदि का प्रबंध करे। सर्वोच्च न्यायालय ने अपने निर्णय में यह भी कहा है कि यदि इन दिशा-निर्देशों का पालन नहीं किया जाता तो कोई भी व्यक्ति इसे अदालत के संज्ञान में ला सकता है और अदालत इस निर्णय के बाद इस संबंध में की गई लापरवाहियों से कड़ाई के साथ निपटेगी।

वाहनों को निपटाने की यह प्रक्रिया अपनाई जा सकती है। सर्वप्रथम इस संबंध में जनरल इंश्योरेंस कॉर्पोरेशन से उस वाहन की बीमा कंपनी का नाम पता किया जाना चाहिए। इस प्रकार बीमा कंपनी को वह वाहन छुड़ाने के लिए पत्र भेजा जाना चाहिए। बीमा कंपनी इस संबंध में स्थानीय मजिस्ट्रेट अदालत से वाहन छुड़ाने का आदेश प्राप्त कर सकती है। पुलिस स्टेशन को प्रत्येक वाहन का विवरण अपने पास रखना चाहिए, जिसमें वाहन का प्रकार, कंपनी, मॉडल, रंग, इंजन नंबर, चेसी नंबर तथा रजिस्ट्रेशन नंबर के अतिरिक्त उस वाहन में लगे उपकरणों का विवरण, वाहन के पंजीकृत मालिक का नाम पता, बीमा कंपनी का नाम पता आदि दर्ज किया जाना चाहिए। प्रत्येक वाहन के चारों तरफ से चित्र लेकर सुरक्षित रखे जाने चाहिए। चित्र के अतिरिक्त वीडियो भी बनाया जाना चाहिए। इन चित्रों और वीडियो को सी.डी. के रूप में संबंधित अदालत में चल रहे मुकदमे के रिकॉर्ड में प्रस्तुत किया जाना चाहिए, जिससे इसी विवरण और प्रमाणों को मजिस्ट्रेट अदालत गवाही के रूप में प्रयोग कर सकेगी। इस प्रकार के विवरण और प्रमाण सुरक्षित रखने के बाद वाहन को उसके हकदार मालिक, बीमा कंपनी को दिया जाना चाहिए। यदि किसी वाहन का कोई हकदार सामने नहीं आता तो पुलिस स्टेशन अधिकारी मजिस्ट्रेट की आज्ञा से वाहन को विक्रय करने की प्रक्रिया प्रारंभ कर सकते हैं। प्रत्येक

पुलिस स्टेशन को जब्त किए गए सभी वाहनों और हकदारों, बीमा कंपनियों या विक्रय प्रक्रिया में दिए गए वाहनों का पूर्ण विवरण गृह विभाग को प्रतिमाह भेजना होगा। यदि कोई मजिस्ट्रेट वाहन को विक्रय करने की अनुमति नहीं देता तो पुलिस अधिकारी इसकी सूचना जिला एवं सत्र न्यायाधीश को दें।

इसके अतिरिक्त पुलिस विभाग को इन लावारिस वाहनों की नीलामी करने से अपार धन भी प्राप्त हो सकता है। तमिलनाडु के गृह विभाग ने पुलिस स्टेशनों में पड़े लावारिस वाहनों की नीलामी से लगभग 10 करोड़ रुपया वसूल किया है। सभी राज्यों के पुलिस प्रमुखों को यह स्मरण रखना चाहिए कि यदि उन्होंने सर्वोच्च न्यायालय के निर्णय के अनुसार पुलिस स्टेशनों में पड़े वाहनों और अन्य संपत्तियों का प्रबंध करने की कारवाई नहीं की तो भविष्य में कभी भी सर्वोच्च न्यायालय राज्यों के पुलिस प्रमुखों के विरुद्ध अदालत की अवमानना की कारवाई कर सकता है।

□

पुलिस का पुलिसिया रूप

पंजाब मानवाधिकार आयोग का सदस्य होने के नाते मैं अकसर पुलिस स्टेशनों में दौरा करता था तो मैं देखता था कि एक पुलिस स्टेशन में जितने भी अधिकारी तैनात होते हैं, वे सब पुलिस स्टेशन में नहीं मिलते। यदि कुछ अधिकारियों को क्षेत्र में दौरे के लिए भेजा गया हो तो उनकी विधिवत् प्रविष्टि पुलिस स्टेशन की दैनिक डायरी में मिलनी चाहिए। परंतु अकसर दैनिक डायरियाँ कई-कई घंटे के बाद मनमाने तरीके से भरी जाती हैं। पुलिस स्टेशन के प्रवेश द्वार पर ड्यूटी अफसर के रूप में एक पुरुष अधिकारी तथा एक महिला अधिकारी की उपस्थिति आवश्यक है, परंतु सामान्यतः यह व्यवस्था देखने को नहीं मिलती। ड्यूटी अफसर के स्थान पर यदि हम इस पुलिस अधिकारी को स्वागत कक्ष अधिकारी कहें तो जनता के मन में एक विशेष आशा जाग्रत् होगी कि पुलिस स्टेशन में प्रवेश पर नियुक्त यह अधिकारी उनका सम्मानपूर्वक स्वागत करेगा और उनकी पीड़ा को उचित तरीके से और सद्भावनापूर्वक सुनने का प्रयास करेगा। परंतु वास्तविकता इस आशा के विपरीत है। पुलिस स्टेशन में प्रवेश करते ही सामान्य पुलिस कर्मियों का व्यवहार हर व्यक्ति को अपराधी के समान समझकर किया गया देखा जा सकता है।

मैंने अपने दौरों में अकसर पुलिस स्टेशन में लंबित शिकायतों का ब्योरा माँगा तो मुझे हर पुलिस स्टेशन के रिकॉर्ड को देखकर यह हैरानी हुई कि एक सप्ताह से अधिक समय तक शिकायतों को लंबित रखा जाना भारत के पुलिस स्टेशनों में एक सामान्य सी परंपरा है। आपराधिक न्याय प्रणाली जब पीड़ित से यह आशा करती है कि वह अपने प्रति घटित हुए अपराध की शिकायत यथाशीघ्र पुलिस तक पहुँचाए तो पुलिस अधिकारियों से भी यह आशा की जाती है कि अपराध की शिकायतों पर त्वरित काररवाई की जाए।

इसी प्रकार मैंने लगभग सभी पुलिस स्टेशनों के अंदर भवन की स्वच्छता को भी लचर अवस्था में ही देखा। पुलिस स्टेशन के लॉकअप, जहाँ तात्कालिक रूप से अपराधियों को गिरफ्तार करके रखा जाता है, उनकी अवस्था गंदगी तथा बदबू से भरी ही नजर आई। पुलिस लॉकअप में किसी भी समय अचानक दौरा करने से ऐसे भी कई लोग उनमें बंद मिले, जिनको औपचारिक रूप से गिरफ्तार करने का कोई रिकॉर्ड भी नहीं था। पुलिस

स्टेशनों के शौचालय आदि भी पूरी सफाई के साथ बनाकर नहीं रखे जाते। पुलिस स्टेशन भवनों के अन्य कमरों में भी उत्तम स्वच्छता का स्तर बनाकर नहीं रखा जाता। हालाँकि इन कमरों में पुलिस के अधिकारियों को स्वयं बैठकर कार्य करना होता है। छानबीन अधिकारियों को जो कमरे आवंटित किए गए हैं अकसर उनमें उनके कपड़े भी फैले पड़े नजर आते हैं। इसका कारण यह है कि कई पुलिस अधिकारियों को पुलिस स्टेशन के निकट कहीं रहने की सरकारी व्यवस्था नहीं दी गई। उनका अपना घर बहुत दूर होने के कारण उन्हें ड्यूटी के अतिरिक्त अपना निजी समय भी इन्हीं कमरों में आराम करते हुए व्यतीत करना पड़ता है। इसका अभिप्राय यह हुआ कि ऐसे पुलिस अधिकारी 24 घंटे ड्यूटी के वातावरण में ही जीवन जीने के लिए मजबूर किए जा रहे हैं। ऐसे वातावरण में इन अधिकारियों से विनम्रता और यहाँ तक कि अपने सरकारी कार्यों में दक्षता और निपुणता की आशा कैसे की जा सकती है ?

पुलिस स्टेशनों के दौरे करने के दौरान मैंने हर स्तर के पुलिस अधिकारियों से विस्तारपूर्वक कई विषयों पर चर्चा की। हमारे देश में पुलिस व्यवस्था का मूल आधार भारतीय पुलिस अधिनियम, 1861 जो ब्रिटिश राज के दौरान बड़े योजनाबद्ध तरीके से लागू की गई थी। ब्रिटिश शासकों का मुख्य उद्‌देश्य भारतीय जनता को अपने नियम और अनुशासन में चलाने का था, जिससे उनका गुलामी राज लंबा चल सके। इसके लिए उन्हें ऐसे पुलिस बल की आवश्यकता थी, जो अनुशासन को सख्ती के साथ लागू कर पाता। इसके लिए पुलिस बल में अत्याचारी व्यक्तियों को शामिल करना आवश्यक था। सामान्यत: व्यक्ति स्वभाव से अत्याचारी नहीं होता। परंतु उसे यदि स्वयं को ही अमानवीय परिस्थितियों में कार्य करने के लिए मजबूर कर दिया जाए तो स्वाभाविक रूप से वह लोगों के लिए अत्याचारी बनता चला जाएगा। कम वेतन और ड्यूटी के असीमित घंटे ही पुलिस वालों पर ब्रिटिश अमानवीयता के सूत्र सिद्ध हुए। इसका परिणाम निकला कि पूरी पुलिस व्यवस्था अमानवीय, अत्याचारी और भ्रष्टाचारी बनती गई। ब्रिटिश शासक तो चाहते ही यही थे। विगत लगभग 150 वर्ष के दौरान भारत के राजनीतिक, सामाजिक और आर्थिक जीवन में अनेक प्रकार के परिवर्तन आने के बावजूद और भारत के विश्व शक्ति के रूप में उदय होने की संभावनाओं के बावजूद भारतीय पुलिस आज भी उसी मानसिकता के साथ कार्य करती नजर आ रही है, जिस मानसिकता के साथ वह ब्रिटिश राज की गुलामी के काल में करती थी। बेशक भारत की अदालतों, कानूनी समाजसवेकों तथा मानवाधिकार कार्यकर्ताओं के प्रयासों से बहुत से बदलाव आए हैं, परंतु किसी ने आज तक पुलिस अधिकारियों के ऊपर लागू उन अमानवीय अवस्थाओं की तरफ ध्यान नहीं दिया, जिनके चलते ये पुलिस अधिकारी जनता के लिए अमानवीय बनने के लिए मजबूर हो जाते हैं।

पुलिस सुधारों के संबंध में राष्ट्रीय पुलिस आयोग की सिफारिशें पिछले लगभग 35 वर्षों से लंबित पड़ी हैं। इसके अतिरिक्त मानवाधिकार आयोग, विधि आयोग तथा भारत सरकार की अनेक विशेष समितियों ने समय-समय पर भारतीय पुलिस अधिनियम 1861 में व्यापक संशोधन के सुझाव दिए हैं। वर्ष 2005 में तो कांग्रेस सरकार ने भी नए पुलिस अधिनियम को तैयार करने के लिए सुविख्यात कानूनविद् श्री सोली सोराबजी की अध्यक्षता में एक विशेष समिति भी गठित की थी। परंतु विडंबना है कि आज तक पुलिस सुधारों के पथ पर हमारी सरकारों ने एक कदम भी आगे नहीं बढ़ाया। मैंने एक बार फिर गृहमंत्री श्री राजनाथ सिंहजी को हाल ही में पुलिस सुधारों में कुछ वास्तविक सकारात्मक कदम उठाने के लिए निवेदन किया है, जिससे भारत के पुलिस अधिकारी अपने पदों पर कार्य करते हुए गौरवान्वित महसूस कर सकें और परिणामत: वे भारत की जनता को पूर्ण सुरक्षा और कानून पालन सुनिश्चित कराते हुए एक सुंदर समाज की रचना में प्रमुख सहयोगी बने हुए दिखाई दे सकें। मेरे इस पत्र का आधार है सर्वोच्च न्यायालय का प्रकाश सिंह बनाम भारत सरकार नामक निर्णय जो रिट् याचिका संख्या-310/1996 में 22 सितंबर, 2006 को सुनाया गया था, जिसमें पुलिस सुधारों के संबंध में भारत सरकार तथा देश की सभी राज्य सरकारों को सख्त निर्देश दिए गए थे, परंतु इस निर्णय के 11 वर्ष बाद तक कोई ठोस कदम ही नहीं उठाए गए।

भारतीय पुलिस के निचले स्तर पर पुलिस अधिकारियों को पूरे तनाव के साथ जीवन जीना पड़ रहा है। कई बार बातचीत के दौरान इन पुलिस अधिकारियों की पीड़ा देखने सुनने को मिलती है। लंबे समय तक पदोन्नति का न मिलना और तबादलों की तलवार हमेशा उनके सिर पर लटकी रहती है। पुलिस स्टेशनों का गंदगी से भरा वातावरण और उस वातावरण में लंबे ड्यूटी के घंटे बिताना किसी प्रकार से भी व्यक्ति को तनावमुक्त नहीं रख सकता और जब पुलिस बल के जवान ही तनाव मुक्त नहीं रहेंगे तो अपने असंतुलित मन से वे अपराध पीड़ितों के सहायक कैसे बन सकेंगे? जब तक पुलिस अधिनियम की नई रचना हो, तब तक राजनेताओं तथा गैर-सरकारी समाजसेवी संस्थाओं को मिलकर अपने स्थानीय पुलिस स्टेशनों को एक 'आदर्श पुलिस स्टेशन' बनाने का प्रयास करना चाहिए। प्रधानमंत्री श्री नरेंद्र मोदीजी ने जिस प्रकार 'आदर्श ग्राम योजना' के माध्यम से सांसदों को आदर्श गाँव विकसित करने के लिए प्रेरित किया है, उसी प्रकार राज्य सरकारों को अपने विधायकों के माध्यम से उन्हें अपने-अपने निर्वाचन क्षेत्र में एक-एक पुलिस स्टेशन को 'आदर्श पुलिस स्टेशन' बनाने के लिए प्रेरित किया जाना चाहिए। जहाँ स्वच्छता और व्यवहार में पुलिस स्टेशन के अधिकारी एक आदर्श स्थापित करते हुए नजर आएँ। इस संबंध में स्थानीय गैर-सरकारी संस्थाएँ भी सहयोगी सिद्ध हो सकती हैं।

□

खतरे

जानलेवा है प्लास्टिक

विकसित देशों के नागरिक स्वच्छता के प्रति बहुत अधिक सजग रहते हैं, कहीं सड़कों पर कचरा फैला हुआ दिखाई नहीं देता। कचरे की समस्या विकासशील तथा अविकसित देशों में अधिक है। भारत भी अभी एक विकासशील देश ही है। भारत के लोगों में स्वच्छता के प्रति जागरूकता अब धीरे-धीरे प्रबल होने लगी है। प्रधानमंत्री द्वारा प्रतिपादित 'स्वच्छ भारत अभियान' का प्रभाव आनेवाले कुछ वर्षों में अवश्य ही नजर आने लगेगा। इसके लिए निस्संदेह नागरिकों की सजगता अत्यंत महत्त्वपूर्ण है, परंतु सरकार को भी कुछ नियमों और कानूनों में परिवर्तन करके यह सुनिश्चित करना चाहिए कि कचरे में शामिल प्लास्टिक जैसे हानिकारक तत्त्वों का प्रयोग किस प्रकार नियंत्रित किया जाए।

भारत में प्लास्टिक की छोटी-बड़ी, पतली और मोटी हर प्रकार की थैलियाँ सामान्य खरीददारी का अंग बन चुकी हैं। विशेष समस्या प्लास्टिक की अत्यंत पतली और पारदर्शी थैलियों की है, जो रोज के कूड़े-कचरे में इस प्रकार मिल जाती हैं कि सफाई की प्रक्रिया में उनको अलग करना भी एक कठिन कार्य हो जाता है। किसी भी गाँव या शहर के कूड़े में पतला प्लास्टिक कई दिन तक गरमी के कारण सड़ता रहता है। इस प्रकार सबसे पहले तो यह प्लास्टिक की थैलियाँ अपने अंदर शामिल रासायनिक पदार्थों को वायुमंडल में प्रदूषण की तरह डालती रहती हैं। किसी स्थान का कितना वायु प्रदूषण हो रहा है, इसका आकलन सामान्यत: दिखाई नहीं दे सकता; परंतु वैज्ञानिक यह सिद्ध कर चुके हैं कि प्लास्टिक पदार्थों के जलने या गरमी से सड़ने के कारण होनेवाला वायु प्रदूषण सारी धरती के लिए एक खतरा बनता जा रहा है।

बाहर कूड़ा-कचरा कई दिन तक सड़ता है और अंतत: उस कूड़े-कचरे को शहरों के किसी कोने में बड़े-बड़े गड्ढों में दबाया जाता है। इस प्रकार प्रारंभ होती है एक नए प्रदूषण की प्रक्रिया। गड्ढों में यदि गाय के गोबर जैसे महत्त्वपूर्ण पदार्थ को कुछ माह के लिए दबाया जाता है तो बड़ी लाभकारी और प्राकृतिक गुणों से युक्त खाद प्राप्त होती है। इन्हीं गड्ढों में यदि पेड़ों के टूटे हुए पत्ते और कूड़े-कचरे के रूप में यदि कागज और सूती कपड़ा भी दब जाता है तो वह सब भी भूमि की अंदरूनी प्रतिक्रिया से खाद बनाने में

सहायक ही होता है, क्योंकि इन पदार्थों में रासायनिक मिश्रण वाले प्लास्टिक जैसे पदार्थ नहीं होते। इसके विपरीत यदि इन्हीं गड्ढों में प्लास्टिक मिश्रित कूड़ा-कचरा डाला जाए तो उसकी रासायनिक क्रिया भूमि के लिए अत्यंत हानिकारक सिद्ध होती है। भूमि के अंदर इस प्लास्टिक कचरे से उत्पन्न रासायनिक क्रिया भू-जल को भी प्रदूषित कर देती है।

कुछ लोग जो विज्ञान के इन पहलुओं को समझते हैं और समाज, वायुमंडल, जल तथा धरती माता को शुद्ध बनाए रखने के प्रति अपनी जिम्मेदारी को महसूस करते हैं, वे नियमित रूप से घर से बाहर निकलते समय अपने साथ एक सुंदर थैला अवश्य रखते हैं, ताकि आवश्यकता पड़ने पर वे खरीदे हुए सामान के लिए उसका उपयोग कर सकें। इस प्रकार के लोग अपने सामान को सुरक्षित रूप से ले जाने में भी सफल होते हैं।

हमारे देश में प्लास्टिक प्रबंधन को नियंत्रित करने के लिए आज भी कोई विशेष प्रभावशाली नियम-कानून लागू नहीं हो सके। मैंने राज्यसभा के माध्यम से पर्यावरण मंत्रालय के समक्ष कुछ विशेष प्रश्न रखे, जिनके उत्तर में मुझे पर्यावरण मंत्री ने सूचित किया है कि हमारे देश में 15,342 टन प्लास्टिक कचरा प्रतिदिन उत्पन्न होता है, जिसमें से केवल 9,205 टन प्लास्टिक कचरे को पुनः प्रयोग प्रक्रिया में शामिल किया जाता है। इसका अर्थ यह हुआ कि हमारे देश में प्रतिदिन लगभग 6,000 टन प्लास्टिक बिना पुनर्चक्रण प्रक्रिया के अभाव में सड़ता रहता है। पूरे वर्ष में यह आँकड़ा 21,90,000 टन से भी अधिक पहुँच जाता है। व्यापक रूप में यदि हम इस समस्या पर चिंतन करें तो यह अपने आप में एक बहुत बड़ी व भयानक समस्या है।

भारत का सर्वोच्च न्यायालय अकसर हर प्रकार के प्रदूषण के प्रति चिंतित रहता है। भारत में प्रदूषण नियंत्रण के लिए सर्वोच्च न्यायालय के ही एक सेवानिवृत्त न्यायाधीश की अध्यक्षता में 'राष्ट्रीय हरित आयोग' का भी गठन किया गया है। न्यायिक निर्देशन के चलते ही दिल्ली में 15 दिन के लिए सम-विषम संख्या की गाड़ियों का प्रयोग किया गया। ऐसे प्रयोगों से निस्संदेह नागरिकों को कुछ कष्ट होता है। परंतु यदि देश के नागरिक स्वयं अपनी-अपनी जिम्मेदारी समझें और पर्यावरण प्रदूषण को लेकर सचेत रहें तो शायद ऐसे प्रतिबंधों की आवश्यकता ही न पड़ती।

कुछ वर्ष पूर्व पंजाब के खन्ना शहर में स्थानीय सेवा संस्था के माध्यम से हमने बहुत बड़ी संख्या में कपड़ों के थैले बाँटने का एक सफल अभियान चलाया था। परंतु यह अभियान भी स्थायी नहीं बना रह सका। उसका कारण स्पष्ट है कि ज़ब हर दुकानदार प्लास्टिक की पतली थैलियों में सामान देने के लिए तैयार रहता है तो ग्राहक भी घर से थैला लेकर खरीददारी करने के लिए तैयार नहीं हो पाता।

आज प्लास्टिक को लेकर भी एक सख्त प्रतिबंध की नितांत आवश्यकता दिखाई दे रही है। पर्यावरण मंत्रालय ने अनेक समितियों आदि के माध्यम से प्लास्टिक के

अव्यवस्थित कचरे और उस कचरे में से प्लास्टिक को अलग से निकालकर पुनर्चक्रण न कर पाने की समस्याओं पर कई वर्षों तक विचार-विमर्श किया है। सर्वोच्च न्यायालय के पूर्व मुख्य न्यायाधीश श्री रंगनाथ मिश्रा जी की अध्यक्षता में भी ऐसी ही एक समिति गठित की गई थी। अनेक राज्यों ने भी प्लास्टिक से उत्पन्न पर्यावरण खतरों को महसूस किया है। इस सारी छानबीन और वैज्ञानिक परीक्षण आदि का मुख्य विचार केंद्र एक ही है कि प्लास्टिक के पदार्थ इस प्रकार के होने चाहिए, जिन्हें व्यवस्थित रूप से कूड़े-कचरे से अलग करके एकत्र किया जाए और उसके बाद उनका पुनर्चक्रण किया जाए। प्लास्टिक की पतली-पतली थैलियाँ कूड़े-कचरे से अलग नहीं की जा पातीं। इसलिए ये थैलियाँ एक तरफ कूड़े-कचरे के मार्ग को भी अवरुद्ध करती हैं और दूसरी तरफ वायु, जल और भूमि प्रदूषण करके नागरिकों के स्वास्थ्य के लिए बहुत बड़ा खतरा पैदा कर रही हैं। यहाँ तक कि अनेक पशु भी इन पतली थैलियों में लिपटे खाद्य पदार्थों को खाने या चाटने के चक्कर में इस प्लास्टिक को ही खाने के लिए मजबूर हो जाते हैं। जिसके परिणामस्वरूप उनका अस्वस्थ होना और खुले में मृत्यु भी वायु प्रदूषण का खतरा पैदा करती है।

भारत सरकार ने इस संबंध में वर्ष 2011 में कुछ नियमों को लागू किया था, जिनके अनुसार राज्य सरकारों के अंतर्गत आनेवाले स्थानीय निकायों, जैसे नगर निगम, नगर परिषदें तथा ग्राम पंचायतों को इस संबंध में जागरूकता तथा प्रशिक्षण कार्यशालाएँ संचालित करने के लिए योजनाएँ बनाई गई थीं। वर्तमान सरकार अब इन नियमों को अधिक कारगर बनाने के उद्‌देश्य से कुछ नए परिवर्तन करने जा रही है।

प्लास्टिक की पतली थैलियों के निर्माण और प्रयोग पर सारे देश में पूर्ण प्रतिबंध लगा दिया जाना चाहिए। सरकार को एक निश्चित मोटाई की थैलियों के निर्माण की ही अनुमति प्रदान करनी चाहिए। अभी तकनीक के विकास में यह बात सामने आई है कि पोली हाइड्रोक्सिल्क अनोटे (पी.एच.ए.) नामक बायो डीग्रेडेबल प्लास्टिक को विकसित किया जा रहा है। जिसे नष्ट करना या पुनः इस्तेमाल करना आसान होगा। ऐसी थैलियाँ अब बड़े स्टोरों पर मिलने लगी हैं, जो न्यूनतम कीमत वसूल करके सामान के साथ दी जाती हैं। इस प्रकार ग्राहक को भी यह प्रेरणा मिलेगी कि अगर वह उस थैली की कीमत नहीं अदा करना चाहता तो वह अपने साथ अपने घर से थैला लेकर जाए।

□

जल के लिए युद्ध नहीं प्रेम बरसाओ

जल को लेकर कई राजनीतिक और सामाजिक विवाद खड़े हो चुके हैं। दक्षिण भारत में कर्नाटक और तमिलनाडु के बीच कावेरी जल का विवाद लगभग 100 वर्ष से भी अधिक पुराना हो चुका है। अब कृष्णा और गोदावरी जल को लेकर आंध्र प्रदेश और तेलंगाना में विवाद है। रावी, व्यास और सतलुज नदियों के जल को लेकर विवाद सिर्फ उत्तर भारत के पंजाब, हरियाणा और राजस्थान के मध्य ही सीमित नहीं है, अपितु भारत पाकिस्तान विभाजन के कारण दो देशों के बीच भी इस विवाद की जड़ें समाई हुई हैं।

विश्व की आबादी 7 अरब से ऊपर हो चुकी है। पर्यावरण परिवर्तन के साथ मौसम के सारे मापदंड बदलते जा रहे हैं। बढ़ती आबादी के कारण विश्व में पानी जैसी महत्त्वपूर्ण जीवन औषधि की उपलब्धता का दबाव भी बढ़ता जाएगा। विश्व राजनीतिक शोधकर्ताओं का अनुमान है कि मध्य पूर्वी और अफ्रीका के लगभग 40 देशों में आगामी 10 वर्ष के अंदर पानी की भयंकर कमी सामने आ सकती है। संपूर्ण विश्व में कृषि के लिए जल का 70 प्रतिशत भाग आवश्यक है। आनेवाले वर्षों में जल की माँग इसकी उपलब्धता से लगभग 40 प्रतिशत अधिक हो जाएगी।

भारत के महाराष्ट्र राज्य का काफी हिस्सा आज सूखे की चपेट में है। सरकार को ट्रेन के तेल के डिब्बों को साफ करके उनमें जल की आपूर्ति महाराष्ट्र के सूखाग्रस्त हिस्सों को करनी पड़ती है। सिंगापुर में जल की कमी होने के कारण विदेश से जल का आयात करना पड़ा था। पंजाब और हरियाणा में जल को लेकर राजनीतिक खींचतान बहुत पुरानी है, परंतु बहुत कम लोग जल की मूल समस्या पर चिंतन करते हुए नजर आते हैं। जल की समस्या राजनीति, अदालतों या आयोगों के गठन से नहीं सुलझेगी।

वास्तव में जल की समस्या जल के कुप्रबंधन को दुरुस्त करने से ही हल हो सकती है। सर्वप्रथम भारत में कृषि के उचित प्रबंधन को लेकर एक राष्ट्रीय योजना की आवश्यकता है, जिसमें भूमि के संरक्षण तथा उस भूमि में जल की उपलब्धता बढ़ाने के लिए ठोस योजनाएँ तैयार करके लक्ष्यबद्ध तरीके से उन्हें लागू करवाया जाए। किसानों को फसलों में बदलाव का पूरा प्रशिक्षण और हर संभव सहायता दी जाए। इन कार्यों में धन की कमी का कोई बहाना नहीं किया जाना चाहिए। राज्य सरकारें और केंद्र सरकार पूरी सद्भावना के साथ

इस राष्ट्रीय योजना पर कार्य करे, जिससे जल के न्यूनतम प्रयोग से कृषि की क्षमता बढ़ाई जा सके। साथ ही यह ध्यान रखा जाए कि भूमिगत जल न तो प्रदूषित हो और न उसकी मात्रा कम हो। ऐसी लक्ष्यबद्ध कृषि योजना से हमारी नदियों का आकार भी छोटा होने से बच जाएगा। भारत की कुछ दशक पूर्व लागू हरित क्रांति ने भारतीय कृषि में जिस प्रकार रासायनिक उर्वरकों का प्रयोग बढ़ाया है, उसमें आमूल-चूल परिवर्तन की आवश्यकता है, जिससे भूमि का प्रदूषण भी न हो, जल का प्रयोग कम हो और कृषि उत्पाद की गुणवत्ता तथा मात्रा में भी वृद्धि हो।

राष्ट्रीय जल एवं कृषि प्रबंधन योजना के अतिरिक्त सरकारों के अन्य प्रशासनिक मंत्रालयों और विभागों के साथ-साथ प्रत्येक नागरिक को भी जल संरक्षण के लिए पूरी सद्भावना के साथ कार्य करना चाहिए।

वित्त मंत्रालय बैंकों तथा अन्य वित्तीय संस्थाओं को यह आदेश दे कि जब भी किसी भूखंड पर निर्माण के लिए ऋण जारी किया जाता है तो उस निर्माण योजना में यह सुनिश्चित किया जाना चाहिए कि इसमें जल को पुनः प्रयोग करने लायक बनाने की क्या व्यवस्था है। जैसे—भूखंड की सीमाओं पर कुछ हिस्सा कच्चा छोड़ना, जिससे भवन का व्यर्थ जल भूमि के अंदर भू-जल स्तर बनाए रखने का सहायक बन सके।

सड़क निर्माण के समय सरकारी विभाग यह ध्यान रखे कि सड़कों के किनारे न्यूनतम दो-तीन फीट की चौड़ी पट्टी कच्ची भूमि छोड़ी जाए, जिससे वर्षा का जल भूमि में प्रविष्ट हो सके।

घरों के अंदर हम जितने भी कार्य संपन्न करते हैं, उनमें जल का प्रयोग पूरी किफायत के साथ करना चाहिए। सफाई के कार्यों में जल का न्यूनतम प्रयोग करें और उसे व्यर्थ न बहने दें। मंदिरों में शिवलिंग पर चढ़ाए जानेवाले जल तथा मंदिर के अन्य कार्यों में प्रयोग होनेवाले जल का भी पुनः चक्रण करने के लिए कुछ-न-कुछ व्यवस्था अवश्य होनी चाहिए। कई मंदिरों में ऐसा कर भी रहे हैं।

पंजाब की संस्कृति से जुड़ाव के कारण श्री गुरु ग्रंथ साहिब में एक उपदेश जल को लेकर भी प्रस्तुत किया गया है—'पहिला पाणी जीओ है, जित हरिया सभ कोए।' इसका भाव यह है कि जल खुद भी एक जीव है, क्योंकि इसी के बल पर हर जीव हरा-भरा अर्थात् जीवनयुक्त होता है। हमारे शरीर को भी 70 प्रतिशत जल की आवश्यकता है। ऋग्वेद का भी निर्देश है—'अहं भेषजं अपसुमे' अर्थात् परमपिता परमात्मा ने जल में सारी औषधियाँ डाल दी हैं। इसलिए जल में किसी प्रकार के केमिकल्स आदि डालने की कोई आवश्यकता नहीं है। आवश्यकता केवल इस बात की है कि हम जल की प्राकृतिक शुद्धता को बनाए रखें। प्राकृतिक चिकित्सा अनुसंधानों के अनुसार शुद्ध जल हमारे शरीर के अनेक रोग समूल नष्ट करने में लाभकारी हो सकता है। यहाँ तक कि हम जल के सेवन को बढ़ाकर इस धरती

के सबसे खतरनाक रोग 'कैंसर' की रोकथाम भी कर सकते हैं। कैंसरजनक कैरसीनो जेन नामक प्रदूषण कण जब हमारे शरीर में प्रवेश करते हैं तो वे जल में घुलनशील बनकर स्वतः ही शरीर से निकल सकते हैं। आवश्यकता केवल इतनी है कि हमारे शरीर में 70 प्रतिशत जल की मात्रा हर हालत में सुनिश्चित रहनी चाहिए। यह तभी संभव है, जब हम बाहर भी जल को व्यर्थ करने के स्थान पर जल के संरक्षण के हर कार्य में अपनी भागीदारी करें।

एक तरफ सारे विश्व में जल को लेकर हाहाकार मचा हुआ है। दुनिया भर की सरकारें जिस प्रकार मिलकर उग्रवाद से लड़ने का संकल्प करती दिखाई देती हैं, उसी तरह जल संरक्षण करने के लिए भी बड़े संकल्प की आवश्यकता है। जापान में यदि आप अपने होटल के कमरे की चादरें और तकिए के कवर प्रतिदिन धुलवाना नहीं चाहते तो आपको होटल की तरफ से विशेष धन्यवाद कार्ड प्रदान किगा जाता है। मैंने अपने जापान दौरे के दौरान दो दिन लगातार जब होटल स्टॉफ को चद्दरें और तकिए के कवर न धुलवाने का निर्देश दिया, तो होटल प्रबंधन ने मुझे प्रतिदिन के हिसाब से दो कार्ड दिए, जिनमें जल के माध्यम से भूमि को बचाने में सहायता का उल्लेख था। ऐसी छोटी-छोटी बातों से हम जल संरक्षण के महान् लक्ष्य को प्राप्त कर पाएँगे।

शताब्दी तथा राजधानी रेलों में प्रत्येक यात्री को एक लीटर की पानी की बोतल दी जाती है। अधिकांश यात्री इस पूरे पानी का प्रयोग नहीं करते। रेल प्रबंधन इसके स्थान पर यात्रियों को पैकेड गिलास दे सकता है। इस प्रकार जल व्यर्थ नहीं होगा। इसी तरह चाय और कॉफी के लिए पानी के थर्मस दिए जाते हैं, जिनमें अनुमानतः 300 मि.ली. से अधिक पानी होता है, जबकि एक प्याला चाय या कॉफी के लिए लगभग 100 मि.ली. जल का ही प्रयोग हो पाता है। इसका भी प्रसाधन किया जाना चाहिए।

हमारी सरकारें गंगा और यमुना के प्रदूषण पर बहुत सी योजनाएँ बनाकर धन व्यय करने के लिए तैयार रहती हैं। इन उपायों में यदि हम प्रत्येक नदी के किनारों पर फूल-पौधों से युक्त बगीचे लगाने प्रारंभ कर दें तो नदियों के प्रति लोगों की श्रद्धा बढ़ सकती है। प्रत्येक शहर, ग्राम और उद्योगों से निकलने वाले प्रदूषित जल को नदियों में जाने से पूर्व उन्हें शुद्ध करने के संयत्र लगाने में केंद्र सरकार अनुदान भी दे और पूरे अनुशासन के साथ इसका पालन सुनिश्चित किया जाए।

जल के बारे में सूत्र रूप से इतना ही कहना पर्याप्त है कि जल के बिना हमारा जीवन असंभव है। सामाजिक, धार्मिक तथा अन्य गैर-सरकारी संगठनों को इन सुझावों का प्रचार-प्रसार जन-जन तक करना चाहिए। हमारे देश के लगभग 125 करोड़ नागरिक यदि प्रतिदिन प्रति व्यक्ति एक लीटर जल बचाने का प्रयास करें तो हम सारे देश में प्रतिदिन 125 करोड़ लीटर जल बचा सकेंगे। इसलिए प्रत्येक नागरिक और प्रत्येक सरकार से आग्रह है कि जल के लिए युद्ध नहीं प्रेम बरसाओ, क्योंकि जल पहला जीव है, जिससे जीवित है, हर जीव। □

सुनामी के सबक

मौसम में आकस्मिक परिवर्तनों से लेकर भारी वर्षा, बाढ़, भूकंप और सुनामी जैसी भयंकर प्राकृतिक आपदाएँ हमेशा बहुत बड़ी संख्या में जान और माल की क्षति कर देती हैं। विज्ञान की बड़ी-से-बड़ी प्रगति भी ऐसे दैविक प्रकोप के सामने नगण्य सी दिखाई देने लगती है। जिस क्षेत्र में ऐसी किसी भी आपदा का प्रकोप पड़ने लगता है, उस समय गरीब-अमीर, शिक्षित-अशिक्षित और प्रत्येक जाति, मत-पंथ और संप्रदाय के लोग अपने आपको एकदम हैरान और असहाय परिस्थिति का शिकार समझने लगते हैं। आज के आधुनिक युग में जबकि सारे विश्व की सरकारें नित नई वैज्ञानिक प्रगति का दम भरते नजर आती हैं, ऐसे में प्राकृतिक आपदा का पूर्व एहसास न कर पाना और परिणामतः नागरिकों को आपदा प्रबंधन के लिए समय का न मिल पाना अपने आप में सभी वैज्ञानिक प्रगतियों को झुठलाता हुआ नजर आता है। जबकि अनेक पशु-पक्षी सामान्य मौसमी बदलावों जैसे सर्दी-गरमी, तेज हवा, वर्षा से लेकर भूकंप तक का पूर्वाभास कर लेते हैं। इसी प्रकार प्रकृति से पूरी तरह जुड़कर जीवन बिताने वाले अनेक आदिवासी भी ऐसे ही कुछ पूर्वाभास करने में संपन्न होते हैं। आध्यात्मिक उच्च साधना के माध्यम से अनेक ऋषियों, मुनियों और ज्योतिषाचार्यों ने भी कई बार ऐसी आपदाओं का पूर्वाभास व्यक्त किया है।

इस संबंध में मैंने अपने राज्यसभा सदस्य काल में विज्ञान एवं प्रौद्योगिकी मंत्रालय से प्राकृतिक आपदाओं की सही भविष्यवाणियों के लिए एक उचित चेतावनी तंत्र स्थापित करने की आवश्यकता के संबंध में प्रश्न उठाया था तो सरकार की तरफ से बताया गया कि समय-समय पर की गई भविष्यवाणियों के कारण जान और माल की क्षति को बचाने में सफलता मिली है।

इस मंत्रालय के अधीन कार्य करनेवाले कई विभाग अलग-अलग प्राकृतिक आपदाओं के आगमन से पूर्व अपनी विशेषज्ञता के आधार पर विपत्ति के समय और उसकी गंभीरता का आकलन करने का प्रयास करते हैं। जैसे सुनामी की संभावना का अध्ययन करने के लिए हैदराबाद स्थित समुद्र सूचना सेवा नामक विभाग कार्य करता है। मौसम विभाग का कार्य समुद्री तूफानों, आँधी, भारी वर्षा, बर्फबारी तथा ठंडी और

गरम हवाओं की संभावना का अध्ययन करना है। इसी प्रकार भूकंप की संभावनाओं का आकलन करने के लिए सारे देश में 84 केंद्रों का एक संगठन भारत के साथ-साथ भारत के चारों तरफ भूमि के गर्भ में होनेवाले परिवर्तनों का अध्ययन करता है। इतनी विशाल व्यवस्था के बावजूद यह निश्चित है कि आज तक सारे संसार में कोई ऐसी तकनीक विकसित नहीं हो पाई, जो इन प्राकृतिक आपदाओं के केंद्र, समय और इनकी तीव्रता का निश्चित अनुमान लगा सके।

वर्ष 2005 में तमिलनाडु के तटीय क्षेत्रों में सुनामी का प्रकोप आज तक भारतवासियों के दिमाग पर एक भयंकर सदमे की तरह छाया हुआ है। अचानक एक दिन प्रात:काल समुद्र तट के लाखों लोगों ने अपने दैनिक नित कर्म करते हुए समुद्र से लगभग 100 फीट ऊँचाई के परदे की तरह भयंकर लहरों को अपनी तरफ आते हुए देखा। किसी व्यक्ति को इससे पूर्व ऐसी आपदा का कोई अनुभव या ज्ञान नहीं था। किसी को क्या पता था कि इतनी बड़ी ऊँचाई तक की उठती हुई लहरें समुद्र देवता का भारी प्रकोप बन जाएँगी। इस प्राकृतिक आपदा ने सारे भारत को ही नहीं, अपितु सारे संसार को हिलाकर रख दिया था। वर्ष 2005 के इस सुनामी के बाद केंद्र सरकार ने सुनामी चेतावनी नामक विभाग की स्थापना की, जिससे भारत के समुद्री तटों से जुड़े अन्य देशों को भी इस विभाग का भरपूर लाभ प्राप्त हुआ है, जिसने समय-समय पर समुद्री भूकंपों की चेतावनियाँ देकर लाखों की संख्या में लोगों को सुरक्षित स्थानों पर पहुँचाते हुए बहुत बड़ा उपकार किया है। समुद्री पड़ोसी देशों के नागरिकों की भी जानें बचाने का दैविक कार्य भी संपन्न किया है।

भारत सरकार के यह विभाग प्राकृतिक आपदाओं के पूर्व आकलन की चेतावनियों को बिना विलंब के संबंधित राज्य सरकारों तथा केंद्र सरकार को पहुँचाने के साथ-साथ लाखों की संख्या में टेलीफोन एस.एम.एस. भेजकर तथा अपनी अधिकृत वेबसाइट पर ऐसी सूचनाएँ समय-समय पर डालते रहते हैं।

इसी प्रकार मौसम विभाग के अंतर्गत देश के विभिन्न भागों में चलने वाले 180 केंद्र मौसम के दैनिक परिवर्तनों के अतिरिक्त समुद्री तूफानों का आकलन भी सफलतापूर्वक करते आ रहे हैं। इस विभाग द्वारा अब 24 से 48 घंटे पूर्व मौसम के परिवर्तनों का आकलन संभव हो गया है। इस विभाग का प्रत्येक केंद्र लगभग 100 से 500 किलोमीटर के दायरे में मौसम का अध्ययन करता रहता है। अब इस मौसम विभाग के अध्ययन में त्रुटियों की मात्रा भी बहुत कम हो चुकी है। वैज्ञानिक विशेषज्ञता के इन बढ़ते कदमों के कारण ही अब लोगों की जानें सुरक्षित करने का कार्य सफलता प्राप्त करने लगा है।

इन विभागों की सफलता के पीछे जहाँ एक तरफ अति आधुनिक तकनीकी मशीनों आदि की भूमिका है, वहीं वैज्ञानिकों और कार्यकर्ताओं की लगन भी अपने आपमें प्रशंसा की पात्र है।

मौसम विभाग के इन प्रयासों का ही परिणाम है कि आज भारत के अंदर आनेवाले विदेशी पर्यटक और भारतीय नागरिक भी इंटरनेट के द्वारा उस स्थान के वर्तमान मौसम और संभावित परिवर्तनों की जानकारी अपनी यात्रा प्रारंभ करने से पूर्व ही प्राप्त कर पाते हैं। उत्तराखंड की चारधाम यात्रा हो या जम्मू कश्मीर की अमरनाथ यात्रा, अब भारत के तीर्थ यात्रियों को भी यात्रा प्रारंभ करने से पूर्व मौसम के पूर्वानुमानों से भलीभाँति अवगत करवा दिया जाता है। इस प्रकार एक तरफ जहाँ विज्ञान और प्रौद्योगिकी मंत्रालय भारत के नागरिकों की प्राकृतिक आपदाओं से जानें बचाने के मार्ग पर पूरी सक्षमता प्राप्त कर चुका है, वहीं अब यह विभाग पर्यटन मंत्रालय का भी सहयोगी विभाग बनता जा रहा है।

कुछ पश्चिमी देशों के वैज्ञानिकों ने भूकंप से कुछ क्षण मात्र पूर्वाभास की तकनीकें विकसित तो कर ली हैं, परंतु उन जानकारियों का अधिक लाभ इसीलिए नहीं हो पाता; क्योंकि पूर्वाभास का समय बहुत कम होता है। दूसरी तरफ भूकंप की तरंगों की गति लगभग दो मील प्रतिक्षण से भी अधिक होती है। आज तक विश्व के वैज्ञानिक भूकंप से पहले लंबे समय के पूर्वाभास का कोई यंत्र विकसित नहीं कर पाए। भारत सरकार को इस विषय पर प्राथमिकता से कार्य करना चाहिए। यदि भारत के वैज्ञानिक इस मार्ग पर कुछ सफलता अर्जित कर पाए तो सारे संसार की मानवता का उपकार हो सकेगा।

□

अजीनोमोटो का बहिष्कार

प्राकृतिक चिकित्सकों तथा खान-पान विशेषज्ञों से जब भी पौष्टिकता, स्वास्थ्य और रोगों के विषय पर चर्चा होती है तो वे सबसे पहला हमला तीन सफेद जहर के प्रयोग पर करते हैं। प्रकृति प्रेमियों के अनुसार सफेद नमक, सफेद दानेदार चीनी तथा सफेद मैदा ऐसे तीन जहर हैं, जो हमारे बहुत से रोगों का प्रमुख और प्रत्यक्ष कारण हैं। सफेद नमक के स्थान पर वे सेंधा नमक या काला नमक आदि का विकल्प प्रस्तुत करते हैं। चीनी के स्थान पर देसी खांड़, गुड़, शक्कर आदि का विकल्प बताया जाता है बशर्ते गुड़ और शक्कर भी बिना केमिकल्स के बनाए गए हों। मैदे की पाचन क्रिया को बाधित करने में अग्रणी भूमिका है, क्योंकि प्राकृतिक स्वास्थ्य विशेषज्ञों के अनुसार मैदे को पाचन क्रिया में सीमेंट के समान माना जाता है, जो पाचन मार्ग में बहुत लंबे समय के लिए चिपककर रह जाता है, परंतु मल रूप में शरीर से बाहर निकलने का नाम नहीं लेता।

नमक के बारे में तो अंग्रेजी चिकित्सा पद्धति के लोग भी स्वीकार करते हैं कि इससे ब्लड प्रेशर बढ़ता है। ब्लड प्रेशर बढ़ने का दुष्प्रभाव सीधा हृदय पर, किडनियों पर तथा लिवर पर पड़ता है। परंतु आज भारतीय समाज में इस सफेद नमक से भी कई गुना अधिक खतरे पैदा करनेवाला एक ऐसा नमक प्रयोग किया जा रहा है, जो हमारे शरीर में अत्यंत भयंकर रोगों का कारण बन सकता है।

वास्तव में अजीनोमोटो जापान के एक खाद्य एवं केमिकल निगम का नाम है, जो कई खाद्य पदार्थ तथा औषधियों के अतिरिक्त विशेष रूप से शुगर फ्री टैबलेट का निर्माण भी करता है। सारे विश्व के शुगर फ्री उत्पादन का लगभग 40 प्रतिशत भाग इस अजीनोमोटो निगम का है। अजीनोमोटो का जापानी भाषा में अर्थ है—स्वाद पैदा करनेवाला रसायन। इस कंपनी का मुख्य कार्यालय टोकियो में है और इसका व्यापार लगभग 26 देशों में चलता है। इसी कंपनी के द्वारा एक विशेष नमक तैयार किया जाता है, जिसका नाम ही अजीनोमोटो नमक है। यह नमक लगभग सभी चाइनीज खाद्य पदार्थों में प्रयोग किया जाता है, जैसे—चाऊमीन, मंचूरियन, मोमोज तथा सूप इत्यादि।

अजीनोमोटो का रासायनिक नाम मोनोसोडियम ग्लुटामेट (एम.एस.जी.) है। यह

मोनोसोडियम नामक रसायन प्राकृतिक रूप से टमाटर, पनीर तथा कई अन्य सब्जियों में भी पाया जाता है। इसकी आवश्यकता हमारे शरीर में इतनी नहीं होती कि इसका सेवन हमें बाहर से करना पड़े। इस मोनोसोडियम की अधिकता हमारे तंत्रिका तंत्र की कोशिकाओं के संतुलन को खराब कर देती है। परंतु केवल स्वाद के नशे में भारत के खाद्य बाजार में भी अब अजीनोमोटो का प्रचलन लगातार बढ़ता जा रहा है।

अजीनोमोटो के प्रयोग से हमारे शरीर में ग्लूकोज का स्तर भी असंतुलित रहने लगता है। शरीर में शुगर की मात्रा बढ़ने या घटने जैसी दोनों परिस्थितियों में व्यक्ति को भूख अधिक लगती है। अधिक खाने के कारण मोटापा भी बढ़ने लगता है। जब व्यक्ति को अजीनोमोटो से बने पदार्थ स्वादिष्ट लगने लगते हैं तो यह रसायन उसके लिए नशे की तरह बन जाता है।

अंतरराष्ट्रीय स्वास्थ्य विशेषज्ञों ने इस रसायन पर अनेक अनुसंधान संपन्न करके यह स्थापित किया है कि अजीनोमोटो के प्रयोग का सीधा प्रभाव कोलेस्ट्रॉल बढ़ने, ब्लड प्रेशर बढ़ने तथा शुगर बढ़ने के रूप में सामने आता है। मोटापे की समस्या इन तीनों का परिणाम है। इस संबंध में अमेरिका के डॉ. मरकोला का योगदान उल्लेखनीय है, जिन्होंने अंग्रेजी पद्धति पर आधारित चिकित्सा व्यवसाय को त्यागकर लोगों को खान-पान के द्वारा स्वास्थ्य सेवाएँ देने का कार्य प्रारंभ किया। डॉ. मरकोला के अनुसार अजीनोमोटो प्रत्येक व्यक्ति के लिए एक ऐसा धीमा जहर है, जिसका प्रभाव शराब तथा कई नशीली वस्तुओं से अधिक तेज गति से होता है। अजीनोमोटो के सेवन से श्वास की समस्याएँ पैदा होती हैं। सिर दर्द, जुखाम, हृदयगति तेज होना तथा उल्टी आदि की संभावनाएँ भी प्रबल होती हैं।

अजीनोमोटो का सेवन गर्भवती महिलाओं के लिए तो दोहरा खतरनाक है, क्योंकि गर्भ में पलने वाला बच्चा माँ के द्वारा सेवन किए गए पदार्थों के प्रति अत्यधिक संवेदनशील होता है। इस केमिकल के कारण कई बार तो गर्भस्थ बच्चे को भोजन के पोषक तत्त्वों की आपूर्ति भी बंद हो जाती है। इसका अर्थ यह होगा कि बच्चा अन्य पौष्टिक तत्त्वों को भी प्राप्त नहीं कर पाएगा। ऐसे बच्चे जन्म से ही रोगों के शिकार होने लगते हैं। अजीनोमोटो नमक बाजार में प्रयोग किए जानेवाले सामान्य नमक से भी अधिक पानी शरीर में रोकने का कार्य करता है। शरीर में पानी का रुकना और ब्लड प्रेशर का बढ़ना गर्भवती महिलाओं के लिए खतरनाक सिद्ध हो सकता है।

अजीनोमोटो का अधिक सेवन करनेवाले लोगों में आए दिन सिरदर्द की समस्या, सिर के एक भयंकर रोग के रूप में स्थापित हो जाती है। मस्तिष्क की कोशिकाएँ धीमी पड़ जाती हैं और यहीं से समस्या पैदा होती है अनिद्रा अर्थात् नींद कम आना। पर्याप्त मात्रा में नींद न आने के कारण व्यक्ति की कार्यक्षमता दिन में भी प्रभावित होने लगती है। ऐसे व्यक्ति अकसर एक अवधि के बाद तनावग्रस्त रहने लगते हैं। परंतु सामान्यतः कोई

भी रोगी इस बात को स्वीकार करने के लिए तैयार नहीं होगा कि रोगों की सारी समस्याएँ मुख्यत: तीन सफेद जहर अर्थात् सफेद नमक, सफेद चीनी और सफेद मैदे आदि से जुड़ी हैं। अजीनोमोटो तो इन तीनों से भी अधिक हानिकारक प्रभाव वाला रसायन सिद्ध हो चुका है।

ऐसे रसायनों का खाद्य पदार्थों के रूप में प्रयोग प्रतिबंधित किया जाना चाहिए। दूसरी तरफ स्वास्थ्य प्रेमी जनता को स्वयं भी ऐसे खाद्य पदार्थों से सचेत रहना चाहिए। विशेष रूप से बच्चों को ऐसे हानिकारक पदार्थों से दूर रखने के लिए विद्यालयों और कॉलेजों की कैंटीनों में शिक्षण संस्थाओं के द्वारा स्वयं ही विशेष प्रतिबंध लगाने चाहिए। □

खेल

भारत का राष्ट्रीय खेल?

राष्ट्रीय ध्वज, राष्ट्रीय गीत, राष्ट्रीय गान, राष्ट्रीय पक्षी, राष्ट्रीय पशु और राष्ट्रीय खेल किसी भी देश के सम्मान, संपन्नता, एकता और अखंडता के प्रतीक होते हैं। उपरोक्त सभी किसी देश को विश्व के अन्य देशों से अलग पहचान तो दिलाते ही हैं, इनके माध्यम से देश के अलग-अलग हिस्सों में रह रहे देशवासी आपस में जुड़ते भी हैं।

मुगलों और ब्रिटिश सत्ता के अधीन 1000 साल की गुलामी के बाद हमें आजादी मिली। स्वतंत्र भारत में नई प्रगति के अनेक आयाम जुड़ते जा रहे हैं। परंतु दुःखद बात यह है कि आजादी के 65 साल बाद भी हमारे राष्ट्र का कोई ऐसा खेल नहीं है, जिसे राष्ट्रीय खेल का दर्जा दिया गया हो। इस विषय पर कोई सरकारी प्रयास दिखाई भी नहीं दे रहे।

कुछ लोग हॉकी को राष्ट्रीय खेल मान रहे थे। अब कुछ लोग क्रिकेट को राष्ट्रीय खेल घोषित किए जाने की माँग कर रहे हैं। भारतवासियों को अनेक खेलों में महारथ हासिल है, इसके बावजूद किसी भी खेल को राष्ट्रीय खेल की मान्यता नहीं है। यह खेल नीति के प्रति सरकार की उदासीनता को ही दरशाता है। खेल मंत्रालय ने किसी भी खेल को राष्ट्रीय खेल घोषित नहीं किया है। जबकि आजादी के बाद से स्कूलों में हॉकी को ही राष्ट्रीय खेल बताया जाता रहा है। यहाँ तक कि सामान्य ज्ञान की अनेक पुस्तकों में भी हॉकी को ही राष्ट्रीय खेल के रूप में प्रकाशित किया जाता है। जब भी किसी से राष्ट्रीय खेल के संबंध में सवाल किया जाए तो इसके उत्तर में तुरंत हॉकी का ही नाम सुनने को मिलता है। राष्ट्रीय खेल घोषित नहीं किया जाना कई सवालों को जन्म देता है।

सरकार ने कभी यह पता लगाने की कोशिश नहीं की कि हॉकी कैसे राष्ट्रीय खेल के तौर पर माना गया। राज्यसभा में मैंने जब इस बारे में प्रश्न पूछा तो मंत्री का जवाब था कि कोई भी चिह्नित राष्ट्रीय खेल नहीं है। आज के कंप्यूटर युग में इंटरनेट पर हर कोई पलक झपकते ही कोई भी जानकारी प्राप्त कर लेता है। इंटरनेट में विभिन्न देशों के राष्ट्रीय खेल संबंधी जानकारी खोजने पर जो परिणाम दिखाई देते हैं, उनमें भी भारत का राष्ट्रीय खेल हॉकी बताया गया है। लेकिन आश्चर्यजनक बात यह है कि भारत सरकार ने हॉकी तो छोड़िए, किसी भी खेल को विधिवत् राष्ट्रीय खेल का दर्जा नहीं दिया। भारत

सरकार की ओर से परिसंघों संबंधी सूची में भी हॉकी से संबंधी किसी परिसंघ की सूचना दर्ज नहीं है। स्पष्ट है कि जनभावनाएँ कुछ भी हो भारत सरकार ने हॉकी को राष्ट्रीय खेल का दर्जा नहीं दिया है। हमारे पड़ोसी देश पाकिस्तान में फिल्ड हॉकी और बँगलादेश में कबड्डी को राष्ट्रीय खेल का दर्जा हासिल है।

सरकार द्वारा दी गई जानकारी में भारोत्तोलन, तीरंदाजी, कबड्डी, टेबल टेनिस, शूटिंग, रस्साकसी, रोइंग, टेनिस, फैंसिंग, बालीबाल, बधिरों के लिए खेल, बिलियड्र्स एवं स्नूकर, टैप पिन बाउलिंग, शतरंज, याचिंग, कयाकिंग एवं केनोइंग, खो-खो, सेपक टाकरो, कैरम, बेसबाल, टेनी चाइट, शूटिंग बॉल, साफ्टबॉल, बास्केटबॉल, हैंडबॉल, गोल्फ, एथलेटिक्स, फुटबॉल, मुक्केबाजी, स्कूल गेम्स, घुड़सवारी, पावर लिफ्टिंग, कुश्ती, तैराकी, विंटर गेम्स, बैडमिंटन, टेनिस बॉल, क्रिकेट, एम्येचोर साफ्ट टेनिस, रोलर स्केटिंग, आत्या पात्या, ताइचंडो, कराटे, साइकल पोलो, निशक्त खिलाड़ियों के लिए खेल, स्कैश, रैकेट, साइकिलिंग, बाल बैडमिंटन, बुशु, रस्सी कूद तथा शरीर सौष्ठव संबंधित परिसंघों के नाम हैं। हॉकी परिसंघ का नाम यहाँ भी नहीं है।

देश के नागरिकों में राष्ट्रीयता का संचार करने, युवाओं को नशे जैसी कुरीतियों से दूर रखने, युवाओं में लीडरशिप, अनुशासन, एकजुटता, टीम वर्क, शारीरिक तंदुरुस्ती आदि जैसे गुणों को भरने के लिए खेल सबसे उत्तम साधन माने जाते हैं। देश के नागरिकों में यह भावनाएँ और विशेष गुण पैदा करने के लिए खेलों से बढ़िया कुछ नहीं हो सकता। किसी खेल को राष्ट्रीय मान्यता मिल जाने से उसके प्रति युवाओं में ज्यादा दिलचस्पी पैदा हो सकती है, क्योंकि उसे खेलने से वे गौरवान्वित महसूस करते हैं। अंतरराष्ट्रीय खेलों में भारत की स्थिति मजबूत करने में राष्ट्रीय खेल की महत्त्वपूर्ण भूमिका हो सकती है। भारत सरकार की राष्ट्रीय खेल को लेकर सात दशक से चली ढुल-मुल नीति के कारण भारत खेल जगत् में पिछड़ेपन का शिकार है। देश की प्रतिष्ठा को बचाने के लिए सरकार को आम सहमति से किसी एक खेल को राष्ट्रीय खेल का दर्जा देना चाहिए। जिससे हमारी आनेवाली पीढ़ी इस बात पर गर्व महसूस कर सके और उनमें राष्ट्रीयता की भावना का संचार प्रबलता के साथ हो सके।

□

खिलाड़ियों के द्वारा रक्त अपमिश्रण

किसी भी कार्य को करने के लिए व्यक्ति को ऊर्जा की आवश्यकता होती है। ऊर्जा के लिए व्यक्ति भोजन विशेषज्ञों की सलाह के अनुसार अधिक-से-अधिक पोषक तत्त्वों को अपने भोजन में शामिल करता है। इसके अतिरिक्त नित्य योग, व्यायाम, प्राणायाम, प्रातः भ्रमण, दौड़ आदि क्रियाएँ व्यक्ति की ऊर्जा क्षमता को बढ़ाती हैं। सामान्य जीवन में लोग इस विषय पर अधिक ध्यान नहीं देते कि उन्हें अपने कार्यों को करने के लिए कितनी ऊर्जा की आवश्यकता है और यह ऊर्जा उन्हें किस प्रकार के भोजन में पाए जानेवाले पोषक तत्त्वों से प्राप्त होगी।

खेलों में भाग लेने वाले खिलाड़ियों को ऊर्जा के प्रति अत्यंत सचेत रहना पड़ता है। उनके प्रशिक्षक जहाँ एक तरफ उन्हें खेलों की तकनीकों का अभ्यास कराते हैं, वहीं भोजन विशेषज्ञ उनके लिए आवश्यक ऊर्जा प्रदान करनेवाले भोजन की योजना तैयार करते हैं। खेलों में भी विशेष रूप से दौड़ आदि में भाग लेने वाले खिलाड़ियों को तो कुछ ही पलों में अपनी सारी ऊर्जा का भरपूर प्रयोग करते हुए अपना प्रदर्शन करना पड़ता है। भोजन से प्राप्त पोषक तत्त्वों की ऊर्जा हमारे शरीर में प्राकृतिक तरीके से रक्त को उत्तेजक बनाती है। भोजन की ऊर्जा रक्त को बलशाली बनाकर खिलाड़ी को अपने प्रदर्शन में सहायता प्रदान करती है।

आज के युग में किसी भी राष्ट्र की प्रसिद्धि दो मुख्य लक्षणों पर आधारित नजर आती है—प्रथम, देश के खिलाड़ियों द्वारा भिन्न-भिन्न खेलों के माध्यम से अर्जित पदक आदि तथा द्वितीय, विज्ञान और प्रौद्योगिकी के क्षेत्र में देश के वैज्ञानिकों द्वारा संपन्न शोध कार्यों के माध्यम से। एक मुख्य मनोरंजन के माध्यम के रूप में भी खेलों पर आज सारी दुनिया की नजर है। इसी प्रकार शोध कार्यों पर भी सारी दुनिया की नजर रहती है, क्योंकि इन शोध कार्यों का लाभ विश्व के सभी लोग उठाना चाहते हैं।

इसमें कोई संदेह नहीं कि खिलाड़ी अपनी शारीरिक और मानसिक शक्तियों का पूरा जोर लगाकर जब प्रतियोगिताओं में भाग लेते हैं तो उनके प्रयास से न केवल उनका नाम रोशन होता है, उन्हें बड़े-बड़े पदक मिलते हैं, बल्कि राष्ट्र की छवि पर भी चार चाँद लगते

हैं। परंतु दूसरी तरफ यह भी ध्रुव सत्य है कि पिछले कुछ दशकों से ऐसी कुछ घटनाएँ सामने आ रही थी, जिनमें धावकों पर यह आरोप सिद्ध हुए कि उन्होंने दौड़ जैसे कुछ खेलों में बेहतर प्रदर्शन हेतु अपने रक्त को कृत्रिम तरीके से तेज गति देने के लिए रक्त में उत्तेजक औषधियों का मिश्रण करवाया। परिणामस्वरूप रक्त की गति तेज होने लगी और धावक ने सफलता प्राप्त कर ली। परंतु बाद में जब यह आरोप सिद्ध हुआ तो एक तरफ उसकी जीती हुई बाजी पर कलंक लगता है और ऐसे खिलाड़ियों को एक निर्धारित अवधि के लिए खेल के दायरे से वंचित करने का आदेश खेल प्रबंधन संस्थाओं द्वारा घोषित कर दिया जाता है। इसके अतिरिक्त संभवत: खिलाड़ी यह भूल जाते हैं कि रक्त में तीखे केमिकल्स से बनी औषधियाँ भावी जीवन में उनके स्वास्थ्य से कितना खिलवाड़ करेंगी। वर्ष 2004 में खेल जगत् के प्रबंधकों ने खिलाड़ियों के रक्त अपमिश्रण की जाँच का प्रयास प्रारंभ किया था। रक्त अपमिश्रण का यह सिलसिला वैसे तो 1950 से चल रहा था, परंतु 1980 के ओलंपिक खेलों में 5 और 10 किलोमीटर दौड़ का मेडल जीतने वाले विजेता की जाँच के दौरान यह पहली बार उजागर हुआ, जिसके रक्त में रक्त की दो इकाइयाँ अतिरिक्त पाई गई थीं। 1984 के ओलंपिक में साइकिल दौड़ के विजेता एक अमेरिकन खिलाड़ी पर यह आरोप सिद्ध हुआ था। बाद में तो यह सिद्ध हुआ कि अमेरिका की पूरी टीम के एक तिहाई से अधिक खिलाड़ियों ने रक्त अपमिश्रण करवाया था। इसके अतिरिक्त अब तक अनेक ऐसी घटनाएँ सामने आ चुकी हैं। भारत के खिलाड़ी भी इस गलत कार्य से अपने आपको रोक नहीं पाए।

युवा एवं खेल मंत्रालय के समक्ष राज्यसभा के माध्यम से मैंने यह प्रश्न प्रस्तुत किया कि विगत कुछ वर्षों में कितने भारतीय खिलाड़ियों को खेलों के दौरान अपने रक्त में औषधियों के अपमिश्रण का दोषी पाया गया है। तत्कालीन युवा एवं खेल मंत्री श्री सोनोवाल ने मेरे प्रश्न के उत्तर में बताया कि वर्ष 2012 से 2015 के बीच लगभग 433 खिलाड़ियों के विरुद्ध रक्त अपमिश्रण का दोष सिद्ध हुआ था। निर्धारित नियमों के अनुसार ऐसे दोषी खिलाड़ियों को अधिकतम दो वर्ष तक खेलों में भाग लेने से प्रतिबंधित किया जा सकता है। दुबारा ऐसा दोष सिद्ध होने पर प्रतिबंध की यह अवधि चार वर्ष की भी हो सकती है। श्री सोनोवाल ने मेरे प्रश्नों के उत्तर में यह भी बताया कि सरकार कई संस्थाओं के माध्यम से इस रक्त अपमिश्रण की गतिविधियों के विरुद्ध खिलाड़ियों में जागृति फैलाने के प्रयास भी करती है। इस संबंध में केंद्र सरकार ने सारे देश में पाँच क्षेत्रीय केंद्र स्थापित करने का निर्णय लिया है, जो हर स्तर के खिलाड़ियों को रक्त अपमिश्रण के दोषों के प्रति जागरूक करेंगे। गत दो वर्षों के दौरान केंद्र सरकार ने रक्त अपमिश्रण के विरुद्ध देश भर के खिलाड़ियों के मध्य 100 से अधिक शिक्षण कार्यक्रम तथा कार्यशालाएँ आयोजित की हैं।

हमारे रक्त में उपस्थित होमोग्लोबिन का कार्य शरीर के सभी हिस्सों में ऑक्सीजन

की आपूर्ति करना है। जितनी अधिक ऑक्सीजन शरीर के अन्य हिस्सों तक पहुँचती है, उतना अधिक ऊर्जा का निर्माण हमारे शरीर की एक-एक कोशिका कर पाती है। सामान्यत: किसी रोगी को बाहरी रक्त तब चढ़ाया जाता है, जब किसी दुर्घटना या अन्य कारण से उसके रक्त में लाल रक्त कोशिकाओं की कमी हो जाती है। जबकि खिलाड़ी ऊर्जा बढ़ाने के लोभ में तीन प्रकार के नकली तरीके अपनाने का प्रयास करते हैं। प्रथम, अपने शरीर में बाहरी रक्त चढ़वाना। दूसरा, कुछ केमिकल आधारित औषधियों के टीके लगवाना। तीसरा, खिलाड़ियों के शरीर से पहले रक्त निकाल लिया जाता है। उस रक्त को भविष्य के लिए स्टोर किया जाता है और खेल के अंतिम दौर से पूर्व खिलाड़ी को उसका अपना ही रक्त चढ़ाया जाता है।

जब भी कोई व्यक्ति किसी बाहरी व्यक्ति का रक्त लेता है तो उसे अवश्य ही किसी-न-किसी रूप में कोई अन्य प्रभाव झेलने पड़ते हैं। दूसरों का रक्त लेने की प्रक्रिया में संक्रमण की संभावना भी प्रबल होती है। यदि गलती से थोड़ा बहुत भिन्न रक्त खिलाड़ी को चढ़ा दिया गया तो इसका परिणाम उसे भविष्य में कई रोगों के रूप में देखने को मिल सकता है।

कृत्रिम केमिकल औषधियों के बल पर एक बार शरीर में ऊर्जा तो अवश्य बढ़ती है, परंतु इन कृत्रिम केमिकल्स का तो स्वास्थ्य पर अवश्य ही बुरा प्रभाव पड़ता है। तीसरे प्रकार के प्रयोग में जब खिलाड़ी का अपना पहले से निकला हुआ रक्त उसे खेल के अंतिम दौर से पूर्व चढ़ाया जाता है तो स्टोर की अवधि में उस रक्त की गुणवत्ता बहुत कम हो जाती है। खिलाड़ी का रक्त 4-5 सप्ताह पूर्व निकाला जाता है, उसे फ्रीजर में लगभग-80 डिग्री सेल्सियस पर स्टोर किया जाता है। वैज्ञानिकों का अनुमान है कि इस ठंडक की कारण उस रक्त के लगभग 40 प्रतिशत लाल रक्त कणिकाएँ तो वैसे ही क्षतिग्रस्त हो जाती हैं।

इसके अतिरिक्त खिलाड़ियों को प्रशिक्षण के लिए आजकल जिम में प्रयोग किए जानेवाली भिन्न-भिन्न मशीनों तथा मांसपेशियों की शक्ति बढ़ाने के लिए भिन्न-भिन्न रासायनिक पेय पदार्थों और यहाँ तक कि औषधियों का सेवन भी शामिल है। जबकि वास्तविकता यह है कि इन रासायनिक पेय पदार्थों और औषधियों के सेवन से मांसपेशियों की शक्ति दीर्घकाल में घटनी प्रारंभ हो जाती हैं। इसके विपरीत यदि खिलाड़ियों को अपने खेल अभ्यास के साथ-साथ योग क्रियाओं में अभ्यस्त करा दिया जाए तो उनके अंदर मांसपेशी शक्ति का स्थायी रूप बन पाएगा।

रक्त अपमिश्रण का सीधा सा अर्थ है एक खेल में अच्छे परिणाम के लिए जीवन भर साथ निभाने वाले अपने रक्त में स्वयं ही मिलावट का प्रयास करना। इस घिनौने प्रयास के फलस्वरूप खिलाड़ियों के भावी जीवन में हृदय रोग, रक्त का जमाव, एच.आई.वी. जैसे

संक्रमणकारी रोग, कई प्रकार की एलर्जी प्रतिक्रियाएँ, बुखार, त्वचा पर दाने, किडनी को क्षति की संभावना, लीवर की कार्यक्षमता कम होने तथा उच्च रक्तचाप आदि कई अन्य प्रकार के गंभीर रोगों की संभावना बनी रहती है।

इसलिए अखिल विश्व के खिलाड़ियों, प्रशिक्षकों तथा सरकारों सहित समूचे खेल प्रेमियों से मेरा निवेदन है कि खेल जीतने को इतना अधिक महत्त्व देने के स्थान पर खिलाड़ियों के स्थायी स्वास्थ्य को अधिक महत्त्वपूर्ण समझा जाना चाहिए। कुछ मेडल जीतने के बाद यदि शेष अवधि रोगी होकर ही काटनी पड़े तो ऐसी जीतों का कोई लाभ नहीं। अतः सरकारों तथा गैर–सरकारी संगठनों को विशेष अभियान चलाकर खिलाड़ियों को अपने रक्त में उत्तेजना पैदा करने के लिए रासायनिक औषधियों और रक्त अपमिश्रण जैसे खतरनाक मार्ग को नहीं अपनाना चाहिए। खिलाड़ियों को यह भी समझना चाहिए कि उनकी ऐसी हरकतों से जहाँ एक तरफ उनकी व्यक्तिगत छवि धूमिल होगी, वहीं राष्ट्र की छवि पर भी दाग लगता है।

□

शिक्षा और स्वास्थ्य

विकास में बाधक जनसंख्या वृद्धि

भारत की जनसंख्या तीव्र गति से बढ़ रही है। किसी एक परिवार को देखकर जनसंख्या बढ़ने का पता नहीं लगता, क्योंकि परिवार में सदस्यों की संख्या यदि 4 से 6 हो जाती है तो किसी-न-किसी तरह घर के बड़े सदस्य दुःखी-सुखी होकर अपनी आय के द्वारा सब सदस्यों के खर्च का प्रबंध कर ही लेते हैं। परंतु जनसंख्या बढ़ने का सबसे अधिक प्रभाव सारे देश की सामूहिक अर्थव्यवस्था को देखकर तब महसूस होता है, जब सरकारों के सामाजिक प्रयास बड़ी-बड़ी राशियाँ खर्च करने के बाद भी दिखाई नहीं देते। अंतरराष्ट्रीय स्तर के अर्थशास्त्रियों का भी यही मत है कि जनसंख्या वृद्धि और आर्थिक उन्नति का परस्पर विरोध ही चलता है। जितनी जनसंख्या तीव्र गति से बढ़ती है, उतना ही आर्थिक पतन होता चला जाता है।

जनसंख्या वृद्धि के प्रभावों पर यदि हम चिंतन प्रारंभ करें तो हमें साक्षात् महसूस होगा कि समाज की बहुतायत समस्याओं का कारण केवल जनसंख्या वृद्धि ही है। देश में अनाज की कमी, पानी की कमी, वायु प्रदूषण की समस्या, तेल और गैस की बढ़ती कीमतें, ईंधन के अन्य साधन, ओजोन परत के द्वारा सूर्य की किरणों में भी प्रदूषण का पैदा होना, जंगलों का कटाव, खेती की भूमि का लगातार कम होना आदि अनेक समस्याएँ केवल जनसंख्या वृद्धि के कारण लगातार भयंकर रूप लेती जा रही हैं। जनसंख्या वृद्धि के कारण ही समाज में भीड़ बढ़ रही है। सरकार और पुलिस का नियंत्रण बढ़ती जनसंख्या के कारण कम होता जाता है। परिणामस्वरूप तरह-तरह के अपराध बढ़ रहे हैं। विडंबना यह है कि जितने अपराध पुलिस और अदालतों के समक्ष प्रस्तुत होते हैं, उससे कहीं अधिक संख्या ऐसे अपराधों की भी होती है, जिनके विरुद्ध पुलिस में शिकायतें ही नहीं पहुँच पाती हैं। समाज में मानव बढ़ते जा रहे हैं, परंतु मानवता के लक्षण समाप्त होते जा रहे हैं। जनसंख्या वृद्धि का प्रकोप राजनीति और लोकतंत्र पर भी देखने को मिलता है।

भारत को विश्व का सबसे समृद्ध लोकतंत्र माना जाता है, परंतु क्या हमारे लोकतंत्र की सफलता केवल समय पर चुनाव कराने के लक्षण तक ही सीमित है ? आज के युग में क्या हमारे लोकतंत्र ने किसी भी विषय पर जनता की राय लेकर कोई महत्त्वपूर्ण निर्णय

लिया है ? नहीं, क्योंकि इतनी बड़ी जनसंख्या को शामिल करते हुए ऐसी प्रक्रिया संभव ही नहीं। जनसंख्या बढ़ने के कारण ही लाचार अर्थव्यवस्था में हर वस्तु की कीमतें बढ़ती जा रही हैं। गाँवों और खेती में लोगों की रुचि समाप्त होने का कारण भी जनसंख्या ही है। एक सीमित भूमि पर घर के दो व्यक्ति कृषि का काम करें तो भी उतनी कमाई और चार व्यक्ति काम करें तो भी उतनी ही कमाई। इसलिए हर परिवार यह सोचता है कि दो व्यक्तियों को शहर किसी नए रोजगार के लिए क्यों न भेज दिया जाए। परिणामत: खेती तो लगातार कमजोर होती जा रही है और शहरों में रोजगार बनाम बेरोजगार का द्वंद्व तेज होता जा रहा है। शहर की जनसंख्या बढ़ने के कारण वाहनों की संख्या भी बढ़ रही है। गाड़ियों के सम-विषम नंबरों के आधार पर अलग-अलग दिन चलने का नियम बनाकर नए-नए प्रयोग किए जा रहे हैं। बढ़ती जनसंख्या के कारण बहुमंजिला इमारतों का प्रचलन तेज होता जा रहा है। हर व्यक्ति जानता है कि बहुमंजिला इमारतें सदैव खतरे का घर बनी रहती हैं।

संयुक्त राष्ट्र संघ की विभिन्न संस्थाएँ जब शिक्षा के क्षेत्र में शिक्षकों और बच्चों का अनुपात निर्धारित करती हैं तो हमारी सरकारें उस अनुपात का पालन नहीं कर पातीं, क्योंकि अधिक जनसंख्या के कारण एक कक्षा में अधिक बच्चों को प्रविष्ट करना पड़ता है। इसी प्रकार अंतरराष्ट्रीय स्तर पर यदि रोगियों की एक निर्धारित संख्या पर एक डॉक्टर के अनुपात का निर्देश जारी होता है तो जनसंख्या वृद्धि के कारण हम उसका भी पालन नहीं कर पाते, जिसके परिणामस्वरूप भारी संख्या में रोगियों को जाँचने की जिम्मेदारी एक-एक चिकित्सक पर आ जाती है। इसी प्रकार पुलिस की संख्या और नागरिकों की संख्या के अंतरराष्ट्रीय अनुपात का भी हम अनुसरण नहीं कर पाते। यही हालत न्यायाधीशों और जनसंख्या अनुपात पर भी देखने को मिलती है, जिसके कारण सारे देश में लंबित मुकदमों की संख्या प्रतिवर्ष लगातार बढ़ती चली जाती है। जनसंख्या वृद्धि के कारण ही हम सामाजिक और आर्थिक अपराधों के निवारण की भी कोई योजना लागू नहीं कर पाते। हमारे देश में बढ़ती बेरोजगारी तो सीधे ही जनसंख्या वृद्धि के साथ जुड़ी हुई समस्या है। आज यदि किसी एक पद का विज्ञापन निकलता है तो उस एक पद पर नौकरी चाहने वाले प्रार्थी कई हजारों की संख्या में होते हैं। यहाँ तक कि उच्च शिक्षा प्राप्त युवक एक सामान्य क्लर्क और यहाँ तक कि चपरासी के पद तक के लिए आवेदन देने को मजबूर होते हैं।

सवाल यह है कि जनसंख्या नियंत्रण के लिए कौन क्या कर सकता है ? संयुक्त राष्ट्र संघ स्वयं सारे संसार की जनसंख्या वृद्धि को लेकर चिंतित है। मैंने संसद् में स्वास्थ्य मंत्रालय के समक्ष इस संबंध में एक प्रश्न प्रस्तुत किया कि संयुक्त राष्ट्र संघ भारत को जनसंख्या नियंत्रण के लिए कितनी सहायता देता है और उस सहायता से क्या कार्य किए जाते हैं और उनका क्या परिणाम निकला है। यदि यह परिणाम संतोषजनक नहीं है तो भारत सरकार इस दिशा में क्या कदम उठाने की योजना बना सकती है ? मेरे इस प्रश्न के

उत्तर में स्वास्थ्य मंत्री श्री जे.पी. नड्डाजी ने बताया कि संयुक्त राष्ट्र संघ ने विगत चार वर्षों के दौरान लगभग 1 करोड़ 65 लाख डालर की राशि जनसंख्या नियंत्रण के प्रचार तथा स्वास्थ्य संबंधी सहायता के लिए भारत सरकार को दी है। सरकार के अनुसार इस सहायता कार्य के संतोषजनक परिणाम निकले हैं। 1991 से 2001 के दशक में जनसंख्या वृद्धि 21.5 प्रतिशत थी, जो 2001 से 2011 के दशक में घटकर 17.7 प्रतिशत पर आ गई है। भारत सरकार जनसंख्या नियंत्रण के लिए कई उपाय कर रही है, जिन्हें सारे देश में स्वास्थ्य कल्याण केंद्रों के माध्यम से गाँव-गाँव तक पहुँचाने का प्रयास किया जाता है। 'आशा' नामक योजना के माध्यम से विवाह के बाद दो वर्ष तक बच्चा न होने पर दंपती को कुछ प्रोत्साहन राशि दी जाती है। दो बच्चों के बीच में तीन वर्ष का अंतर रखनेवाले दंपती को भी यही प्रोत्साहन राशि दी जाती है। दो बच्चों के बाद स्थायी रूप से गर्भ निरोधक उपाय करनेवाले दंपती को कुछ अधिक प्रोत्साहन राशि दी जाती है। परिवार नियोजन 2020 का लक्ष्य राष्ट्रीय स्तर पर सभी राज्यों के लिए निर्धारित किया गया है।

कई देशों ने जनसंख्या नियंत्रण के लिए भिन्न-भिन्न प्रकार के उपाय किए हैं। जैसे चीन और वियतनाम में किसी भी प्रकार की सरकारी सहायता केवल पहले दो बच्चों तक ही सीमित रहती है। ईरान सरकार ने भी परिवार नियोजन को अपनी राष्ट्रीय नीति बनाया हुआ है। सरकार ने अपने प्रचार कार्यक्रमों में यह स्पष्ट किया कि इसलाम दो बच्चों के परिवार का समर्थन करता है। ईरान सरकार ने जनसंख्या नियंत्रण के लिए भिन्न-भिन्न प्रकार की औषधियाँ तथा अन्य गर्भ निरोधक वस्तुएँ जनता में बाँटनी प्रारंभ कीं। हालाँकि 2006 में सत्ता परिवर्तन के बाद इन नीतियों को शिथिल कर दिया गया।

जनसंख्या वृद्धि से ही जुड़ी कुछ अन्य व्यक्तिगत और पारिवारिक समस्याएँ भी काफी भयावह होती हैं। विशेष रूप से अधिक बच्चे पैदा करनेवाली स्त्रियों का स्वास्थ्य लगातार बिगड़ता चला जाता है। गर्भाधान के दौरान या बच्चे को जन्म देते समय प्रतिवर्ष लाखों स्त्रियाँ दम तोड़ने के लिए मजबूर हो जाती हैं, क्योंकि बार-बार गर्भ धारण करने से उनका शरीर लगातार कमजोर होता चला जाता है। 18 वर्ष से पूर्व विवाह होने पर तो गर्भाधान के कारण मृत्यु की संभावनाएँ और अधिक हो जाती हैं। ऐसी अवस्था में तो बच्चों का स्वास्थ्य और अधिक संख्या में मृत्यु भी विशेष चिंता का विषय है। इसी प्रकार 40 वर्ष की अवस्था के बाद भी गर्भाधान के यही खतरे स्त्रियों के सिर पर मँडराते हैं। इसलिए बार-बार गर्भ धारण न करने के प्रति परिवारों के पुरुषों को भी जागरूक किया जाना चाहिए। सरकार के स्वास्थ्य रक्षा प्रयास बहुतायत स्थानीय केंद्रों के माध्यम से महिलाओं तक ही अपनी पहुँच बना पाते हैं। स्वास्थ्य मंत्रालय को इस जनसंख्या नियंत्रण के अभियान की सफलता के लिए स्वास्थ्य केंद्रों के साथ-साथ पंचायतों को जोड़ने की विशेष पहल करनी चाहिए, जिससे पुरुष वर्ग को खासतौर पर जनसंख्या नियंत्रण के

लिए जागरूक किया जा सके। यदि सरकार अधिक बच्चे पैदा करने की समस्या को माँ और बच्चे के स्वास्थ्य से जोड़कर पंचायतों के माध्यम से प्रचार योजना के अंतर्गत लाए तो अवश्य ही जनसंख्या नियंत्रण में तेज गति से सफलता प्राप्त होगी। सरकारों के साथ-साथ भारत के समग्र समाज को एक समान रूप से अब एक विचार-मंथन करना चाहिए कि यदि शिक्षा, स्वास्थ्य, चहुँमुखी विकास तथा सुख-शांति और समृद्धि चाहिए तो जनसंख्या वृद्धि पर नियंत्रण के लिए सब वर्गों को सामूहिक प्रयास करने ही पड़ेंगे। □

'खस्ताहाल सरकारी अस्पताल'

स्वास्थ्य ही राष्ट्रवासियों की एक प्रमुख व्यक्तिगत संपत्ति है। जिसका ध्यान निस्संदेह उन्हें खुद रखना चाहिए, परंतु रोगी होने की अवस्था में इस बात का पूर्ण दायित्व सरकार पर आ जाता है कि नागरिकों की रोगों से रक्षा की जाए। सर्वोच्च न्यायालय ने स्वास्थ्य को जीवन जीने का मूल अधिकार घोषित किया है। केंद्र तथा सभी राज्य सरकारें प्रतिवर्ष करोड़ों रुपए खर्च करके अस्पतालों, डिस्पेंसरियों तथा छोटे-बड़े स्वास्थ्य केंद्रों का संचालन करती हैं। डॉक्टरों, नर्सों, जाँच केंद्रों तथा औषधियों के रूप में हर प्रकार की सुविधा नागरिकों के लिए उपलब्ध करवाई जाती है। इसके बावजूद भारत की सार्वजनिक स्वास्थ्य रक्षा व्यवस्था सदैव आलोचना का केंद्र बनी रहती है। इस आलोचना के कई सत्य आधार भी हैं, परंतु साथ ही यह निश्चित है कि आलोचनाओं के इन सभी विषयों को केवल एकाग्र प्रशासन के माध्यम से शून्य भी किया जा सकता है।

पंजाब मानवाधिकार आयोग के सदस्य होने के नाते मैंने स्वास्थ्य को भी मानवाधिकार की तरह समझा और अनेक अस्पतालों तथा चिकित्सा केंद्रों का अचानक दौरा किया। हर जगह सफाई को लेकर एक सामान्य समस्या नजर आई। शौचालय अकसर गंदे ही नजर आते हैं। अकसर प्रत्येक सरकारी अस्पताल में रोगियों की कतारें देखी जा सकती हैं, जो इस बात का प्रमाण है कि सरकारी अस्पतालों में डॉक्टरों की कमी है। इसके अतिरिक्त डॉक्टरों, नर्सों तथा अन्य स्टॉफ का पूरी संख्या में उपस्थित न रहना भी इन अस्पतालों की एक सामान्य समस्या है। शहरों के अस्पतालों में लिफ्ट अकसर खराब रहती हैं या धीरे चलती हैं। रोगियों को ले जाने के लिए स्ट्रेचर तथा पहिए वाली कुरसियाँ तत्काल उपलब्ध नहीं होतीं। कुछ विशेष औषधियाँ तथा चिकित्सा में प्रयोग होनेवाले अन्य सामान भी कई बार सरकारी अस्पतालों में उपलब्ध नहीं होते, जिसके लिए रोगी के रिश्तेदारों को बार-बार बाहर से चिकित्सा सामग्री खरीदकर लानी पड़ती है। रोगियों को भरती करने के बाद जो बिस्तर आवंटित किया जाता है, उस पर मैली या फटी चद्दरें ही अकसर देखने को मिलती हैं। आपातकालीन वार्डों में कई बार तुरंत डॉक्टर ही उपलब्ध नहीं होते। इन अस्पतालों में रोगियों को दिए जानेवाला भोजन भी स्वास्थ्य के पैमाने पर खरा नहीं उतरता।

स्वास्थ्य बेशक राज्य सरकार का विषय है, परंतु केंद्र सरकार को आदर्श अस्पतालों की स्थापना के लिए एक गंभीर और दूरगामी प्रभाव वाली योजना बनानी ही पड़ेगी। हमारे देश में लगभग 40 से 45 प्रतिशत जनता गरीबी रेखा से नीचे मानी जाती है। इन लोगों के लिए सरकारी अस्पताल ही स्वस्थ जीवन की आशा है। सरकार इतने बड़े जनसमुदाय की अनदेखी नहीं कर सकती, उसे स्वास्थ्य सेवाएँ दक्षतापूर्ण ढंग से संचालित करनी चाहिए, ताकि गरीब और मध्यम वर्ग के लोग इन सेवाओं का लाभ उठा सकें। इस बात में कोई संदेह नहीं है कि बड़े-बड़े निजी अस्पतालों में सामान्य रोगों की चिकित्सा पर भी बहुत बड़ी राशियाँ खर्च की जाती हैं। यदि सरकारी अस्पतालों में चिकित्सा, स्वच्छता तथा पूर्ण प्रबंधन का स्तर ऊँचा उठता है तो सरकार मध्यम वर्गीय लोगों को भी इन अस्पतालों में चिकित्सा के लिए आकर्षित कर सकती है और बेशक इस वर्ग से चिकित्सा का खर्च भी वसूल किया जा सकता है।

सरकारी अस्पतालों के लिए धन की व्यवस्था उपलब्ध कराना सरकार के लिए कोई समस्या नहीं है। समस्या केवल धन के समुचित उपयोग से संबंधित है अर्थात् समस्या केवल प्रबंधन से संबंधित है। सरकार यह समझती है कि सरकारी स्वास्थ्य सेवा हमारे समाज का एक आवश्यक और अभिन्न अंग है। इसीलिए प्रधानमंत्री श्री नरेंद्र मोदी ने अब इस सार्वजनिक स्वास्थ्य सेवा प्रणाली को चुस्त-दुरुस्त बनाने के लिए विशेष योजनाएँ तैयार की हैं। परंतु डर इस बात का है कि केंद्र सरकार योजनाएँ तैयार करने के बाद धन भी उपलब्ध करवा देगी, फिर भी उनका क्रियान्वयन स्थानीय स्तर पर ही होना होता है, वहीं पर अच्छी योजनाएँ धूल-धूसरित हो जाती हैं। इसलिए केंद्र सरकार को अब केवल योजनाएँ बनाने और धन उपलब्ध कराने तक ही अपना कर्तव्य नहीं समझना चाहिए, अपितु केंद्र सरकार को सरकारी स्वास्थ्य सेवाओं में संवेदनशीलता पैदा करने के लिए कोई महत्त्वाकांक्षी राजनीतिक कार्य योजना भी शामिल करनी चाहिए।

हर शहर में अनेक सरकारी अस्पताल तथा अन्य केंद्र होने के बावजूद लोगों का रुझान प्राइवेट अस्पतालों की तरफ क्यों बढ़ता जा रहा है? यदि हम लोगों के निजी अस्पतालों की तरफ बढ़ते रुझान का विश्लेषण करें तो स्पष्ट होगा कि केवल इच्छाशक्ति का अभाव ही सरकारी अस्पतालों की कमियों का मुख्य कारण है।

सर्वप्रथम एक आदर्श सरकारी अस्पताल में हर प्रकार के मौलिक साधनों को उपलब्ध कराया जाना चाहिए। अस्पताल की प्रबंध व्यवस्था जैसे--एक-एक कोने की सफाई, रोगियों के बैठने के स्थान, बिस्तर, स्नानागार तथा शौचालय आदि की उत्तम स्वच्छता के लिए एक विशेष अधिकारी को दायित्व सौंपा जाना चाहिए। आपातकालीन वार्डों में सामान्यत: गंदगी देखकर रोगी के और अधिक अस्वस्थ होने की संभावना हो जाती है। सरकारी अस्पतालों की गंदगी के बारे में तो यह आम धारणा है कि वहाँ जाकर

नए इन्फेक्शन शरीर पर हमला कर देंगे। इसलिए पूर्ण स्वच्छता अभियान को सरकारी अस्पतालों में इलाज का प्रथम सूत्र समझा जाना चाहिए। अस्पतालों में खाली पड़े स्थानों पर छोटे-छोटे पार्क या फूलों की बागवानी से अस्पताल की सुंदरता को चार चाँद लगाए जा सकते हैं। इन कार्यों में बहुत अधिक धन भी नहीं लगता। इन अस्पतालों में रोगियों को दिए जानेवाले भोजन का स्तर भी उत्तम कोटि का होना चाहिए, जिसके लिए विशेष धन की नहीं अपितु संवेदनशीलता तथा ईमानदारी की आवश्यकता है। रोगियों के रिश्तेदारों तथा अन्य आगंतुकों के लिए अच्छे स्तर के भोजनालय भी कमाई के साधन बन सकते हैं। डॉक्टरों, नर्सों तथा सफाई कर्मचारियों सहित अस्पताल के पूरे स्टॉफ को जनता के प्रति संवेदनशील होने का विशेष प्रशिक्षण केवल 2-3 दिन की अवधि में ही संपन्न किया जा सकता है। अस्पताल के स्टॉफ को अपनी सेवा अवधि के प्रति भी पूरी तरह सचेत रहने के लिए बाध्य किया जाना चाहिए। समय पर ड्यूटी प्रारंभ न होने पर सख्त काररवाई प्रारंभ होनी चाहिए। केंद्र या राज्य सरकारें, जो भी धन किसी सरकारी स्वास्थ्य केंद्र के लिए निर्धारित करती हैं, उसके खर्च का दायित्व स्थानीय अस्पताल प्रबंधन पर डालना चाहिए। ब्यूरोक्रेसी की भूमिका समाप्त की जानी चाहिए। निर्धारित कोष के आधार पर बेड तथा बिस्तर अच्छी गुणवत्ता के हों, अधिक-से-अधिक स्टॉफ की व्यवस्था हो, स्वच्छता पर भी पूरा ध्यान रखा जाए आदि निर्णय अस्पताल प्रबंधन पर ही छोड़ देने चाहिए। डॉक्टरों के लिए आवास व्यवस्था अस्पताल के परिसर में या अत्यंत निकट ही की जानी चाहिए।

जिस प्रकार प्रधानमंत्री श्री नरेंद्र मोदी ने 'आदर्श ग्राम योजना' के माध्यम से प्रत्येक सांसद को अपने निर्वाचन क्षेत्र के एक-एक गाँव को आदर्श गाँव के रूप में विकसित करने का मार्ग उपलब्ध कराया है, उसी प्रकार सरकारी अस्पतालों के स्तर में सुधार लाने के लिए राज्य सरकारें स्थानीय विधायकों, स्थानीय गैर-सरकारी समाजसेवियों तथा धार्मिक संस्थाओं और उद्योगपतियों का भी सहयोग है। समाज सेवी संस्थाओं द्वारा स्वयंसेवक उपलब्ध कराए जाने के साथ-साथ उद्योगपतियों के दान से भी बहुत सहायता प्राप्त हो सकती है। यदि हमारे देश की राजनीति ने 'आदर्श ग्राम योजना' की तरह 'आदर्श अस्पताल' का संकल्प क्रियान्वित कर दिखाया तो भारत अवश्य ही आधुनिक युग की एक महान् सभ्यता के रूप में खड़ा नजर आएगा। आदर्श अस्पताल योजना विकसित देशों के लिए भी एक महान् प्रेरणा बन सकेगी, जहाँ पूँजीवादी सोच इतने गंभीर मानवाधिकार की कल्पना भी नहीं कर सकती।

□

भ्रष्टाचारी कोटेड स्टंट

वर्ष 2005 में मुंबई उच्च न्यायालय ने केंद्र सरकार को यह निर्देश जारी किया था कि दिल के मरीजों को लगाए जानेवाले स्टंट के संबंध में कोई निश्चित मानक तथा नीति निर्धारित करें। यह मुकदमा मुंबई के एक सरकारी अस्पताल की गतिविधियों के संबंध में प्रकाशित एक रिपोर्ट पर आधारित था, जिसमें यह कहा गया था कि दिल के रोगियों को जो स्टंट लगाए जा रहे हैं, वे बिना प्रशिक्षण के प्रयोग किए जाते हैं। उस मुकदमे के दौरान यह तथ्य सामने आया था कि भारत में प्रयोग किए जानेवाले स्टंट नीदरलैंड की एक निर्माता कंपनी से खरीदे जाते हैं, जबकि स्वयं नीदरलैंड में ऐसे स्टंट प्रयोग करने की अनुमति नहीं दी गई। जब छानबीन में भारत के औषधि नियंत्रक महानिदेशक कार्यालय से इन स्टंटों के आयात और प्रयोग की अनुमति के बारे में पूछा गया तो इस विभाग ने यह कहते हुए अपना दामन साफ कर लिया कि स्टंट कोई औषधि नहीं है। अतः इस विभाग का स्टंट की अनुमति देने पर कोई नियंत्रण नहीं है। इस मुकदमे के साथ-साथ चिकित्सा क्षेत्र में स्टंट के बढ़ते प्रयोग पर अनेक प्रकार की जानकारियाँ इंटरनेट पर उपलब्ध हैं।

बाद में ड्रग्स एंड कास्मेटिक कानून के अंतर्गत स्टंट को भी औषधि के समान माना गया। इसी प्रकार हृदय में लगने वाले पेसमेकर, वाल्व तथा कूल्हे औंर घुटने के बदलाव वाले सामान को भी औषधि नियंत्रक महानिदेशक कार्यालय के अधीन घोषित किया गया। अमेरिका में भी यह प्रावधान है कि चिकित्सा की दृष्टि से कोई भी औषधि या सामान विधिवत् परीक्षण तथा सरकारी अनुमति के बाद ही प्रयोग किया जा सकता है। परंतु हमारे देश में आज तक भी स्टंट के संबंध में कोई नीति-निर्धारक तथा नियंत्रक संस्था नहीं बनाई गई।

स्टंट के संबंध में दो मुख्य समस्याएँ सामने आती हैं। प्रथम, स्टंट की गुणवत्ता तथा प्रयोग से पूर्व परीक्षण सुनिश्चित कराना। दूसरा, रोगियों से स्टंट की कितनी कीमत वसूल की जाए।

पश्चिमी देशों जैसे इंग्लैंड में स्टंट की कीमत 23 से 48 हजार रुपए के बीच में है। पश्चिमी देशों में चिकित्सा उपकरणों की गुणवत्ता तथा मूल्य निर्धारण के लिए विशेष

तंत्र मौजूद हैं। भारत में जब यह स्टंट आयात किया जाता है तो औसतन 40 हजार रुपए की कीमत का भुगतान किया जाता है। वितरक के हाथ तक पहुँचते-पहुँचते हुए यह स्टंट 70-80 हजार रुपए तक का हो जाता है। अस्पतालों तक यह स्टंट लगभग एक लाख रुपए में पहुँचता है और रोगियों को इस स्टंट की कीमत लगभग सवा लाख रुपए बताई जाती है। इस स्टंट के अतिरिक्त लगभग इतनी ही राशि रोगी को कुछ दिन अस्पताल में रखने तथा ऑपरेशन करने आदि की वसूल कर ली जाती है। इस प्रकार एक हृदय रोगी को लगभग 2 से 3 लाख रुपए या इससे भी अधिक राशि स्टंट लगवाने के लिए खर्च करनी पड़ जाती है। जबकि वास्तव में यह सारा कार्य एक लाख से भी राशि में हो सकता है।

भारत में चित्रा टी.टी.के. नामक कंपनी तमिलनाडु के तिरुवनंतपुरम में स्टंट का उत्पादन करती है। अब भारत में ही अच्छी गुणवत्ता वाले स्टंट उत्पादन तथा उनके विधिवत् परीक्षण को प्रोत्साहन देने के प्रयास शुरू किए गए हैं।

सामान्यत: यह देखा गया है कि जब कोई हृदय रोग से पीड़ित व्यक्ति अस्पताल पहुँचता है तो उसकी अवस्था को गंभीर बताते हुए तत्काल ऑपरेशन का सुझाव दिया जाता है और उस वक्त उससे यह प्रश्न किया जाता है कि स्टंट भारत में बना हुआ कम कीमत वाला लगाना है या विदेशी सवा लाख वाला फिर विदेशी में भी मेडीकेटेड कोटेड अथवा सामान्य। शरीर विज्ञान से अनभिज्ञ परिजन अपने रोगी की रक्षा के लिए कम या अधिक खर्च को कोई महत्त्व नहीं देते और परिणामत: विदेशी स्टंट लगवाने के लिए मजबूर हो जाते हैं। दूसरी तरफ विदेशी स्टंटों के प्रयोग के पीछे भी बड़ी-बड़ी बहुराष्ट्रीय कंपनियों के द्वारा फैलाया गया भ्रष्टाचारी जाल दिखाई देता है। ये कंपनियाँ आयात करनेवाले लोगों से लेकर वितरकों, अस्पतालों तथा डॉक्टरों तक को कुछ प्रोत्साहन देकर उन्हें विदेशी स्टंटों के प्रयोग के लिए प्रेरित करती हैं। यदि भारत में अच्छी गुणवत्ता के स्टंट निर्मित होने लगें और भारत सरकार इन स्टंटों के प्रयोग के लिए प्रचार और प्रोत्साहन करें तो स्वाभाविक रूप से विदेशी स्टंटों के नाम पर होनेवाली लूट बंद हो सकती है।

इससे भी भयंकर एक दृश्य यह भी होता है कि जितने भी रोगियों को स्टंट लगाए जाते हैं, उनमें से लगभग 50 प्रतिशत रोगियों को इसकी आवश्यकता ही नहीं होती। यह चिकित्सा क्षेत्र की नैतिकता को भी चुनौती देता हुआ कार्य है कि चिकित्सक विदेशी कंपनियों द्वारा मिलने वाले प्रोत्साहन के वशीभूत बिना आवश्यकता के भी कई रोगियों को स्टंट के लिए मजबूर कर देते हैं। ऐसा कई बार देखने में आया है कि एक अस्पताल द्वारा स्टंट लगाने के सुझाव के बावजूद जब रोगी किसी अन्य अस्पताल या चिकित्सक से सुझाव लेता है तो उसका उपचार बिना स्टंट के केवल औषधियों और प्राकृतिक खान-पान के आधार पर ही संभव हो जाता है। भारत में स्टंट लगवाने वाले रोगियों की संख्या लगभग 14-15 प्रतिशत प्रतिवर्ष की दर से बढ़ रही है। किस अवस्था के रोगी को

स्टंट लगाना चाहिए, इसका निर्धारण करने के लिए नैतिकता के साथ-साथ एक विधिवत् नियंत्रक संस्था के गठन एवं उसके द्वारा निर्देश जारी किए जाने की भी आवश्यकता है। धन के लोभ में बड़े-बड़े अस्पताल धड़ाधड़ विदेशी स्टंट लगाने के लिए अनजान रोगियों के ऑपरेशन कर डालते हैं।

चिकित्सा क्षेत्र के कुछ चिंतकों का दावा यह है कि स्टंट चाहे भारत में बने या विदेश में, उनकी गुणवत्ता में कोई विशेष अंतर नहीं होता, जबकि कीमत में दोगुने का अंतर आ जाता है। 'मेक इन इंडिया' कार्यक्रम के अंतर्गत हर प्रकार के चिकित्सा उपकरणों का भारत में ही निर्माण करने के लिए निर्माता कंपनियों को प्रोत्साहन दिया जाए। साथ ही भारतीय चिकित्सा परिषद् को चिकित्सा क्षेत्र में नैतिक मूल्यों के विकास के लिए प्रेरित किया जाना चाहिए, जिससे उपकरण निर्माता कंपनियों और चिकित्सकों के बीच भ्रष्टाचारी गठबंधन तोड़ा जा सके और रोगियों को उनकी अवस्था के अनुसार आवश्यक चिकित्सा खर्च के आधार पर ही चिकित्सा दी जाए।

□

बचपन में पेट के कीड़े

लगभग 8 माह पूर्व विश्व स्वास्थ्य संगठन का ध्यान सारे संसार में एक ऐसे रोग की तरफ गया, जो स्कूल जानेवाले अबोध बच्चों से संबंधित था और इस एक रोग के कारण बच्चों में भूख कम होने की शिकायत पैदा होती है, बच्चों में पढ़ाई के प्रति रुचि कम हो जाती है। परिणामस्वरूप बच्चा शारीरिक और मानसिक दोनों स्तरों पर पिछड़ता चला जाता है। यह रोग बच्चों के पेट में कीड़े पैदा होने से संबंधित है। संयुक्त राष्ट्र संघ ने विश्व के सभी देशों को इस रोग की तरफ सचेत करते हुए यह लक्ष्य निर्धारित किया कि वर्ष 2022 तक 75 प्रतिशत स्कूली बच्चों को इस रोग से मुक्त कर दिया जाए। इस प्रकार संयुक्त राष्ट्र संघ ने 10 फरवरी को 'अंतरराष्ट्रीय कीटाणु मुक्ति दिवस' के रूप में घोषित किया और इस दिन से बच्चों के पेट के कीटाणुओं को समाप्त करने का अभियान प्रारंभ किया गया।

भारत के स्वास्थ्य मंत्रालय ने भी इस रोग के प्रति गंभीर संवेदनशीलता दिखाते हुए व्यापक अभियान प्रारंभ कर दिया। भारत में करवाए गए सर्वेक्षण के अनुसार लगभग 241 मिलियन बच्चे पेट के कीटाणुओं से रोगग्रस्त पाए गए। इन बच्चों के पेट से कीड़े समाप्त करने के लिए सारे देश के विद्यालयों को औषधियाँ भेजी गईं। प्रथम दौर में सबसे अधिक रोगग्रस्त क्षेत्रों असम, बिहार, छत्तीसगढ़, दादर-नगरहवेली, हरियाणा, कर्नाटक, महाराष्ट्र, मध्य प्रदेश, राजस्थान, तमिलनाडु और त्रिपुरा राज्यों में यह अभियान चलाया गया। लगभग 8 महीने पूरे होने के बाद संयुक्त राष्ट्र संघ की टीम ने भारत की इस सफलता पर हैरानी व्यक्त की कि 241 मिलियन बच्चों में से लगभग 155 मिलियन बच्चों को इस रोग से मुक्त कर दिया गया है, अर्थात् भारत समय से पूर्व इस रोग से मुक्त हो जाएगा।

चिंतन का विषय यह है कि बच्चों के पेट में कीड़े क्यों पैदा होते हैं ? क्या एक बार औषधियों के सहारे बच्चों को कीटाणुमुक्त करने के बाद यह निश्चित है कि उनके पेट में दुबारा इस प्रकार के कीटाणु पैदा नहीं होंगे ? यदि बच्चों के पेट में पुनः कीटाणु पैदा होने की संभावना हो सकती है तो फिर चिकित्सकों को कोई स्थायी उपाय भी ढूँढ़ना चाहिए। इस संबंध में मैंने कई एलोपैथिक चिकित्सकों के साथ-साथ आयुर्वेदिक और प्राकृतिक

चिकित्सकों से भी विचार-विमर्श किया।

बच्चों के पेट में एक विशेष प्रकार के कीटाणु मिट्टी के संपर्क से पैदा हो जाते हैं। इसके अतिरिक्त अस्वच्छ भोजन अर्थात् खुला रखा हुआ भोजन, फुटपाथ पर बिकने वाले खाद्य पदार्थ, गंदे हाथों से भोजन करना आदि पेट में कीड़े पैदा होने के कारण बन जाते हैं। छोटे बच्चे भूमि पर हाथ लगाकर मिट्टी के स्पर्श में आते हैं, उन्हीं हाथों को जब वे मुँह में डाल लेते हैं तो उनके पेट में कीड़े पैदा होने की संभावना हो जाती है। कीड़े पैदा होने के बाद बच्चों की नींद बाधित होती है। शरीर पर खुजली की संभावना बढ़ जाती है। नाक बहना तथा पेट दर्द आदि की शिकायत हो सकती है। यह कीड़े मुख्यत: छोटी आँत में ही पलते हैं, जिससे बच्चे की पाचन क्रिया बाधित हो जाती है और उसे भूख लगनी कम हो जाती है। इन सारी परेशानियों के कारण बच्चे की रुचि पढ़ाई में भी नहीं रहती। इस प्रकार कुल मिलाकर एक रोगी शरीर और रोगी मानसिकता का आधार तैयार हो जाता है। यह समस्या ग्रामीण क्षेत्रों तथा शहरों में झुग्गी-झोंपड़ी बस्तियों के साथ-साथ उन सभी घरों में देखी जा सकती है, जहाँ धूल-मिट्टी पर कोई रोक नहीं है। इस प्रकार यह समस्या भारत जैसे सभी विकासशील देशों में बहुत बड़े स्तर पर पाई जा सकती है।

संयुक्त राष्ट्र संघ ने इस रोग के संबंध में यह महसूस किया कि यह रोग मुख्यत: विकासशील देशों में अधिक पाया जाता है और सरकारें तथा समाज दोनों इस रोग की अनदेखी कर रहे हैं। संयुक्त राष्ट्र संघ के अनुसार इन कीटाणुओं को नष्ट करने की औषधि प्रतिवर्ष बच्चों को पिलाई जानी चाहिए। यह औषधि स्कूल जाने से पहले वाले बच्चों को, स्कूल जानेवाले बच्चों को तथा साथ ही गर्भवती महिलाओं को और निकट भविष्य में गर्भधारण करनेवाली महिलाओं को भी पिलाई जानी चाहिए। संयुक्त राष्ट्र संघ का निर्देश है कि जिस विद्यालय में या क्षेत्र में कीटाणुग्रस्त लोगों की संख्या 50 प्रतिशत से अधिक हो, ऐसे क्षेत्रों में तो वर्ष में दो बार औषधि पिलाई ही जानी चाहिए। इसका अभिप्राय यह हुआ कि इस औषधि से केवल एक बार तो पेट के कीटाणुओं से मुक्ति मिल सकती है, सदैव नहीं।

इसके बाद हमारे देश के आयुर्वेदिक और प्राकृतिक चिकित्सकों से जब मैंने विचार-विमर्श किया तो बड़ी हैरानी हुई कि प्राकृतिक और स्वच्छ खान-पान की आदतों से पेट के कीटाणुओं की समस्या को सदा-सदा के लिए दूर रखा जा सकता है। प्रधानमंत्री श्री नरेंद्र मोदीजी ने सारे देश को जो स्वच्छता अभियान दिया है, वह इस रोग के साथ-साथ सभी रोगों से मुक्ति का मुख्य आधार है। इस अभियान की प्रेरणा घर-घर तक पहुँचाई जानी चाहिए कि लोग अपने घरों को स्वच्छ रखें, विद्यालय प्रबंधन विद्यालयों तथा शौचालयों को स्वच्छ रखें, सरकार का स्वास्थ्य विभाग विद्यालयों के अंदर तथा बाहर रेहड़ी-पटरी पर बिकने वाले खाद्य पदार्थों पर पोषण और स्वच्छता सुनिश्चित करे।

प्राकृतिक चिकित्सकों ने तो खान-पान की वस्तुओं की एक ऐसी सूची मेरे सामने रखी, जिसके आधार पर उनका यह दावा है कि पेट के कीटाणुओं को समाप्त करने में भी सहायता मिलेगी और भविष्य में कभी ऐसी समस्या ही पैदा न हो, उसका भी निराकरण संभव है। पपीते के बीज सुखाने के बाद उनका पाउडर बनाकर दही या शहद के साथ बच्चों को दिया जाना चाहिए। इसी प्रकार सीताफल के बीज भी सीधे खाए जा सकते हैं या उन्हें भी सुखाकर पाउडर रूप में प्रयोग किया जा सकता है। खान--पान के लिए केला, अनानास, अनार आदि बहुत उपयोगी फल हैं, जो पेट के कीटाणुओं को समाप्त करने का कार्य करते हैं। इसके अतिरिक्त अरंडी का तेल, लहसुन, नारियल का तेल आदि भी आयुर्वेदिक चिकित्सकों से परामर्श करके इन कीटाणुओं से मुक्ति के लिए प्रयोग किए जा सकते हैं। बच्चों को लगातार हल्दी का सेवन भी कीटाणु मुक्ति में अत्यंत सहायक सिद्ध होता है। सामान्य अवस्था में भी प्रत्येक व्यक्ति को सप्ताह में एक-दो बार दूध के साथ हल्दी का सेवन करना चाहिए।

□

कितने स्वस्थ हैं हमारे बच्चे?

आयुर्वेद के अनुसार चिकित्सा का उद्द्देश्य सदैव दोमुखी होता है—स्वस्थस्य स्वास्थय रक्षणं, आतुरस्य विकार प्रशमनं च। अर्थात् स्वस्थ व्यक्ति के स्वास्थ्य की रक्षा करना और रोगी व्यक्ति के रोग को दूर करने का उपाय करना। परंतु आधुनिकता की दौड़ में लगा व्यक्ति चिकित्सा का नाम तभी लेता है, जब उसे कोई रोग सताने लगता है। परंतु वह भूल जाता है कि उसके जीवन में किसी रोग के दिखाई देने से पहले एक लंबी अवधि उस रोग के पनपने में लगी है। यदि व्यक्ति अपने शरीर के अंदर पनपने वाले रोगों को प्रारंभिक अवस्था में ही महसूस कर ले और उनका उपाय प्रारंभ कर दे तो वह विकसित रोगों जैसी विकट परिस्थितियों से बच सकता है।

अंग्रेजी चिकित्सा पद्धति भी इस सुंदर सिद्धांत को अपने शब्दों में पुष्ट करती है। अंग्रेजी चिकित्सा पद्धति में 'आइसबर्ग ऑफ डिसिजेज' अर्थात् जिस प्रकार जलमग्न किसी पर्वतशिला की चोटी दिखाई देती है तो उसे देखकर यह अनुमान नहीं लगाना चाहिए कि थोड़ी सी दिखाई देने वाली चोटी ही इस पर्वत शिला का संपूर्ण आकार है। क्योंकि वास्तविकता में उस पर्वत शिला का लगभग 80 प्रतिशत भाग जल में डूबा होता है। इसका स्पष्ट अभिप्राय यह हुआ कि जिन्हें हम रोग समझ रहे हैं, वे समाज का केवल 20 प्रतिशत प्रतिनिधित्व कर रहे होते हैं। जबकि दूसरी तरफ 80 प्रतिशत रोग हमारे शरीरों के अंदर उस पनपती हुई अवस्था में होते हैं, जिनका अनुभव अभी रोग के रूप में हमें नहीं हुआ होता है।

स्वास्थ्य के इस मूल सिद्धांत को समझते हुए, एक जिले के छह सरकारी विद्यालयों में ट्रायल के तौर पर छात्र-छात्राओं का विस्तृत चिकित्सा परीक्षण अभियान चलाया गया। अभियान में लगभग तीन हजार से कुछ अधिक बच्चों का चिकित्सा परीक्षण किया गया तो जाँच में 100 ऐसे बच्चे सामने आए, जिनके शरीर में हार्निया, कैंसर, मूत्र निष्कासन नली का संक्रमण, हड्डियों के रोग, मुख में संक्रमण, पीलिया, आंतरिक पस, मानसिक रोग तथा छात्राओं के कुछ विशेष रोगों के भयंकर लक्षण विद्यमान थे। इन्हीं छिपे हुए रोगों के कारण बच्चों का पढ़ाई में मन नहीं लगता, पढ़ाई में समय लगाने के बावजूद भी उन्हें ज्ञान की बातें पूरी तरह समझ नहीं आतीं। शरीर के अंदर किसी एक या अन्य पोषक तत्त्व

की कमी इन सब कमजोरियों का मुख्य कारण बन जाता है। इनके अतिरिक्त लगभग एक हजार बच्चों में सामान्यतः रोगों के लक्षण पाए गए। इस चिकित्सा अभियान के बाद इन सभी रोगी लक्षणों वाले बच्चों के माता-पिता से जब बातचीत की गई तो हैरानी हुई कि माता-पिता को इन सभी रोगों के लक्षणों का ज्ञान तक भी नहीं था। वे भी हमारी तरह हैरान थे कि उनके बच्चों में इतने भयंकर रोग किस प्रकार पल रहे हैं। जब इस जाँच अभियान को बढ़ाया गया तो छोटे से इलाके में लगभग एक हजार ऐसे निकले, जो निकट भविष्य में भयंकर रोगी के रूप में सामने आनेवाले थे। इस चिकित्सा अभियान का प्रभाव केवल यही नहीं था कि इन एक हजार बच्चों में छिपे हुए रोगों के लक्षणों के आधार पर उनका इलाज हो गया, बल्कि इससे दूसरे बच्चों में भी स्वास्थ्य रक्षा का उत्साह जाग्रत् हुआ। बच्चों के माता-पिता का भी बच्चों के खान-पान पर ध्यान बढ़ने लगा।

आज सारे विश्व में चिकित्सा सेवाओं के नाम पर केवल आधा कार्य हो रहा है। अर्थात् सारा संसार केवल रोगों के लक्षणों को दूर करने में ही अपनी सारी शक्ति और धन व्यय कर रहा है। 'आइसबर्ग ऑफ डिसिजेज' सिद्धांत के अनुसार तो चिकित्सा प्रबंधन का यह कार्य आधा भी नहीं है। हम केवल रोगों की चिकित्सा करके 20 प्रतिशत रोगियों का ही इलाज कर रहे हैं। हम उन 80 प्रतिशत रोगियों की तरफ कोई ध्यान नहीं दे रहे, जो निकट भविष्य में धीरे-धीरे रोगी होने की अवस्था की ओर अग्रसर हो रहे हैं।

सामान्यतः हमारे बच्चों और युवा वर्ग में पोषक तत्त्वों की कमी रहती है। कैल्शियम, आयरन, पोटेशियम, मैग्नीशियम, विटामिन-डी तथा बी-12 आदि तत्त्वों की अकसर लोगों में कमी देखी जाती है। पोषक तत्त्वों की कमी और उसके दुष्प्रभाव को एक सामान्य उदाहरण के द्वारा समझा जा सकता है। विश्व स्वास्थ्य संगठन के अनुसार सारे विश्व की बहुत बड़ी जनसंख्या कैल्शियम की कमी से पीड़ित है। एक तरफ आजकल के बच्चों में दूध पीने के प्रति लगाव ही कम हो चुका है तो दूसरी तरफ शुद्ध दूध की उपलब्धता भी प्रश्नगत है। यदि सभी देश अपने बच्चों और युवाओं में इस कैल्शियम की कमी को पूरा करने का अभियान चला दें तो हमारे देश की मानव संसाधन क्षमता में काफी वृद्धि हो सकती है। वैसे भी यह सामान्य सा तथ्य है कि जब कोई व्यक्ति अपने स्वास्थ्य की रक्षा पर उचित ध्यान नहीं देता तो वह अचानक रोगग्रस्त हो जाता है। उस रोगग्रस्त अवस्था में उसे एक तरफ चिकित्सा पर अपना धन खर्च करना पड़ता है और दूसरी तरफ उसके जीवन कार्य बाधित होते हैं। बच्चों और युवाओं के शिक्षा वर्ष खराब हो जाते हैं और बड़े लोगों के व्यापार, नौकरियाँ आदि बाधित होते हैं। इस प्रकार खर्च और नुकसान के रूप में प्रत्येक व्यक्ति की हानि कई गुना बढ़ जाती है। इससे अच्छा था कि वह समय रहते कम खर्च में ही अपने स्वास्थ्य की रक्षा पर पूरा ध्यान देता। इसी सिद्धांत को जब हम एक व्यक्ति के स्थान पर सारे देश में लागू करें तो अर्थशास्त्री भी यह महसूस करेंगे कि

चिकित्सा खर्च और उत्पादन क्षमता में घाटे के मुकाबले स्वास्थ्य रक्षा पर किया गया खर्च बहुत कम होता है।

इस आर्थिक और चिकित्सा सिद्धांत का मिश्रण करते हुए हमारे देश की सरकारों को एक सरल योजना का निर्माण करना चाहिए, जिसमें भारत की शिक्षा व्यवस्था से जुड़े प्रत्येक बच्चे और उसके परिवार को स्वास्थ्य रक्षा के प्राकृतिक उपायों की नियमित जानकारियाँ और उन्हें जीवन में क्रियान्वित करने की प्रेरणाएँ प्रदान की जाएँ। यही एक मार्ग स्वस्थ भारत की परिकल्पना को सत्य सिद्ध कर सकेगा और इसका सीधा प्रभाव हमारी अर्थव्यवस्था की स्थायी सुदृढ़ता के रूप में अवश्य ही दिखाई देगा।

□

शिक्षा से जोड़ा जाए स्वास्थ्य

मातृत्व स्वास्थ्य को लेकर कई चौंकाने वाले आँकड़े सामने आते हैं। पैदा होनेवाले बच्चों में से 48 प्रतिशत के लिए कोई डॉक्टर, विशेषज्ञ या स्वास्थ्य सहायक भी उपलब्ध नहीं होते। परिणामस्वरूप प्रतिवर्ष भारत में 44 हजार माताएँ अपने बच्चों को जन्म देते समय दम तोड़ देती हैं। हमारे देश की यह मातृत्व मृत्युदर सारे संसार की मातृत्व मृत्यु संख्या का 15 प्रतिशत होती है, अर्थात् सारे संसार में जितनी भी माताएँ बच्चे को जन्म देते समय मृत्यु की शिकार होती हैं, उसकी 15 प्रतिशत के बराबर मृत्यु अकेले भारत में होती है। हमारे यहाँ सामान्यत: भी चिकित्सा का स्तर बहुत आशाजनक नहीं है। भारत में रोगी और डॉक्टरों का अनुपात 1700 के मुकाबले एक है, अर्थात् 1700 नागरिकों के लिए एक डॉक्टर ही उपलब्ध है, जबकि विकसित देशों में प्रति 1000 की जनसंख्या पर 3 से 7 के बीच में डॉक्टर उपलब्ध हैं।

भारत में वार्षिक बजट का सिर्फ 1.5 प्रतिशत स्वास्थ्य के लिए आवंटित होता है, जबकि न्यूनतम 2.5 प्रतिशत बजट होना चाहिए। संसद् की एक स्थायी समिति ने भी स्वास्थ्य के लिए 2.5 प्रतिशत बजट की सिफारिश कर रखी है। बजट में जो भी वित्तीय योजनाएँ फरवरी-मार्च में घोषित की जाती हैं, उनका आवंटन राज्य सरकारों के माध्यम से होता है और जिला तथा ग्राम स्तर तक पहुँचते-पहुँचते इस प्रक्रिया में 7-8 महीने लग जाते हैं। अकसर नवंबर-दिसंबर तक यह राशियाँ जिला स्तर तक पहुँचती हैं और उसके बाद केवल 3-4 महीने का समय उनके आवंटन के लिए बचता है। इतने अल्प समय में जिला और गाँव स्तर के नागरिकों के लिए सरकारी प्रक्रियाओं को पूरा करना भी कई बार संभव नहीं होता। परिणामत: इन कल्याणकारी योजनाओं की बहुत बड़ी बजट राशियाँ मार्च तक बिना प्रयोग के ही बची रह जाती हैं। जनता को प्रत्येक कल्याणकारी योजना की बारीक जानकारी भी उपलब्ध नहीं हो पाती। हालाँकि स्वास्थ्य से संबंधित योजनाओं में केंद्र सरकार के साथ-साथ राज्य सरकारों का भी दायित्व है। वर्तमान समय में केंद्र सरकार स्वास्थ्य योजनाओं में 60 प्रतिशत तक की राशि का सहयोग करती है। परंतु राज्य सरकारों के स्तर पर स्वास्थ्य को प्राथमिकता न दिए जाने के कारण यह स्वास्थ्य

योजनाएँ पूरी तरह से क्रियान्वित नहीं हो पाती हैं।

स्वास्थ्य सेवाओं को लेकर आँकड़ों का संकलन शहरी और ग्रामीण क्षेत्रों के आधार पर अलग-अलग किया जाना चाहिए। शहरी क्षेत्रों में बहुतायत स्वास्थ्य सेवाएँ नागरिकों द्वारा अपने भुगतान से प्राप्त की जाती हैं। यह सेवाएँ प्राइवेट डॉक्टरों और बड़े-बड़े अस्पतालों के माध्यम से ली जाती हैं। इसके विपरीत ग्रामीण क्षेत्रों में स्वास्थ्य सेवाओं का बहुतायत दारोमदार सरकारी चिकित्सा संस्थानों पर ही बना रहता है। जबकि सरकारी चिकित्सा संस्थानों की सेवा गुणवत्ता सदैव चिंताजनक ही रही है। सेवा के अतिरिक्त सरकारी संस्थानों में बहुतायत औषधियाँ भी उपलब्ध नहीं होती हैं। लगभग सभी राज्य सरकारों ने स्वास्थ्य सेवाओं को लेकर अनेक प्रकार की कल्याणकारी योजनाएँ चला रखी हैं। परंतु उनका पूरा लाभ जनता तक नहीं पहुँच पाता। चिंता का विषय यह है कि पूरा ग्रामीण समुदाय और समाज के वंचित वर्ग इन योजनाओं का भरपूर लाभ नहीं उठा पाते। सरकारी चिकित्सा तंत्र में बहुत बड़े सुधार की आवश्यकता है।

केरल की स्वास्थ्य सेवा इस आधार पर उत्तम है कि वहाँ स्वास्थ्य और शिक्षा को सबसे अधिक महत्त्व दिया जाता है। केरल सरकार और समाज इस महत्त्व को समझ चुका है कि स्वास्थ्य और शिक्षा का विकास यदि उचित गति से हो तो अन्य सभी क्षेत्रों में विकास की गति भी तेज रहेगी।

स्वास्थ्य विषय को भारत की शिक्षा व्यवस्था में पहली से बारहवीं कक्षा तक एक विशेष प्रकार से जोड़ दिया जाना चाहिए। प्राकृतिक जीवन पद्धति, पोषक खान-पान तथा योग-प्राणायाम जैसे विषय अलग-अलग रूप में प्रत्येक कक्षा के छात्र-छात्राओं को इस प्रकार से समझाए जाएँ, जिससे वे उन्हें अपने दैनिक जीवन में क्रियान्वित कर पाएँ। इस प्रकार के प्रयास का फल कुछ ही वर्षों में दिखाई देने लगेगा। इस प्रयास में किसी अतिरिक्त बजट की आवश्यकता नहीं, औषधियों और चिकित्सा संसाधनों की भी आवश्यकता नहीं। छोटी उम्र की कन्याओं में यदि आयरन अर्थात् लौहतत्त्व की कमी बनी रही तो स्वाभाविक रूप से उनके लिए युवा अवस्था में मातृत्व की जिम्मेदारी का निर्वहन कठिन हो जाता है। लौहतत्त्व की कमी का सरल उपाय है, विद्यालयों की छात्राओं को काले चने, चुकंदर, खजूर, हरी पत्तेदार सब्जियाँ, पालक, सोयाबीन, टमाटर तथा फल आदि अधिक खाने के लिए प्रेरित किया जाना चाहिए। यदि छात्राएँ भोजन के माध्यम से ही इस कमी को दूर कर लें तो मातृत्व मृत्यु दर स्वतः ही कम होने की प्रबल संभावना होगी। इसी प्रकार के पोषक खान-पान के बल पर लगभग हर प्रकार के रोग का उत्पत्ति से पूर्व ही निवारण संभव हो सकता है। इसलिए स्वास्थ्य मंत्रालय से अधिक मानव संसाधन मंत्रालय को इस बात पर ध्यान देना चाहिए कि स्कूली स्तर पर विज्ञान की पुस्तकों में पोषक खान-पान के साथ योग-प्राणायाम और प्राकृतिक जीवन पद्धति के विषयों को अवश्य जोड़ा

जाए। सरकार के साथ-साथ सभी गैर-सरकारी संगठनों को भी स्वास्थ्य की इस मूल अवधारणा पर ध्यान देते हुए अपने प्रभाव क्षेत्र में आनेवाले परिवारों में पोषक खान-पान, योग, प्राणायाम आदि पद्धतियों के प्रति विशेष जागरूकता पैदा करनी चाहिए। एक क्षेत्र के सभी गैर-सरकारी संगठन जैसे मंदिर, गुरुद्वारे, मसजिदें, चर्च तथा अन्य छोटे-बड़े सामाजिक कार्यों में लगे संगठन तथा शिक्षण संस्थाएँ, यदि मिलकर ऐसा प्रयास करेंगे तो उसका और अधिक प्रभाव पैदा होगा।

□

टी.बी. के कारण सामाजिक बहिष्कार उचित नहीं

विश्व में बढ़ती औद्योगिक गतिविधियों के कारण वायुमंडल लगातार प्रदूषित होता जा रहा है। इस प्रदूषण से श्वास संबंधी छोटे-बड़े अनेक रोग पनप रहे हैं जैसे—दमा, टी.बी., भिन्न-भिन्न प्रकार के हृदय रोग, फेफड़ों का कैंसर, निमोनिया तथा खाँसी, जुकाम इत्यादि। इनमें टी.बी. एक ऐसा रोग है, जिसमें फेफड़ों के अंदर कुछ विशेष प्रकार के कीटाणुओं का संक्रमण हो जाता है। वास्तव में यह लंबी खाँसी का ही एक बिगड़ा हुआ रूप है।

भारत को ही नहीं सारे संसार को टी.बी. जैसे संक्रमणकारी रोग से मुक्त करवाना सभी सरकारों और राजनीतिज्ञों के साथ-साथ सभी गैर-सरकारी संगठनों के लिए भी प्राथमिकता का कार्य निर्धारित होना चाहिए। 2015 के आँकड़ों के अनुसार भारत में लगभग 28 लाख टी.बी. रोगियों की संख्या थी, जिनमें से 5 लाख रोगी मृत्यु का शिकार हो गए। टी.बी. रोगियों की संख्या के मामले में भारत सारे विश्व में शिखर पर है। इतना ही नहीं सारे संसार के टी.बी. रोगियों की संख्या का 25 प्रतिशत हिस्सा भारत का है। भारत के टी.बी. रोगियों में से 10 प्रतिशत से कुछ अधिक संख्या तो अबोध बच्चों की है।

टी.बी. रोग के विरुद्ध सारे विश्व के स्तर पर एक महा अभियान छेड़ा जा चुका है। प्रारंभ में इस अभियान की शुरुआत अफ्रीका, अमेरिका, एशिया और यूरोप के अलग-अलग गुटों से हुई थी। एशिया में इस गुट की स्थापना भारत, वियतनाम, फिलीपींस, इंडोनेशिया, न्यूजीलैंड तथा ऑस्ट्रेलिया जैसे देशों की पहल पर की गई। परंतु आज एशिया के इस टी.बी. मुक्त वर्ग में 31 देश शामिल हो चुके हैं। इसी प्रकार अफ्रीका, अमेरिका और यूरोप में भी यह अभियान जोर पकड़ता जा रहा है। भारत में इस टी.बी. मुक्ति अभियान को लेकर अब सभी राजनीतिक दलों के वर्तमान और पूर्व सांसदों ने भी अपनी प्रतिबद्धता व्यक्त की है। जनसंख्या और विकास के विषयों पर अभियान छेड़ने वाले इस संगठन का उपप्रधान होने के नाते मेरा यह दायित्व था कि विशेषज्ञों द्वारा एकत्रित आँकड़ों के बल पर भारत सरकार को इस रोग की गंभीरता से अवगत करवाया जाए।

टी.बी. रोग एक व्यक्ति से दूसरे व्यक्ति के पास बहुत जल्दी पहुँचता है। जिसके कारण महिलाओं और बच्चों को तो इस रोग के लगने के बाद एक यातनापूर्ण जीवन भी बिताना पड़ता है। बच्चों का स्कूल जाना बंद हो जाता है। महिलाओं को परिवार में सामूहिक मेल-जोल से वंचित करके अलग-थलग कर दिया जाता है। कई बार तो महिलाओं को घर से निकाले जाने की घटनाएँ भी सामने आईं।

टी.बी. के कारण मधुमेह (शुगर) तथा एच.आई.वी. एवं एड्स जैसे अत्यंत गंभीर रोगों की संभावना भी प्रबल हो जाती है। इसलिए इस रोग के उन्मूलन के लिए सरकारी स्तर पर गंभीर प्रयासों की अत्यंत आवश्यकता बनती जा रही है।

स्वास्थ्य मंत्रालय को चाहिए कि पर्याप्त बजट का प्रावधान करे और देश के सभी हिस्सों में इस रोग के प्रति जनता को सचेत करने और उपचार की सुविधाएँ उपलब्ध कराने के ठोस प्रयास प्रारंभ किए जाने चाहिए। टी.बी. रोग के विरुद्ध किसी भी उपचार आदि के लिए सांसदों और विधायकों के क्षेत्रीय विकास फंड से भी राशि खर्च करने की अनुमति दी जानी चाहिए।

अकसर लोगों में यह मान्यता बन जाती है कि टी.बी. रोग का पूर्ण इलाज संभव नहीं, जबकि यह केवल एक अंधविश्वास है। चिकित्सा विज्ञान टी.बी. रोगी को पूरी तरह से स्वस्थ भविष्य देने के लिए सक्षम है। परंतु अंधविश्वासी लोग टी.बी. का पूरा इलाज नहीं कर पाते। सरकार को इस रोग के इलाज पर विशेष ध्यान इसलिए भी देना चाहिए, क्योंकि इस रोग के कारण एक व्यक्ति ही नहीं अपितु पूरी पारिवारिक व्यवस्था खराब हो जाती है। टी.बी. रोगी का पारिवारिक और सामाजिक बहिष्कार किसी भी प्रकार से उचित नहीं है। यदि सावधानियाँ बरती जाएँ तो टी.बी. रोगी को स्वस्थ करने के साथ-साथ इसके संक्रमण को फैलने से भी रोका जा सकता है।

टी.बी. रोगी के वस्त्रों, बिस्तर आदि को अच्छी तरह से साफ रखा जाना चाहिए। उसे हवादार कमरे में रखना चाहिए, जिसमें आमने-सामने से हवा का आवागमन संभव हो। टी.बी. रोगी का मुँह और नाक तो ढकना ही चाहिए, परंतु उसके संपर्क में आते समय अन्य व्यक्तियों को भी अपना मुँह और नाक ढक लेना चाहिए। टी.बी. रोगी के समक्ष केवल चिकित्सा करने के उद्देश्य से ही संपर्क बनाना चाहिए। कुछ दिन के लिए बाहरी व्यक्तियों का संपर्क रोक देना चाहिए। टी.बी. रोगी को सार्वजनिक स्थलों पर भी नहीं जाने देना चाहिए।

टी.बी. रोगी के संक्रमण को फैलने से रोकने के साथ-साथ उसकी चिकित्सा गति को बढ़ाने में भी इन सब सावधानियों का लाभ मिलता है। टी.बी. रोगी की चिकित्सा नियमित रूप से चलनी चाहिए। डॉक्टरों द्वारा बताए गए चिकित्सा कोर्स को पूरी नियम के साथ पालन करना चाहिए।

टी.बी. रोग हमारे फेफड़ों में कुछ विशेष कीटाणुओं के संक्रमण के कारण होता है, अत: उन लोगों के लिए भी कुछ सावधानियाँ आवश्यक हैं, जो आज तक टी.बी. रोगग्रस्त नहीं हुए। नियमित प्राणायाम के द्वारा हम फेफड़ों के माध्यम से अपने शरीर में ऑक्सीजन की आपूर्ति में वृद्धि कर सकते हैं। प्रतिदिन न्यूनतम तीन लीटर जल के सेवन से भी ऑक्सीजन की आपूर्ति बढ़ाने में सहायता मिलती है तो दूसरी तरफ शरीर से मल निष्कासन का कार्य भी सुचारु रूप से चलता रहता है। वैसे आज के औद्योगिक युग में घर से बाहर निकलते समय मुँह और नाक को ढकना ही एक विशेष सावधानी होगी, विशेष रूप से जब हम प्रदूषित वातावरण से खुले वाहन पर निकल रहे हों।

□

स्वास्थ्य के प्रति जागरूकता है स्वास्थ्य बीमा

यह चिंता का विषय है कि 2016 तक भारत में स्वास्थ्य बीमा योजना के अंतर्गत लगभग 20 प्रतिशत लोग ही शामिल हो पाए थे। धनी वर्ग तो अधिक-से-अधिक प्रीमियम राशि भी देकर स्वास्थ्य बीमा खरीदते हैं, जिसकी सीमा कई लाखों रुपए तक होती है। आवश्यकता पड़ने पर वे बड़े-से-बड़े अस्पतालों में इलाज करवाकर भारी भरकम राशियों का भुगतान बीमा कंपनियों के माध्यम से करवाने का लाभ भी प्राप्त करते हैं। जबकि गरीबों और मध्यम श्रेणी के लिए मुश्किलें खड़ी होती थीं, इसलिए प्रधानमंत्री श्री नरेंद्र मोदी के विशेष प्रयास से भारत सरकार के श्रम और रोजगार मंत्रालय ने एक राष्ट्रीय स्वास्थ्य बीमा योजना लागू की, जिसका मुख्य उद्देश्य गरीबी रेखा से नीचे जीवनयापन करनेवाले परिवारों को स्वास्थ्य बीमा लाभ प्रदान करना था। इस योजना में 30 हजार रुपए तक के भुगतान की गारंटी भी दी गई थी। जबकि बीमित व्यक्ति को केवल 30 रुपए में इस योजना के अंतर्गत पंजीकरण ही करवाना होता है। केंद्र और राज्य सरकारें सीधे बीमा कंपनी को प्रीमियम राशि का भुगतान करती हैं। इस योजना से बीमित व्यक्ति, उसकी पत्नी तथा परिवार के तीन आश्रित लोग कवर होते हैं। परंतु इतनी बड़ी सुविधा के बावजूद हमारे देश में कुल बीमा कवर लगभग 20 प्रतिशत नागरिकों को ही लाभान्वित कर रहा है।

मैंने जब भारत में स्वास्थ्य बीमा के क्षेत्र में इस ढुलमुल अवस्था के कारणों की तलाश करने का प्रयास किया तो सर्वप्रथम मेरे सामने कई चौंकाने वाले आँकड़े आ गए। अमेरिका में बहुतायत लोग स्वास्थ्य बीमा योजनाओं का लाभ उठा रहे हैं। अमेरिका मूलत: एक पूँजीवादी देश है। अमेरिका में स्वास्थ्य बीमा जैसी सुविधाओं के लिए कोई विशेष सरकारी सहायता उपलब्ध नहीं होती। प्रत्येक व्यक्ति अपनी कमाई के बल पर ही स्वास्थ्य बीमा खरीदता है और आवश्यकता पड़ने पर अपना चिकित्सा खर्च बीमा कंपनियों से प्राप्त कर पाता है। स्वास्थ्य बीमा न होने पर नागरिकों को चिकित्सा का खर्च स्वयं अपनी जमा पूँजी में से देना पड़ता है। अमेरिका जैसे देश में सरकार नागरिकों के लिए इतने अधिक परोपकारी कार्य नहीं करती, जितने भारत में हमें देखने को मिलते हैं। इसका मुख्य कारण है—हमारे राजनीतिक सिद्धांत समाजवाद और मानवतावाद के साथ-साथ

समाज में बराबरी की स्थापना को लेकर संकल्पबद्ध हैं।

ऑस्ट्रेलिया में स्वास्थ्य बीमा को लेकर स्थिति भारत और अमेरिका के बीच की अवस्था वाली दिखाई देती है। ऑस्ट्रेलिया में लगभग 57 प्रतिशत लोग चिकित्सा बीमा खरीदते हैं। अमेरिका की तरह यहाँ भी चिकित्सा और बीमा दोनों ही बहुतायत निजी क्षेत्र के अंतर्गत हैं।

अमेरिका और ऑस्ट्रेलिया से भिन्न एक महान् संस्कृति वाला देश है—जापान। इस देश के सभी नागरिकों के लिए चिकित्सा की पूर्ण गारंटी दी गई है। नागरिक अपनी चिकित्सा सरकारी अस्पतालों में करवाएँ या निजी अस्पतालों में, उन्हें स्वास्थ्य सुविधा चुनने की पूरी छूट है। इसके अतिरिक्त नौकरी करनेवाला प्रत्येक व्यक्ति, चाहे वह सरकारी नौकरी में हो या किसी निजी कंपनी में, पूरी तरह स्वास्थ्य बीमा गारंटी के अंतर्गत अवश्य ही शामिल किया जाता है। स्वास्थ्य बीमा की प्रीमियम राशि का निर्धारण नागरिक की आय के आधार पर तय किया जाता है। सरकार स्वास्थ्य बीमा में ही नहीं अपितु चिकित्सा सुविधाओं में भी भरपूर खर्च करने के लिए तत्पर रहती है। उत्तम स्वास्थ्य सेवाओं के कारण जापान में जन्म के समय मरने वाले बच्चों की संख्या भी बहुत कम रहती है। हालाँकि जापान में स्वास्थ्य सेवाओं पर किए जानेवाला प्रति व्यक्ति खर्च अमेरिका के प्रति व्यक्ति खर्च से लगभग आधा है। फिर भी अनेक संपन्न और विकसित देशों की तुलना में जापान की स्वास्थ्य सेवाएँ उत्तम मानी जाती हैं। जापान की तरह जॉर्डन देश का नाम भी स्वास्थ्य बीमा क्षेत्र के अग्रणी देशों में शामिल है, जहाँ 80 प्रतिशत से अधिक लोगों को स्वास्थ्य बीमा सुरक्षा के दायरे में शामिल किया जा चुका है।

जापान में तो सामाजिक स्तर पर नैतिकता और मानवतावादी परंपराएँ इस उत्तम स्वास्थ्य वातावरण का मुख्य आधार हैं। स्वास्थ्य सेवाओं पर खर्च के नाम पर जापान में प्रत्येक एक हजार लोगों के अनुपात में अस्पताल के 16 बिस्तर की सुविधा है। प्रत्येक एक हजार लोगों के अनुपात में 1.6 चिकित्सक उपलब्ध हैं। इतनी विशाल सुविधाओं के बावजूद स्वास्थ्य सेवाओं का प्रयोग केवल लगभग 8 प्रतिशत लोग ही करते हैं। अस्पताल में दाखिल होकर चिकित्सा करवाने वाले जापानी नागरिकों की संख्या बहुत कम है। जबकि अस्पताल में दाखिल होनेवाले रोगियों की अस्पताल में चिकित्सा अवधि अमेरिका के आँकड़ों से 5 गुना अधिक है। इसका अभिप्राय यह है कि अस्पताल में दाखिल होने के बाद रोगी को यदि सामान्य परिस्थिति में दो दिन की चिकित्सा उपलब्ध कराई जानी हो तो उसे 10 दिन तक अस्पताल में रखा जाएगा।

जापान सरकार जब भी स्वास्थ्य सेवाओं में सुधार के लिए कोई भी योजना बनाती है तो उसमें घरेलू चिकित्सा सहायकों की नियुक्ति पर सबसे अधिक ध्यान दिया जाता है। लाखों की संख्या में घरेलू चिकित्सा सहायकों की नियुक्ति यह सुनिश्चित कराने के लिए

होती है कि वे अपने कार्यक्षेत्र के अंदर आनेवाले परिवारों को ऐसे स्वास्थ्य संबंधी ज्ञान से अवगत कराएँ, जिससे उनके रोगी होने की संभावनाएँ कम हो जाएँ। जापान में स्वास्थ्य सेवाओं का कार्य केवल राष्ट्रीय स्तर पर ही नहीं, अपितु सरकार के एकदम निचले स्तर तक पूरी रुचि के साथ किया जाता है। स्थानीय निकाय भी स्वास्थ्य सेवाओं पर, रोगों के शोध तथा स्वास्थ्य संबंधी ज्ञान के प्रचार-प्रसार में पूरी रुचि लेकर कार्य करते हैं। जापान की सरकार और समाज इस मूल सिद्धांत को क्रियान्वित करने में कोई कसर नहीं छोड़ती कि यदि जापान का एक-एक नागरिक स्वस्थ है तो इसका लाभ सारे देश के सकल घरेलू उत्पाद में वृद्धि के रूप में ही दिखाई देगा।

भारत में योग, खान-पान विशेषज्ञता, आयुर्वेद, होम्योपैथी, यूनानी पद्धतियाँ अत्यंत कम खर्च पर लोगों को चिकित्सा के साथ-साथ ऐसा ज्ञान दे सकती हैं, जिससे रोगी होने की संभावनाएँ ही कम हो जाएँ। भारतीय ऋषियों ने नागरिकों को जब भी आध्यात्मिक और सामाजिक उपदेश दिए तो उसके पीछे भी लाभ के रूप में उत्तम स्वास्थ्य की ही कल्पना की गई। यदि व्यक्ति प्रतिदिन दो वक्त आधा-आधा घंटा भी ध्यान-साधना करता है तो उसका तंत्रिका तंत्र सारा दिन संतुलन में रहेगा। तंत्रिका तंत्र अर्थात् हमारा मस्तिष्क हमारे स्वास्थ्य का मुख्य आधार है। इसी तंत्र के संतुलन से ही हमारी पाचन क्रिया भी सुचारु रूप से चल पाती है। स्वास्थ्य से संबंधित अनेक महत्त्वपूर्ण विचारों की उपलब्धता के बावजूद भारत में चिकित्सा शिक्षा आज भी पूरी तरह अंग्रेजी चिकित्सा पर ही आश्रित है। हमें अपने डॉक्टरों की शिक्षा में ही हर प्रकार के घरेलू चिकित्सा आयामों को जोड़ देना चाहिए। जापान की तरह हमें डॉक्टरों के अतिरिक्त घरेलू चिकित्सा सहायकों की भी व्यवस्था जुटानी चाहिए, जो भारत के प्रत्येक प्रांत के गाँव-गाँव और गली-गली के स्तर पर लोगों में स्वास्थ्य के प्रति जागरूकता पैदा कर सकें। शुद्ध खान-पान और मानवतावादी जीवन ही स्वास्थ्य का मुख्य आधार बन सकता है। देश में जब ऐसा वातावरण बनने लगेगा तो स्वाभाविक रूप से चिकित्सा का खर्च कम होने लगेगा। कम-से-कम लोगों को चिकित्सा सेवाओं की आवश्यकता होगी। ऐसी परिस्थिति में स्वाभाविक रूप से चिकित्सा सुविधा का स्तर भी अपने आप ही सुधरने लगेगा।

□

देहदान-अंगदान है—महादान

दिल्ली एनॉटमी ऐक्ट–1953 के अंतर्गत दिल्ली में लावारिस पाए गए मृत शरीरों को चिकित्सा की शिक्षा में लगे संस्थानों को सौंप देने का प्रावधान है, जिससे मृत शरीर की चीर–फाड़ करके चिकित्सा के विद्यार्थियों को मानव शरीर के आंतरिक अंगों–प्रत्यंगों आदि का पूर्ण ज्ञान दिया जा सके। अकसर लावारिस पाए गए मृत शरीरों का पुलिस स्टेशन में रिपोर्ट दर्ज होने के बाद पोस्टमार्टम करवाया जाता है। पोस्टमार्टम के बाद शरीर का चिकित्सा अनुसंधान के कार्यों में अच्छे प्रकार से प्रयोग नहीं हो पाता। इसलिए चिकित्सा संस्थाओं ने मृत शरीरों के देहदान का तरीका ढूँढ़ निकाला। इस योजना के तहत लावारिस मृत शरीरों का नहीं, अपितु परिवारों में सामान्य मृत्यु को प्राप्त हुए उदार हृदय वाले महानुभावों का शरीर चिकित्सा अनुसंधान के लिए प्रयोग किया जाने लगा।

इस कार्य के लिए मृत्यु से पूर्व ही व्यक्ति अपना इच्छापत्र घोषित करता है। इस इच्छापत्र पर उसके पारिवारिक सदस्यों से गवाह की तरह हस्ताक्षर कराए जाते हैं। केवल इच्छापत्र घोषित करना पर्याप्त नहीं होता, अपितु परिवार के सदस्यों को भी उदार हृदय होना पड़ता है। तभी किसी व्यक्ति की मृत्यु के बाद उसके मृत शरीर को परिवार के सदस्य संबंधित चिकित्सा संस्थान को सौंपने के लिए तैयार होते हैं।

मृत्यु के बाद लगभग 8 घंटे के भीतर मृत शरीर को चिकित्सा संस्थान के नियंत्रण में सौंपा जाना चाहिए। मृत्यु से पूर्व यदि मृत व्यक्ति ने अपने इच्छापत्र के द्वारा विधिवत् देहदान की घोषणा कर रखी हो तो अच्छा है अन्यथा बिना इच्छापत्र के भी यदि परिवार के सदस्य चाहें तो मृत शरीर को अनुसंधान के लिए प्रदान कर सकते हैं।

व्यक्ति की मृत्यु होने के उपरांत किसी एम.बी.बी.एस. डॉक्टर से मृत्यु का प्रमाण–पत्र लेना चाहिए। मृतक का कोई भी फोटो पहचान–पत्र जैसे—ड्राइविंग लाइसेंस, निर्वाचन पहचान–पत्र, आधार कार्ड आदि की प्रति देहदान करते समय प्रस्तुत करनी होती है। इसके अतिरिक्त परिवार के जो सदस्य मृत शरीर को सौंपने के लिए अस्पताल जाएँ, उन्हें भी अपना पहचान–पत्र साथ दिखाना होता है। व्यक्ति की मृत्यु होने पर परिवार से अपेक्षित होता है कि वे मृत शरीर को अस्पताल में दिए जाने की सूचना अपने स्थानीय पुलिस

स्टेशन में अवश्य दें। वैसे यह कार्य शरीर रचना विभाग स्वत: भी कर देता है।

मृत शरीर प्राप्त होते ही यह विभाग उस पर कई प्रकार की दवाइयाँ आदि लगाकर सुरक्षित रख लेता है, जिससे आवश्यकता पड़ने तक शरीर को सुरक्षित रखा जा सके। यदि किसी परिवार के कोई सदस्य मृतक के अंतिम दर्शन न कर पाए हों तो वे दो-तीन दिन के भीतर अस्पताल जाकर मृत शरीर के दर्शन कर सकते हैं, परंतु इसके लिए विभाग को पहले से सूचित करना होगा।

अखिल भारतीय आयुर्विज्ञान संस्थान (AIIMS) का यह विभाग केवल राजधानी क्षेत्र दिल्ली के अंदर मृत शरीरों को ही देहदान के रूप में स्वीकार करता है। दिल्ली के बाहर यदि कोई व्यक्ति मृत्यु के उपरांत चिकित्सा अनुसंधान कार्यों के लिए अपनी देहदान करना चाहें तो उन्हें अपने क्षेत्र के किसी शैक्षणिक चिकित्सा संस्थान से संपर्क करना चाहिए।

अखिल भारतीय आयुर्विज्ञान संस्थान का ही एक और विभाग है—ओरबो। यह मृत व्यक्तियों के अंगों का बैंक है। इस बैंक मेंल हृदय, फेफड़े, किडनी, लिवर, पैंक्रियाज, आँखें, हृदय के वाल्व तथा त्वचा आदि का प्रयोग अन्य रोगियों की चिकित्सा के लिए किया जाता है। यह विभाग मानवीय अंग अधिनियम 1994 के अंतर्गत मृत व्यक्तियों के अंगों का दान प्राप्त करने के लिए अधिकृत है।

अंग बैंक के द्वारा अंगों को सुरक्षित तभी निकाला जा सकता है, जब मृत्यु के तत्काल बाद मृत शरीर को अस्पताल पहुँचा दिया जाए। 4-5 घंटे के बाद तो किसी भी अंग का प्रत्यारोपण संभव नहीं होता।

इसके विपरीत पूर्ण देहदान ही लाभकारी रहता है, जिसे व्यक्ति की मृत्यु के 8-10 घंटे के अंदर अस्पताल प्राप्त कर सकता है। अस्पताल की शर्त यही होती है कि मृत शरीर सड़ना प्रारंभ न हो गया हो।

शरीर रचना विभाग के पास देहदान के इच्छापत्र तो प्रतिमाह लगभग 80 से 100 के बीच प्राप्त हो जाते हैं, परंतु इनका क्रियान्वयन इतनी बड़ी संख्या में नहीं होता। इच्छापत्र घोषित करनेवाले अनेक लोगों की मृत्यु होने पर परिजनों की इच्छा न होने के कारण मृत शरीर अस्पताल को नहीं मिल पाते। यह अस्पताल प्रतिमाह केवल 5 से 10 मृत शरीर ही प्राप्त करता है। देहदान को लेकर यदि परिवार में किसी प्रकार का कलह-क्लेश हो तो भी यह विभाग मृत शरीर प्राप्त करने से इनकार कर देता है।

मृत्यु के उपरांत मृत शरीर को अस्पताल पहुँचाना परिजनों का प्रथम दायित्व माना जाता है। इसमें मृतक के प्रति सम्मान की भावना भी व्यक्त होती है कि परिजन स्वयं मृत शरीर को अंतिम यात्रा की तरह अस्पताल तक पहुँचाकर आएँ। शरीर रचना विभाग के द्वारा मृत शरीर को सौंपते समय किसी प्रकार की धार्मिक क्रियाएँ अस्पताल में करने की अनुमति नहीं होती। धार्मिक क्रियाएँ तथा सम्मानस्वरूप पुष्पादि चढ़ाने की रस्म भी घर

पर ही कर लेनी चाहिए। कुछ परिवारों में शॉल आदि ओढ़ाने की रस्म होती है। देहदान के समय ओढ़ाए गए शॉलों को उतारकर अस्पताल के ही सफाईकर्मियों आदि में वितरित कर देना चाहिए।

अस्पतालों के अंदर और बाहर नेत्रदान के लिए आपने अनेक विज्ञापन देखे होंगे, परंतु देहदान के लिए अस्पताल में कोई विज्ञापन बोर्ड आदि नहीं लगाया जाता। चिकित्सा विशेषज्ञों का मानना है कि अस्पताल में व्यक्ति रोगों के उपचार के बाद स्वस्थ होकर घर लौटने की कामना करता है। ऐसे वातावरण में देहदान की अपील रोगी के लिए मनोवैज्ञानिक रूप से हानिकारक सिद्ध हो सकती है।

असंवेदनशील अस्पताल

दूसरी तरफ देहदान करनेवाले परिवारों की वेदना उस समय और अधिक बढ़ जाती है, जब उनके मृत परिजन की देह को सम्मानजनक तरीके से स्वीकार करनेवाला कोई व्यक्ति अस्पताल के संबंधित विभाग में दिखाई ही नहीं देता। हाल ही में माहिलपुर के पास एक गाँव के एक परिवार में मृत्यु होने पर मृतक के देहदान संकल्प को देखते हुए परिजन उसकी देह को सी.एम.सी. अस्पताल, लुधियाना में ले गए। अस्पताल के संबंधित विभाग में उस देह को स्वीकार करनेवाला कोई नहीं था। परिणामत: एक दिन बाद परिवार के लोगों को पुन: जाकर मृतक की देह संबंधित विभाग को सौंपनी पड़ी। इतना ही नहीं व्यक्ति के मृत होने की जाँच करने के लिए जो परीक्षण आदि करने थे, उसके लिए भी परिजनों से धन वसूला गया। यदि देहदान करनेवाले परिवारों को इस प्रकार परेशानियों का सामना करना पड़ेगा तो लोग देहदान के लिए हतोत्साहित होने लगेंगे। इसलिए देहदान विभाग में 24 घंटे कोई-न-कोई जिम्मेदार अधिकारी मृत देह को प्राप्त करने के लिए अवश्य उपस्थित रहना चाहिए। देहदान करनेवाले परिवारों को अस्पताल द्वारा एक कृतज्ञता पत्र भी जारी करना चाहिए। परिवार और अस्पताल मृत व्यक्ति के क्रिया संस्कार में भी जनता के बीच देहदान का उल्लेख करें, जिससे अन्य लोगों में भी इस कार्य के प्रति चेतना का विकास हो।

□

शिक्षा में व्यापक सुधार जरूरी

स्वतंत्रता प्राप्ति से लेकर आज तक हमारी सरकारें शिक्षा प्रणाली को पूरी तरह समन्वित नहीं कर पाईं। इसके पीछे कारण कुछ भी रहा हो, लेकिन केवल कागजी दावों से गुणात्मक सुधार की आशा नहीं की जा सकती। आज न तो गुरु शिष्य के रिश्तों में वो मिठास ही रही है और न ही सरकारी प्रबंधन में पहले जैसी कुशलता। इसके चलते आज हम शिक्षा क्षेत्र में पिछड़ते जा रहे हैं। इसी का कारण है कि आज हमारे विश्वविद्यालय विश्व के पहले 100 की सूची में भी स्थान नहीं बना पाए और न ही शैक्षणिक संस्थाओं में अध्यापकों व विद्यार्थियों के अनुपात को रेखांकित किया जा सका है। ज्ञान के पुंज कहे जानेवाले भारत के इतिहास पर नजर दौड़ाई जाए तो यहाँ किसकिन्धा, तक्षशिला और नालंदा ऐसे विश्वविद्यालय रहे हैं, जहाँ देश के साथ-साथ विदेशी विद्यार्थियों की संख्या का अनुपात लगभग बराबर ही हुआ करता था। लेकिन धीरे-धीरे शिक्षा के प्रचार-प्रसार के गिरते स्तर के कारण ऐसी नीतियाँ बनती रहीं कि आज हम इस क्षेत्र में पिछड़ चुके हैं।

कुछ समय पहले सरकार की आई.ए.एस. भरती करने के लिए ही अपनाई जा रही कठिन विधि के कारण करीब 80 उम्मीदवारों ने आई.ए.एस. को बाय-बाय कहा था। इसके बाद सरकार ने इसकी विधि को सरल किया था। परंतु प्रश्न यह खड़ा हो जाता है कि क्या विधि को बदलने से समस्या हल हो सकती है ? इसके लिए जरूरी है कि प्राइमरी से लेकर उच्च शिक्षा तक बच्चों को इस तरह से पढ़ाया जाना चाहिए कि वह किसी भी प्रतियोगिता का सामना कर सके। लेकिन प्राइमरी शिक्षा का क्या स्तर है किसी से छिपा नहीं है। संसद् में समय-समय पर पूछे जानेवाले प्रश्नों के उत्तर में सरकार हमेशा खाली पदों के आँकड़े प्रस्तुत करती रही है। इन आँकड़ों से मोटे तौर पर यह पता चलता है कि शिक्षा क्षेत्र में पूरे देश में 30 प्रतिशत से ज्यादा पद रिक्त हैं।

ऐसे में प्रतिभा को निखारने की बातें कागजों तक ही सिमटी नजर आती हैं। शिक्षा सुधार के लिए जरूरी है कि गुरु और शिष्य में अनुपात का तालमेल सही बिठाकर रखा जाए, तभी आज के छात्र बड़े होकर रोजगार की दिशा में स्वतः कदम बढ़ा पाएँगे। प्रतिभावान विद्यार्थियों की खोज के लिए एक पैमाना अपनाया जाना चाहिए और इसमें

अध्यापक वर्ग की भी उतनी ही जिम्मेदारी तय की जानी जरूरी है। खाली पदों और विद्यार्थियों व अध्यापकों की शिक्षा के प्रति गिरते स्तर के सहारे विश्व में नंबर एक होने के दावे नहीं किए जा सकते। इसके साथ ही शिक्षा सुधार प्रणाली में व्यापक बदलाव भी समय की माँग है। बच्चों के दिमाग से किताबों का बोझ कम करके उनके व्यक्तित्व निर्माण का कार्य भी किया जाना चाहिए, ताकि समाज में आने के बाद बच्चा एक इनसान होने के नाते अपने अधिकारों और कर्तव्यों का निर्वाह कर सके। शिक्षा के बाद उसे रोजगार के लिए धक्के न खाने पड़े। ऐसा होने की सूरत में वह न तो अपने आपको बोझ समझेगा और न ही किसी पर बोझ बनेगा, बल्कि अपनी शिक्षा के माध्यम से वह बड़ा होकर समाज तथा देश के लिए कुछ कर सकेगा।

आज देश से विदेश जाकर पढ़ाई करनेवाले विद्यार्थियों की संख्या डेढ़ लाख से भी अधिक है और विदेशों से यहाँ पढ़ने आनेवाले विद्यार्थियों की संख्या इसका 20 प्रतिशत भी नहीं है। देश में लगभग 17 हजार कॉलेज और 517 से अधिक विश्वविद्यालय हैं। इतना बड़ा नेटवर्क होते हुए भी इस बात की तरफ ध्यान दिए जाने की आवश्यकता है कि कमी आखिर है कहाँ। बेरोजगार युवा सड़कों पर धरना प्रदर्शन करने को मजबूर हो रहा है। इसका मतलब साफ है कि या तो सरकार खर्च के डर से पद भरना ही नहीं चाहती या उसे प्रशिक्षित और कुशल उम्मीदवार ही नहीं मिल रहे। शिक्षा हर क्षेत्र के विकास की कुंजी है। इसलिए हर वर्ग व क्षेत्र के लिए शिक्षा जरूरी अंग है। ऐसा नहीं है कि शिक्षा में सुधार के लिए हमारी कोशिश रंग न दिखा रही हों, परंतु 21वीं सदी के भारत की तसवीर जैसी होनी चाहिए, वैसी होने में अभी लंबे समय तक इंतजार करना होगा। हमारे देश में शिक्षा के प्रचार-प्रसार के लिए कैसी व्यवस्था है, उस पर एक दृष्टि डालना आवश्यक है।

शिक्षा को अलग-अलग श्रेणियों में बाँटा गया है—फार्मल, अडल्ट, अल्टरनेटिव, टेक्निकल तथा स्पेशल स्कूलों में प्री-स्कूल, प्राइमरी एलीमेंट्री, हाई, हायर सेकेंडरी, सीनियर सेकेंडरी (सरकारी, प्राइवेट, डे-बोर्डिंग स्कूल, बोर्डिंग स्कूल, स्पेशल स्कूल), फिर कॉलेज—इनमें सरकारी, गैर-सरकारी (प्राइवेट) व सरकारी सहायता प्राप्त कॉलेज टेक्निकल में आई.टी.आई., पॉलिटेक्निक तथा टेक्निकल शिक्षा के प्रसार के लिए सरकार द्वारा पब्लिक प्राइवेट पार्टनरशिप मोड शुरू करके शिक्षा को बढ़ावा दिया जा रहा है। इसके अलावा आई.टी. क्षेत्र में भी नए-नए कॉलेज खोले जा रहे हैं। विश्वविद्यालयों की बात की जाए तो सरकारी, डीम्ड, प्राइवेट विश्वविद्यालयों की संस्था में निरंतर बढ़ोतरी हो रही है।

इतना बड़ा नेटवर्क होने के बावजूद हम शिक्षा के क्षेत्र में पिछड़ेपन का शिकार हो रहे हैं। यहाँ एक विशेष घटना का उल्लेख आवश्यक है। जम्मू-कश्मीर के एक ग्रामीण सरकारी स्कूल में 16 अध्यापक कार्यरत थे और आपको यह जानकर हैरानी होगी कि स्कूल में मात्र एक बच्चा ही शिक्षा प्राप्त करने आता था। इससे भी अधिक हैरानी तब

होगी, जब आपको पता चलेगा कि साल भर सभी अध्यापकों की निगरानी में पढ़ने वाला वह एक मात्र बच्चा भी अंतिम परीक्षा में फेल हो गया। ऐसे में हम इसका दोष सरकारी व्यवस्था को दें, अध्यापकों को दें या फिर यह कहे कि शायद बच्चे का दिमाग कम रहा होगा कि वह अध्यापकों से ज्ञान प्राप्त ही नहीं कर पाया या 16 अध्यापक मिलकर भी एक बच्चे को इस काबिल नहीं बना पाए कि वह परीक्षा में उत्तीर्ण हो पाता। यह घटना काफी दिनों तक चर्चा का विषय बनी रही। ऐसी घटनाओं से जहाँ शिक्षा व्यवस्था पर प्रश्नचिह्न लग जाता है, वहीं विश्व-पटल पर देश की छवि भी धूमिल होती है। ऐसी घटनाओं से व्यवस्था की पोल अपने आप ही खुल जाती है।

महाभारत के समय में एकलव्य ने मात्र गुरु की प्रतिमा को साक्षी मानकर ऐसी विद्या हासिल की थी, जिससे बड़े-बड़े योद्धा दाँतों तले उँगलियाँ दबाने को विवश हुए। लेकिन आज शिक्षा प्रणाली पूरी तरह से अव्यवस्था का शिकार हो चुकी है। पहले जैसे मेहनती और मिशनरी गुरुओं की संख्या कम होती जा रही है। वहीं एकलव्य जैसे शिष्यों की कल्पना भी नहीं की जा सकती। ऐसा नहीं है कि हमारे यहाँ प्रतिभा की कमी हो, पर उसे निखारने की तरफ ध्यान ही नहीं दिया जा रहा। संस्कारों को पीछे छोड़ व्यावहारिक शिक्षा की तरफ बढ़ते कदमों ने हमारी व्यवस्था को अव्यवस्था के शिखर पर ला खड़ा किया है। एक समय था, जब पाठशाला में बच्चों को पहला पाठ सदा सच बोलो सिखाया जाता था। इसका उदाहरण महाभारत काल में उस समय मिलता है, जब पांडव पहले दिन पाठशाला में शिक्षा ग्रहण करने के लिए जाते हैं। गुरु द्रोणाचार्य ने अपने शिष्यों को पहला पाठ यही पढ़ाया था कि सदा सच बोलो। लेकिन दूसरे दिन जब पांडव पाठशाला में आए तो युधिष्ठिर को उदास देखकर उन्होंने उनसे पूछा कि क्या बात है, तुम उदास क्यों हो? इस पर उन्होंने कहा था कि उसे पहला पाठ याद नहीं हुआ है कि वह सदा सच बोले। यहाँ गुरु द्वारा शिक्षा दिए जाने का ढंग और शिष्य की अपने गुरु के प्रति ईमानदारी की झलक भी देखने को मिलती है कि उसने पहले पाठ का अनुसरण कितने अच्छे ढंग से किया। परंतु आज प्रतिभावान चाहकर भी कुछ नहीं कर पा रहे। इसका कारण स्पष्ट है कि कहीं-न-कहीं व्यवस्था में सुधार की गुंजाइश है।

□

स्कूल : शॉप ऑफ आनेस्टी

स्वतंत्रता के बाद भारत सरकार ने शिक्षा व्यवस्था में नैतिकता के समावेश को लेकर अनेक आयोग समितियाँ आदि गठित तो की परंतु किसी सिफारिश को लागू करने का कभी कोई प्रयास नहीं किया गया। बच्चों का निर्माण औपचारिक शिक्षा से अधिक अनौपचारिक वातावरण से होता है। अनौपचारिक वातावरण अपने आप ही औपचारिक शिक्षा में भी सहायक बनने लगता है, परंतु इसके लिए आवश्यक है हम अपने विद्यालयों को आदर्श और स्वच्छ स्वरूप प्रदान करें।

'आदर्श व स्वच्छ सरकारी विद्यालय' की कल्पना का शुभारंभ स्वच्छता के सिद्धांत से किया जा सकता है। विद्यालय के प्रवेश द्वार से लगती दीवारों पर बड़े सुंदर और रंग-बिरंगे दृश्यों के साथ नैतिक, सामाजिक और राष्ट्रभक्ति की प्रेरणाओं को प्रदर्शित किया जाए। मुख्य द्वार से प्रवेश करने के बाद फूलों से सुसज्जित बागवानी हर खाली स्थान पर दिखाई दे तो आगंतुक को यह महसूस होने लगे कि वह विद्यालय में नहीं अपितु राष्ट्र निर्माण की किसी सुंदर वाटिका में प्रवेश कर रहा है। विद्यालय में प्रतिवर्ष रंग-रोगन का कार्य संपन्न किया जाना चाहिए। विद्यालय के अंदर दीवारों पर बच्चों के हाथ से बने पोस्टर आदि प्रदर्शित किए जा सकते हैं, जिनमें नैतिकता के साथ-साथ औपचारिक शिक्षा के सिद्धांतों का भी सारगर्भित प्रदर्शन हो। ऐसे पोस्टरों को देखकर शिक्षा में धीमी गति से चलने वाले छात्र भी स्वाभाविक रूप से प्रेरित होने लगेंगे। कुछ समय पूर्व पंजाब के खन्ना शहर के निकट राजेवाल गाँव में मुझे बाबा पूरन सिंह स्कूल में जाने का अवसर प्राप्त हुआ। इस विद्यालय में बच्चों की शिक्षा से संबंधित सामान की एक दुकान संचालित की जाती है, जिसका नाम है—'शॉप ऑफ आनेस्टी' अर्थात् ईमानदारी की दुकान। इस दुकान में बच्चे अपने आप अपनी आवश्यकता का सामान लेते हैं और निर्धारित राशि डिब्बे में डाल देते हैं। जिस बच्चे के पास तत्काल धन न हो, वह सामान लेकर एक पर्ची पर अपना नाम तथा सामान और उसकी राशि लिखकर एक दूसरे डिब्बे में डाल देता है। अगले दिन वह निर्धारित राशि देकर अपनी पर्ची निकालकर फेंक देता है। विद्यालय प्रबंधकों ने मुझे बताया कि इस दुकान में हमें कभी भी आय में किसी प्रकार की चोरी आदि नजर नहीं आई। इससे सिद्ध होता है कि

बच्चों को विद्यालय के माध्यम से ही नैतिकता के हर सिद्धांत पर दृढ़ किया जा सकता है।

'आदर्श व स्वच्छ सरकारी विद्यालय' में बच्चों को आगंतुकों का अभिवादन करने के लिए तैयार करने में किसी लंबी दीक्षा की आवश्यकता नहीं है। मैंने कई गुरुकुलों में जाने के उपरांत यह पाया कि यदि गुरुकुल में 500 छात्र हैं तो एक आगंतुक को सभी छात्र चरण स्पर्श करके भाव-विभोर कर देते हैं। इसी प्रकार कन्याएँ आगंतुकों को हाथ जोड़कर नमस्ते करते हुए, जब अभिवादन करती हैं तो स्वाभाविक रूप से आगंतुकों में उनके प्रति अपार प्रेम विकसित हो जाता है।

'आदर्श व स्वच्छ सरकारी विद्यालय' में बच्चों को समाजसेवा के कई अभियानों में शामिल किया जा सकता है। गाँव-गाँव में स्वच्छता अभियान, नशामुक्ति अभियान तथा बेसहारा बच्चों की हर संभव सहायता करने जैसे कार्यों और अन्य सामाजिक बुराइयों के विरुद्ध अभियानों में बच्चों को शामिल किया जा सकता है।

'आदर्श व स्वच्छ सरकारी विद्यालय' में बच्चों को औपचारिक शिक्षा में भी उत्तम दर्जा प्राप्त कराने के उद्देश्य से विद्यालय समय के अतिरिक्त सामूहिक शिक्षा कार्यक्रमों के माध्यम से इकट्ठे मिल-बैठकर समूह में पढ़ने, समझने और स्मरण करने के कार्य में सहायता उपलब्ध कराई जा सकती है। बच्चों के सामान्य ज्ञान का स्तर बढ़ाने के लिए भी सरल कार्यक्रम, प्रतियोगिताएँ आदि आयोजित करके उत्साहित किया जा सकता है। बच्चों की शिक्षा और पूरी विद्यालय व्यवस्था को सुचारु रूप से चलाने के लिए विद्यालय में जितने भी शिक्षकों या गैर-शिक्षक कर्मचारियों की आवश्यकता है, उतनी नियुक्तियाँ पर्याप्त संख्या में हर विद्यालय को प्राप्त होनी चाहिए। शिक्षा के क्षेत्र में सरकारों को कभी भी नौकरियों के स्थान खाली नहीं छोड़ने चाहिए। समय-समय पर राज्य सरकारों को शिक्षकों के साथ-साथ विद्यालयों के गैर-शिक्षक कर्मचारियों को भी शिक्षा व्यवस्था के संबंध में प्रशिक्षित करते रहना चाहिए। यह प्रशिक्षण शिविर प्रतिवर्ष आयोजित किए जा सकते हैं। बच्चों के वे माता-पिता जो भली प्रकार से शिक्षित हैं, उन्हें अपने बच्चों के अन्य सहपाठियों को भी शिक्षा सहायक की तरह कार्य करने के लिए प्रेरित किया जा सकता है। इस प्रकार शिक्षित माता-पिता और समाजसेवक बच्चों के लिए भविष्य निर्माण के सलाहकार भी बन सकते हैं। विद्यालय की पढ़ाई पूरी करने के बाद किस बच्चे को उसकी रुचि के अनुसार किस लाइन में जाना चाहिए, इसका मार्गदर्शन भी ऐसे प्रयास से सरल हो सकता है।

'आदर्श व स्वच्छ सरकारी विद्यालय' में बच्चों को स्वास्थ्य की दृष्टि से भी प्राकृतिक जीवन पद्धति और अच्छे खान-पान के लिए प्रेरित कर सकते हैं। इस संबंध में सरकार ने भी कई स्कूल स्वास्थ्य सेवाएँ तथा कार्यक्रम चला रखे हैं। ऐसे कार्यों में भी स्वयंसेवी संस्थाओं की सहायता ली जा सकती है। विद्यालय के अंदर पीने के लिए स्वास्थ्यवर्द्धक जल, पर्याप्त शौचालय, हवादार और प्रकाशयुक्त कमरे, सुरक्षित खेल के मैदान आदि उपलब्ध कराने के

लिए हर संभव प्रयास किया जाना चाहिए।

'आदर्श व स्वच्छ सरकारी विद्यालय' में बच्चों को औपचारिक शिक्षा के साथ-साथ नैतिक सिद्धांतों जैसे—अहिंसा, सत्य, चोरी न करना, सबका सम्मान और विशेष रूप से कन्याओं के प्रति सम्मान की भावना, समाज सेवा तथा अपने सहपाठियों को भी हर प्रकार की सहायता उपलब्ध कराने के लिए तत्पर रहने की प्रेरणा नियमित रूप से प्रदान की जानी चाहिए, जिससे बच्चों का सर्वांगीण विकास सुनिश्चित किया जा सके। सरकारी विद्यालयों में भी निजी विद्यालयों की तरह वार्षिक कार्यक्रम पूरे उत्साह के साथ समारोहपूर्वक मनाए जाने चाहिए। बच्चों की प्रतिवर्ष मेडिकल जाँच भी अवश्य करवाई जानी चाहिए और इस जाँच के बाद उनमें पाए जानेवाले रोगों का उपचार भी यदि समय पर प्रारंभ हो जाए तो अनेक बड़े रोगों से मुक्ति मिल सकती है। मैंने स्वयं होशियारपुर के 5 विद्यालयों को आदर्श एवं स्वच्छ विद्यालय बनाने का संकल्प लिया। इन विद्यालयों में उपरोक्त अधिकतर विचारों को लागू करने का प्रयास किया गया। नियमित रूप से बच्चों की मेडिकल जाँच करवाई गई। आँखों की जाँच में कई बच्चों में आँखों की कमजोरी प्रारंभ में ही पकड़ ली गई, उन्हें चश्मे लगवाए गए, जिससे उनके रोग की गति पर नियंत्रण किया जा सके। इस अभियान के सार्थक परिणाम यह निकले कि लोगों में ऐसे विद्यालयों में अपने बच्चों को दाखिल कराने की होड़ लग गई। जिन विद्यालयों में 400-500 बच्चे हुआ करते थे, वहाँ बच्चों की संख्या एक हजार से ऊपर पहुँच गई। बच्चों के शारीरिक और मानसिक स्वास्थ्य में सुधार होने से उनके परीक्षा परिणामों में भी बहुत बड़ा परिवर्तन देखने को मिला। परीक्षा परिणाम 100 प्रतिशत को छूने लगे।

इस प्रकार आदर्श व स्वच्छ सरकारी विद्यालय बिना किसी विशेष धन-कोष के केवल राजनीतिक इच्छाशक्ति और गैर-सरकारी संगठनों और व्यक्तियों की सहायता से ऐसे स्तर पर संचालित किए जा सकते हैं कि वे बड़े-से-बड़े निजी विद्यालयों को भी मात देते नजर आएँ। राज्य सरकारें प्रत्येक विधायक को अपने-अपने क्षेत्र में इस शैक्षणिक अभियान के लिए कार्यक्रम दें। विधायक ऐसे कार्यक्रमों को सफल बनाने के लिए स्थानीय समाजसेवी तथा धार्मिक संस्थाओं का सहयोग लें। यदि हम ऐसे 'आदर्श और स्वच्छ सरकारी विद्यालय' सारे देश में स्थापित करने में सफल हो सके तो स्वाभाविक रूप से समान शिक्षा की अवधारणा बिना किसी कानून के तब लागू होती नजर आएगी, जब बड़े-से-बड़े राजनेता और धन संपन्न व्यक्ति भी अपने बच्चों को ऐसे वातावरण में भेजने के लिए प्रेरित होना प्रारंभ हो जाएँगे। इस अभियान के प्रारंभ होने पर पूरे देश के 863 जिलों में यदि एक वर्ष में एक-एक आदर्श व स्वच्छ सरकारी विद्यालय तैयार हो सके तो कोई संदेह नहीं कि 4-5 वर्षों के निकट भविष्य में हमारे देश की शिक्षा व्यवस्था पूरी तरह से गुणवत्ता पर खरी उतरते हुए समान शिक्षा के पथ पर भी अग्रसर हो सकेगी।

□

राजनीति

शास्त्री के बाद मोदी

प्रधानमंत्री के रूप में श्री नरेंद्र मोदी की सबसे बड़ी उपलब्धि यह रही कि उनका काम राष्ट्र और राष्ट्रभक्ति को सामने रखना रहा है।

देशभक्ति का अभिप्राय है अपने देश के प्रति समर्पण भाव तथा उस देश के लोगों की सांस्कृतिक विचारधारा के प्रति लगाव। देशभक्ति का सिद्धांत देशवासियों के कल्याण, समानता, न्याय और समाज के समग्र सुधारवाद की भावनाओं के साथ जुड़ा रहता है।

मुगल शासन के दौरान महापुरुषों, संतों और विशेष रूप से पंजाब की धरती से हमारे गुरुओं ने यदि गैर-मुसलिम लोगों को मुसलिम शासकों के अत्याचारों से मुक्त कराने का प्रयास किया तो उन्हें धार्मिक, आध्यात्मिक नेता होने के साथ-साथ देशभक्त नेता के रूप में भी स्वीकार किया जाता है। अत्याचारों से मुक्ति की अभिलाषा के कारण स्व-शासन की माँग उठती है।

ब्रिटिश सत्ता के दौरान जब देश में अंधविश्वास और कुरीतियाँ प्रबल हो रही थीं तो महर्षि दयानंद सरस्वतीजी ने एक धार्मिक, आध्यात्मिक लक्षण के बावजूद सामाजिकता का लक्षण भी धारण किया और समाज सुधार के कार्यों के साथ-साथ स्वतंत्रता आंदोलन का प्रबल सूत्रपात किया।

एक राजनेता के रूप में श्री नरेंद्र मोदी ने सारे देश में भ्रष्टाचार से मुक्त आर्थिक सुधारवाद की बात की तो स्वाभाविक रूप से उन्हें भी जनकल्याण से जुड़ा एक देशभक्त नेता स्वीकार किया गया। इस सुधारवाद को वे गुजरात के मुख्यमंत्री के रूप में क्रियान्वित भी कर चुके थे।

प्रधानमंत्री बनने के बाद की अवधि में उनकी देशभक्ति पूरे जोर से हिलोरे मारने लगी। अब सत्ता के बल पर वे अपनी देशभक्ति को सारे देश में ही नहीं, अपितु सारी धरती पर एक महान् लक्षण के रूप में स्थापित करने के लिए जुट गए। भारत की अर्थव्यवस्था को मजबूती देने के लिए उन्होंने 'मेक इन इंडिया' के नारे के साथ एक नया आर्थिक आंदोलन प्रारंभ कर दिया। इसे लक्ष्य बनाते हुए उन्होंने एक के बाद एक विदेशी दौरे प्रारंभ किए और भारी मात्रा में विदेशी निवेश को आकर्षित किया। श्री नरेंद्र मोदी के विदेशी दौरों

से आर्थिक साधनों के अतिरिक्त मुख्य लाभ यह भी हुआ कि विदेशों में रह रहे भारतीयों का गौरव अब आसमान को छूने लगा। धरती के किसी भी कोने में खड़ा व्यक्ति गर्व से कहने लगा कि वह भारतीय है।

एक सच्चे देशभक्त नेता में अपने ईमानदार चरित्र और जनता के लिए न्याय की जो भावना होती है, उसका प्रभाव सामान्य जनता पर भी पड़ता है। श्री नरेंद्र मोदी ने देश के संपन्न नागरिकों से गैस सब्सिडी के सिलेंडर का त्याग करने की अपील की तो देश के करोड़ों उपभोक्ताओं ने इसका अनुसरण किया। इससे सिद्ध होता है कि श्री नरेंद्र मोदी जनता के प्रत्येक कष्ट पर चिंतनशील हैं। इससे पूर्व स्व. श्री लाल बहादुर शास्त्रीजी ने देश में अनाज की कमी के दृष्टिगत देशवासियों से एक समय का अन्न त्याग करने की भावुक अपील की थी, जिसके परिणामस्वरूप देश की कोटि-कोटि जनता ने उनकी भावनाओं का अनुसरण किया।

देशभक्ति के लिए समानता का पालन भी आवश्यक है। श्री नरेंद्र मोदी ने कई बार अपनी भावनाओं को व्यक्त करते हुए कहा कि "मैं विश्वास से हिंदू हूँ और मुझे इस पर गर्व है। परंतु सबसे पहले मैं एक भारतीय हूँ और मुझे अपने देश से बहुत प्रेम है। भारतवासियों के कष्टों का निवारण करते हुए मुझे कोई कष्ट नहीं होता और किसी प्रकार भेदभाव भी मन में नहीं आता।" उनके यह विचार उन्हें एक सच्चे देशभक्त की श्रेणी में रखते हैं।

श्री नरेंद्र मोदी ऐसे पहले प्रधानमंत्री हैं, जो पहली बार संसद् में प्रवेश करते हुए प्रवेश द्वार पर इस प्रकार माथा टेकते नजर आए जैसे कोई अपने पूजा स्थल में प्रवेश करता है। उन्होंने यह सिद्ध कर दिया कि संसद् और संसदीय व्यवस्था को अर्थात् पूरे शासन तंत्र को वे एक पवित्र पूजा का कार्य ही मानते हैं। संसद् के अंदर अपने पहले उद्बोधन में भी वे देशप्रेम की बात को लेकर आँसुओं में डूब गए। यह केवल सामान्य देशप्रेम नहीं है, अपितु श्री नरेंद्र मोदी का देशप्रेम भावनात्मक रूप से अत्यंत प्रबल और मजबूत है।

श्री नरेंद्र मोदीजी के 'स्वच्छ भारत अभियान' के पीछे भारतवासियों के पूर्ण स्वास्थ्य की परिकल्पना छिपी है। भारत के नागरिक स्वस्थ और प्रसन्न रहें, इस भावना से जुड़ा यह अभियान भी उनकी देशभक्ति को ही प्रकट करता है।

श्री नरेंद्र मोदी के बाल्यकाल का जीवन राष्ट्रीय स्वयंसेवक संघ के कार्यों में बीता है। 1962 के चीन युद्ध के दौरान उन्होंने रेलवे स्टेशनों पर सैनिकों को खाने-पीने का सामान वितरित करने में भाग लिया और युवा अवस्था में उन्होंने जम्मू-कश्मीर और पंजाब के आतंक पीड़ितों के कल्याण के लिए काम किया। अपने जीवन के दो वर्ष उन्होंने हिमालय पर्वत में एक परिव्राजक के रूप में भी बिताए। उनकी जीवनगाथा यह सिद्ध करती है कि वे सदैव समाज के सेवक की तरह ही कार्य करते रहे हैं। इसी भावना का यह परिणाम है कि प्रधानमंत्री बनने के बाद भी उन्होंने लालकिले की प्राचीर से अपने सेवक भावों को

व्यक्त करते हुए कहा कि मैं अपने आपको प्रधानमंत्री नहीं अपितु प्रधान सेवक समझता हूँ।

जब श्री नरेंद्र मोदी अमेरिका यात्रा पर गए तो पूरा समय उन्होंने नवरात्रों के व्रतों में ही बिताया। केवल नीबू पानी पर जीवन चलाने में सक्षम प्रधानमंत्री के इस प्रयास को भी भारतीय संस्कृति प्रेम और देशभक्ति के लक्षण से ओत-प्रोत समझना चाहिए।

विदेशों में जब भी कभी किसी भारतीय पर विपत्ति आती है तो प्रधानमंत्री के नाते उन्हें यह लगने लगता है कि यह विपत्ति भारतीयता पर है। यमन में जब हजारों भारतीय युद्ध के साये में जी रहे थे तो उन्होंने उन सभी भारतीयों के साथ-साथ लगभग 48 देशों के नागरिकों को मुक्त करवाकर यह सिद्ध कर दिया कि भारत राष्ट्र अपने नागरिकों की ही नहीं अपितु मानवता की रक्षा के लिए भी सक्षम है। देश की छवि के साथ-साथ उन्होंने भारत की संस्कृति की शान भी बढ़ाई है।

श्री नरेंद्र मोदी सत्ता के माध्यम से व्यक्तिगत लाभ कमाने की मानसिकता से कोसों दूर हैं। व्यक्तिगत लाभ कमाने की मानसिकता ही देश के नेताओं को भ्रष्ट बनाती जाती है।

□

केरल और कम्युनिस्ट

केरल के कोच्चीकोड नामक शहर में एक बार भारतीय जनता पार्टी के राष्ट्रीय अधिवेशन में हिस्सा लेने का मौका मिला। केरल में कई दशकों से कम्युनिस्ट पार्टी की सरकार स्थापित रही है। केरल में ईसाई मिशनरी और इसलामिक गतिविधियों को भी आवश्यकता से अधिक राजनीतिक संरक्षण मिलता है, जबकि राष्ट्रवादी विचारधारा का सदैव विरोध होता रहा है। संभवत: इसी कारण अकसर हिंदू समुदाय के प्रखर नेताओं के द्वारा जब धर्म के स्थान पर मानवतावादी संस्कृति और राजनीति के नाम पर राष्ट्रवादी दृष्टिकोण उजागर किए जाते हैं तो ऐसे लोगों को कुचलने के लिए अन्य सभी स्थानीय ताकतें एकजुट होकर कार्य करती हैं।

राष्ट्रीय अधिवेशन के दौरान मेरी इन सभी जिज्ञासाओं का उत्तर उस समय प्राप्त हो गया, जब मैंने भाजपा की केरल शाखा के द्वारा 'आहुति' नामक स्मारिका का अवलोकन किया। इस स्मारिका में ऐसे सैकड़ों लोगों का चित्र सहित परिचय प्रस्तुत किया गया था, जिन्होंने विगत कुछ दशकों के दौरान मानवतावादी संस्कृति और राजनीति के राष्ट्रीय दृष्टिकोण का ध्वजवाहक बनने की हिम्मत जुटाई और परिणामस्वरूप इन सब महानुभावों को भिन्न-भिन्न प्रकार से प्रायोजित अत्यंत भयावह हिंसा का शिकार होना पड़ा और अपनी जान गँवानी पड़ी। वैसे तो एक व्यक्ति के सामाजिक कार्यों और राजनीतिक विचारों के कारण उसकी हत्या करना वास्तव में लोकतंत्र की ही हत्या होती है। ऐसी हत्याओं का सीधा संकेत यही जाता है कि हत्या करनेवाले लोगों के तार एक ऐसी विचारधारा के साथ जुड़े हैं, जो लोकतांत्रिक तरीके से राजनीतिक विचारों के आदान-प्रदान और निस्स्वार्थ समाजसेवा के बल पर राजनीतिक छवि बनाने वाले लोगों को अपने मार्ग से हटाना ही एक मात्र तरीका मानती है। एक अध्यापक के रूप में समाजसेवा करनेवाले श्री जयकृष्णन की हत्या निर्मम तरीके से की गई, जब वे कक्षा में बच्चों को पढ़ा रहे थे। इतना ही नहीं बल्कि अपराधियों ने कक्षा के ब्लैकबोर्ड पर लिखा कि इस हत्या की सूचना पुलिस या अदालत में देने वाले का भी यही हाल किया जाएगा। इस निर्मम हत्या को देखने वाले 10-12 वर्ष के अबोध बच्चे थे, जो कई वर्षों तक इस दुर्दांत दृश्य के कारण सामान्य जीवन भी

नहीं जी सके। ऐसे ही अनेक हत्याकांड केवल इस कारण से घटित हुए, क्योंकि हत्या के शिकार व्यक्ति निस्स्वार्थ समाजसेवा करते हुए लोगों को मानवतावादी संस्कृति और भाजपा के राष्ट्रवादी दृष्टिकोण का परिचय देते थे। ये सभी पीड़ित प्रत्यक्ष रूप से भाजपा तथा इसके सहयोगी संगठनों के साथ जुड़कर कार्य कर रहे थे।

'आहुति' नामक इस स्मारिका में प्रकाशित भाजपा सांसद श्रीमती मीनाक्षी लेखी और श्री तरुण विजय के दो संक्षिप्त लेखों ने भारत ही नहीं, अपितु विश्व के कई अन्य देशों में भी कम्युनिस्ट विचारधारा की हिंसात्मक गतिविधियों का संक्षिप्त परिचय प्रस्तुत किया है। वास्तव में कम्युनिस्ट विचारधारा अपने जन्मकाल से ही भारत में राष्ट्रविरोधी गतिविधियों में लिप्त रही है। भारत विभाजन का समर्थन, हैदराबाद के निजाम का समर्थन, खालिस्तान की माँग का समर्थन तथा वर्तमान समय में भारत के 7 राज्यों में माओवाद के नाम पर आतंकवाद का संचालन कम्युनिस्ट विचारधारा का इतिहास है। बंगाल में तो कम्युनिस्ट नेताओं ने रक्तरंजित हत्या के स्थान पर किसी व्यक्ति का जीवन समाप्त करने का नया तरीका निकाला है, जिसमें उसके जीवित शरीर को नमक के ढेर में गाड़ दिया जाता है। कुछ कम्युनिस्ट नेता ऐसी घटनाओं को प्रेरणा के रूप में अपने कार्यकर्ताओं के मध्य प्रस्तुत करने में भी कोई संकोच महसूस नहीं करते।

'आहुति' नामक स्मारिका को देखने के बाद मेरी सभी जिज्ञासाएँ शांत हो गईं। मेरा मन उन सभी दिवंगत आत्माओं के प्रति स्वाभाविक श्रद्धा के साथ झुक गया। परंतु मेरे मन में अब एक नई जिज्ञासा प्रार्थना बनकर उभरी कि भगवान् केरल जैसे समुद्री तट पर स्थित इस सुंदर राज्य को हिंसा से मुक्ति प्रदान करें, जिससे निकट भविष्य में यह राज्य भी राष्ट्रवादी माला का एक सुंदर पुष्प बनकर अपनी सुगंधि सारे विश्व के सामने प्रस्तुत करे।

□

नकारात्मक राजनीति को नकार दें

प्रत्येक राजनेता का एक ही उद्देश्य होता है निर्वाचन में सफलता प्राप्त करके पंचायत या स्थानीय निकाय से लेकर विधानसभा और संसद् तक की सदस्यता प्राप्त करके सरकारी तंत्र का हिस्सा बन जाना। राजनीति का बिगड़ा हुआ और भ्रष्टाचारी स्वरूप है कि सरकारी तंत्र का हिस्सा बनकर सरकारी कोष से होनेवाले विकास कार्यों में से कुछ हिस्सा अपनी जेब में डालना। निर्वाचन से जुड़ी राजनीति का सकारात्मक स्वरूप यह है कि निर्वाचित व्यक्ति अपने अधिकारों का प्रयोग करते हुए सरकारी कोष को ईमानदारी से अपने क्षेत्रवासियों के कल्याण के लिए खर्च करवाए और क्षेत्रवासियों का स्थायी प्रतिनिधि बनने की योग्यता प्राप्त कर सके।

निर्वाचन के नाम पर हमारे सामने ऐसे वातावरण की छवि बन जाती है, जिसमें दो-चार मुख्य दलों के उम्मीदवार अपने कार्यों और सिद्धांतों को उजागर करने के स्थान पर अन्य उम्मीदवारों के गलत कार्यों और गलत सिद्धांतों का प्रचार करते हुए दिखाई देते हैं। सामान्य जनता भी यह समझने का प्रयास नहीं करती कि दूसरे की गलतियाँ निकालने वाला व्यक्ति स्वयं को योग्य कैसे सिद्ध कर सकता है। दूसरों की गलतियाँ निकालते-निकालते आज के राजनेता झूठे और निराधार आरोप-प्रत्यारोप को भी राजनीति का अंग मान लेते हैं। जब कोई आहत राजनेता मानहानि जैसे मुकदमों का सहारा लेता है तो निर्वाचन का वातावरण निकल जाने के बाद एक-दूसरे से माफियों का दौर प्रारंभ हो जाता है। इस नकारात्मक प्रचार अभियान में लाखों-करोड़ों रुपया खर्च किया जाता है। राजनीति के नशे में अंधे व्यक्ति इस बेहिसाब खर्च को निरर्थक मानने के लिए भी तैयार नहीं होते। क्योंकि प्रत्येक नकारात्मक राजनेता को भ्रष्टाचारी तरीकों से धन कमाने में भी महारत हासिल होती है। इसलिए उस भ्रष्टाचारी धन के बल पर ही वह नकारात्मक राजनीति करता चला जाता है।

इसके विपरीत यदि राजनेताओं को सकारात्मक राजनीति के सिद्धांतों और तरीकों से अवगत कराने का एक विशेष अभियान चलाया जाए तो अवश्य ही निकट भविष्य में जनता भी नकारात्मक राजनीति को नकारने की पहल कर दिखाएगी। सकारात्मक राजनीति

में केवल वही आदमी टिका रह सकता है, जो निर्वाचन अवधि के अतिरिक्त भी लंबे समय से क्षेत्रवासियों की सेवा में लगातार प्रयास करता हुआ दिखाई देता हो। यह सकारात्मक राजनीति वास्तव में समाजसेवा की राजनीति होगी।

ऐसे कितने राजनेता हैं, जो अपनी सकारात्मक बुद्धि के बल पर अपने क्षेत्र में होनेवाली भिन्न-भिन्न गैर-कानूनी हरकतों के विरुद्ध सामाजिक अभियान संचालित करते हुए दिखाई देते हैं? ऐसे कितने राजनेता हैं, जो अपने क्षेत्रवासियों के हर छोटे-बड़े दु:खों और कष्टों के विरुद्ध सरकारी विभागों के साथ पत्र व्यवहार या अदालतों में जनहित याचिकाओं के माध्यम से कल्याणकारी आदेश करवाते हुए दिखाई देते हैं? ऐसे कितने राजनेता हैं, जो सरकारी विभागों में प्रतिदिन के छोटे-छोटे भ्रष्टाचारी कार्यों के विरुद्ध आंदोलित दिखाई देते हैं? ऐसे कितने राजनेता हैं, जो अपने क्षेत्र में जनता के बीच अच्छी प्रेरणाओं की स्थापना में लगे रहते हैं, जैसे—जनता को ट्रैफिक नियमों, स्वस्थ खान-पान, पर्यावरण संरक्षण, स्वच्छता आदि के बारे में प्रेरित करते हुए कार्यक्रम आयोजित करना? ऐसे कितने राजनेता हैं, जो समाज में भिन्न-भिन्न आर्थिक, सामाजिक और सांस्कृतिक वर्ग बनाकर उन्हें परस्पर सहयोग के लिए प्रेरित करते हैं जैसे—रिक्शा चालकों के वर्ग, ऑटो चालकों के वर्ग, डॉक्टरों, व्यापारियों, अध्यापकों, नर्सों, असंगठित मजदूरों आदि के वर्ग बनाकर उन्हें परस्पर सहयोग उपलब्ध कराना? ऐसे कितने राजनेता हैं, जो सरकारी गलतियों के विरुद्ध अहिंसात्मक आंदोलन आयोजित करने में पारंगत हों? ऐसे कितने राजनेता हैं, जो समाज में छोटे-छोटे स्तर पर पैदा होनेवाले कला-कौशल को बड़े स्तर तक पहुँचाने में प्रयासरत हों? ऐसे कितने राजनेता हैं, जो छोटी-छोटी फिल्मों, नुक्कड़ नाटकों या संगीत आदि के माध्यम से अपने राजनीतिक प्रयासों को जनता तक पहुँचाने का कार्य करते हों? ऐसे कितने राजनेता हैं, जो एक तरफ धन-संपन्न लोगों से धन संग्रह करके ईमानदारीपूर्वक गरीबों और असहाय वर्ग के लोगों में सेवा और सहायता पहुँचाते हों? ऐसे कितने राजनेता हैं, जो पढ़ने वाले छात्रों के लिए पुस्तकें तथा अन्य साधन सामग्री का एक-दूसरे को सहयोग देने के प्रयास करते हों? ऐसे कितने राजनेता हैं, जो गरीब बच्चों के लिए खिलौने और वस्त्रों का प्रबंध करके उन तक पहुँचाते हों? ऐसे कितने राजनेता हैं, जो हर पंथ आदि के त्योहार सामूहिक रूप से मनाने के कार्यक्रम आयोजित करते हों? ऐसे कितने राजनेता हैं, जो क्षेत्रवासियों के परस्पर विवादों को बिना अदालती प्रक्रिया के प्रेम और सौहार्दपूर्ण वातावरण में निपटाने का प्रयास करते हों? ऐसे कितने राजनेता हैं, जो सरकारी योजनाओं और कानूनों के निर्माण से पूर्व जनता के विचार एकत्र करके सरकार तक पहुँचाते हों? ऐसे कितने राजनेता हैं, जो स्वयं सादा जीवन और उच्च विचार रखते हुए जनता को बिना कहे अपनी छवि से ही प्रेरित करने के योग्य हों? ऐसे कितने राजनेता हैं, जो अपनी ही पार्टी के गलत विचारों के विरुद्ध आवाज उठाने की

हिम्मत कर पाते हों? ऐसे कितने राजनेता हैं, जो समाज के योग्य और उत्साही युवकों को अपने साथ समाजसेवा के भिन्न-भिन्न कार्यों में जोड़ने का प्रयास करते हों? ऐसे कितने राजनेता हैं, जो क्षेत्रवासियों के बीच पूरे भारत और अंतरराष्ट्रीय स्तर के विषयों पर वैचारिक आदान-प्रदान के प्लेटफार्म तैयार करते हों? ऐसे कितने राजनेता हैं, जो अपने अधीनस्थ कार्य करनेवाले कार्यकर्ताओं के हर दुःख और कष्ट में बराबर की हिस्सेदारी करने के लिए तत्पर रहते हों? ऐसे कितने राजनेता हैं, जो समाज को मत-पंथ से जुड़े विचारों से छेड़छाड़ किए बिना सृष्टि की सर्वोच्च शक्ति का अनुभव करने की प्रेरणाएँ संचारित करने के योग्य हों?

आज राजनेताओं का ध्यान केवल धन कमाने पर केंद्रित हो चुका है। किसी भी निर्वाचन को लड़ते समय प्रत्येक उम्मीदवार क्षेत्र के संपन्न व्यक्तियों से अपनी पार्टी के नाम पर वित्तीय सहयोग प्राप्त करता है। परंतु निर्वाचन के बाद इस कोष में यदि कुछ राशि बच जाए तो कितने ऐसे राजनेता हैं, जो वह बचा हुआ कोष अपनी पार्टी के कोष में जमा करवाते हैं? मैंने अपने जीवन में जितने भी निर्वाचन लड़े और संपन्न व्यक्तियों से सहयोग प्राप्त किया, परंतु हर बार बची हुई राशि पार्टी के कोष में जमा करवाई। आज जिस प्रकार राजनीति केवल एक व्यापार की तरह बनती जा रही है, उसका मुख्य कारण यही है कि राजनेताओं ने अपने आपको समाज सेवा की परंपराओं से अलग कर लिया है। इसलिए राजनीति को एक सामाजिक रूप देने के लिए यह अत्यंत आवश्यक है कि सभी राजनेता अपने आपको भिन्न-भिन्न प्रकार के सेवा कार्यों से जोड़ें। ऐसा करने से उनके राजनीतिक जीवन को स्थायित्व मिलेगा और दूसरी तरफ नकारात्मक राजनीति को समाप्त करने में भी सहायता मिलेगी।

□

युवा पीढ़ी के प्रेरणास्रोत कौन हों?

जो व्यक्ति देश और समाज के लिए अपना जीवन समर्पित कर देता है, उसे शहीद का दर्जा दिया जाता है। शहीदी केवल मृत्यु के साथ ही जुड़ी नहीं होती, अपितु ऐसे व्यक्ति अपने लक्ष्य की प्राप्ति के लिए जीवन भर अपने प्रयासों को भी बिना थके और बिना लोभ-लालच के समर्पित करते दिखाई देते हैं। स्वतंत्रता आंदोलन में जो भी व्यक्ति जुड़ने का प्रयास करता था, वह सदैव अपनी जान हथेली पर रखे हुए ही दिखाई देता था। 30 जनवरी को महात्मा गांधी के शहीदी दिवस के रूप में मनाया जाता है। 23 मार्च को भगत सिंह, सुखदेव और राजगुरु के शहीदी के रूप में मनाया जाता है। 21 अक्तूबर पुलिस बल का पृथक् शहीदी दिवस है। 17 नवंबर लाला लाजपत राय का शहीदी दिवस है और 19 नवंबर को रानी लक्ष्मीबाई के शहीदी दिवस के रूप में मनाया जाता है। इन प्रमुख शहीदों के अतिरिक्त भी लाखों अन्य महान् आत्माएँ हैं, जिन्होंने अपना जीवन देश और समाज की रक्षा और सेवा में ही समर्पित किया है। उन सामान्य लोगों की शहादत उनके परिवार की स्मृतियों तक ही सीमित हो जाती है।

दुर्भाग्यवश हमें ब्रिटिश राजनीतिक षड्यंत्र के तहत एक ऐसा पड़ोसी देश मिला, जिसके साथ स्वतंत्रता के बाद की पूरी अवधि लगातार युद्ध और संग्राम में ही दिखाई देती रही है, जिसके समाप्त होने की संभावना भी निकट भविष्य में दिखाई नहीं दे रही है। ऐसी कठिन परिस्थितियों में आज यदि भारत के नागरिक सुरक्षित हैं, हमारा देश लगातार विकास के पथ पर अंतरराष्ट्रीय मार्ग पर दौड़ता हुआ दिखाई दे रहा है, हमारे नागरिक अपनी शिक्षा और कला-कौशल का विकास करते हुए सुखी जीवन संपन्न कर पा रहे हैं तो इसका पूरा श्रेय देश के उन कोटि-कोटि फौजियों, पुलिस तथा अर्द्धसैनिक बलों के उन जवानों को जाएगा, जो देश के अंदर और बाहर से देश की रक्षा के लिए हर प्रकार के हमलों और अपराधों को रोकते हैं और देशवासियों की सुरक्षा के लिए अपनी जीवनलीला को भी दाँव पर लगा देते हैं। ऐसे शहीद अपने परिवार और बच्चों को अनाथ छोड़कर भारत माता के नाथ अर्थात् संरक्षक की भूमिका निभाते हैं।

जब भी सीमा पर किसी फौजी की शहादत का समाचार मिलता है तो सीमा से लेकर

उस फौजी के घर, गली, गाँव और शहर तक एक श्रद्धापूर्ण वेदना से भरी तरंगें दिखाई देती हैं। इसी प्रकार अपराधियों से लड़ते हुए पुलिस बल के जवान भी अपनी जान की बाजी लगाते हुए देखे जा सकते हैं। फौज और सरकार के उच्चाधिकारी पूरे सम्मान के साथ उस शहीद का छलनी शरीर अंतिम संस्कार के लिए लाते हुए दिखाई देते हैं। सरकारों की तरफ से पर्याप्त मुआवजा और बच्चों की शिक्षा, नौकरी आदि का प्रबंध करने के प्रयास भी दिखाई देते हैं। परंतु कुछ ही सप्ताह या महीनों के बाद वे सारी वेदना तरंगें केवल परिवार तक ही सीमित हो जाती हैं। शहादत के कुछ समय बाद ही समाज और सरकारें फिर से अपने-अपने आनंद में मग्न दिखाई देते हैं, जबकि शहीद का बेसहारा परिवार अपने दु:खों को ही अपनी पहचान बना लेता है। कुछ स्थानों में अवश्य ही समय-समय पर अपने क्षेत्रीय शहीदों की स्मृति में कुछ छुट-पुट कार्यक्रमों के आयोजन चलते रहते हैं, परंतु ऐसे आयोजन भी एक-दो वर्ष के बाद स्वत: ही समाप्त दिखाई देते हैं। स्मृति कार्यक्रमों के अतिरिक्त एक शहादत की प्रेरणा उत्पन्न होनी चाहिए। परंतु शहीद फौजी परिवार की दुर्दशा देखकर देशसेवा में शहीद होने की प्रेरणा नहीं, अपितु अन्य नागरिकों के मन में इसका उल्टा प्रभाव पड़ने लगता है। लोग अपने युवकों को देशसेवा के उद्देश्य से फौज तथा पुलिस बलों जैसे विभागों में जाने से रोकते हुए दिखाई देते हैं।

केंद्र और राज्य सरकारों को इस संबंध में एक विशेष योजना बनाकर इन शहीदों की स्मृति को पूरा सम्मान देने के कार्यक्रम प्रारंभ करने चाहिए। इस दिशा में एक साधारण परंतु दूरगामी प्रभाव वाली योजना यह बन सकती है कि शहीद होनेवाले प्रत्येक फौजी या पुलिस अधिकारी का एक बड़ा चित्र उसके संक्षिप्त परिचय तथा पारिवारिक पृष्ठभूमि के साथ उस विद्यालय के किसी एक कमरे में स्थापित किया जाए, जिसमें कभी वह जवान छात्र के रूप में पढ़ता था। इस चित्र और स्मृति के साथ देश के लिए पूर्ण समर्पण और सेवा भावना की प्रेरणाएँ भी शामिल की जानी चाहिए। ऐसे शहीदों की पुण्यतिथि के अवसर पर भी विद्यालयों में प्रार्थना सभा के समय उनके परिजनों तथा समाज के अन्य लोगों की उपस्थिति में उन्हें स्मरण किया जाए। केवल सड़कों के नामकरण आदि से प्रेरणाओं का संचार इतना नहीं हो पाता, जितना विद्यालयों के माध्यम से संभव हो सकता है। विद्यालय में युवावस्था की ओर अग्रसर होते हुए बालक-बालिकाएँ प्रेरणाओं को धारण करने में अधिक जीवंत साबित हो सकते हैं।

दिल्ली के इंडिया गेट पर स्वतंत्रता आंदोलन में भाग लेने वाले अनेक शहीदों के नाम लिखे गए हैं। परंतु आज इंडिया गेट केवल एक पर्यटक स्थल बनकर रह गया है। इन्हीं शहीदों के नाम, चित्र, परिचय और प्रेरणाएँ, यदि इनके विद्यालयों में स्थापित किए जाते तो आज उन गुमनाम परिवारों को भी बराबर सम्मान मिलता रहता। एक जीवन की शहादत के बदले केवल एक दिन का सांकेतिक सम्मान न तो उस परिवार का कुछ

कल्याण कर सकता है और न ही देश और समाज के लिए लाभदायक सिद्ध हो सकता है। इसलिए शहीदों का सम्मान तभी चिरस्थायी हो सकता है, जब उनके विद्यालयों में उनकी स्मृतियाँ स्थापित की जाएँ।

विद्यालयों में शहीदों के चित्र, परिचय और प्रेरणाएँ स्थापित करने के कई लाभ होंगे। शहीद परिवारों का परिचय और उनके प्रति सहानुभूति की भावनाएँ लगातार बनी रहेंगी। शहीद व्यक्ति के जन्मदिन और पुण्य तिथि पर उनके परिवारों को आमंत्रित करके विशेष आयोजनों के मार्ग प्रशस्त होंगे। एक शहीद परिवार को सम्मानित करने का अर्थ होगा कि अनेक बाल और युवक भी ऐसे राष्ट्रसेवा कार्यों के लिए प्रेरित होंगे और उनके परिवार भी ऐसी प्रेरणाओं में बाधक नहीं बनेंगे।

□

सरकारी न्याय

‘मुद्रा बैंक’ एक क्रांति

हमारे देश में लाखों करोड़ों ऐसे सामान्य नागरिक हैं, जो छोटे-छोटे कारोबार और उद्योग चलाते हैं, परंतु वे अकसर औपचारिक और संगठनात्मक ऋण व्यवस्था के दायरे से बाहर ही रहते हैं, जबकि समग्र अर्थव्यवस्था में सामूहिक रूप में उनका सहयोग बहुत विशाल हो जाता है। हम अंतिम पंक्ति पर खड़े उस व्यक्ति पर गौर करें, जो पूरी तरह पूँजीहीन है। छोटे कस्बों और शहरों में यह पूँजीहीन व्यक्ति रिक्शा और तिपहिया वाहन किराए पर चलाता है। सारे दिन की मेहनत के बाद उसे शाम को रिक्शा मालिक को 50 रुपए से लेकर 100 रुपए तक और तिपहिया मालिक को 250-300 रुपए देने पड़ते हैं। इसका अर्थ यह हुआ कि पहले वह आधे दिन की मेहनत की कमाई तो उस मालिक के लिए इकट्ठी करे और उसके बाद शेष आधे दिन की कमाई उसके अपने परिवार के लिए। यदि किसी कारणवश वह शेष आधा दिन काम न कर पाए तो उस दिन की सारी मेहनत की कमाई वाहन मालिक को जाएगी। समाज की अंतिम पंक्ति में खड़े इस व्यक्ति को अत्याचार से छुटकारा दिलाने के उद्‍देश्य से प्रधानमंत्री श्री नरेंद्र मोदीजी ने मुद्रा बैंक योजना बनाई, ताकि मेहनत करनेवाले वर्ग को अपने पैरों पर खड़ा किया जा सके।

सरकार ने इस बात को महसूस किया कि जिस प्रकार बड़े उद्योग और व्यापार देश की अर्थव्यवस्था में अपना योगदान देते हैं, उसी प्रकार छोटे उद्योगपतियों के योगदान को नजरअंदाज नहीं किया जा सकता। लघु उद्योग अकसर असंगिठत रहता है, इसलिए वे अपनी समस्याओं और माँगों को सरकार के समक्ष संगठनात्मक रूप से प्रस्तुत नहीं कर पाते। भारत में लगभग 6 करोड़ लघु औद्योगिक इकाइयाँ हैं। यह इकाइयाँ अकसर एक व्यक्ति की मल्कियत एवं नियंत्रण में चलती हैं। इनमें भी लगभग 62 प्रतिशत व्यक्ति अनुसूचित जाति, जनजाति तथा पिछड़े वर्ग से संबंधित हैं। ये लोग अर्थव्यवस्था के बिल्कुल निचले पायदान पर लगे रहने के कारण देश में संगठनात्मक ऋण व्यवस्था तक अपनी पहुँच नहीं बना पाते। इसलिए भारत की अर्थव्यवस्था में सहयोग देने वाले ऐसे असंगठित वर्ग के लिए मोदी सरकार ने ‘मुद्रा बैंक’ योजना प्रारंभ करने का निर्णय लिया है। इस योजना में प्रारंभिक तौर पर 20 हजार करोड़ रुपए का कोष निर्धारित किया गया, इसके

अतिरिक्त 3 हजार करोड़ रुपए का गारंटी कोष भी होगा।

इस मुद्रा बैंक योजना के माध्यम से निस्संदेह उन लघु व्यवसायियों को सहारा देने का प्रयास प्रारंभ कर दिया है, जिनके लिए बैंक तथा अन्य बड़ी-बड़ी वित्तीय संस्थाओं तक पहुँच बनाना भी सरल कार्य नहीं था। इसका मुख्य कारण इस लघु व्यवसायी वर्ग का असंगठित होना ही नहीं है, अपितु इसका मुख्य कारण है कि यह वर्ग शिक्षा में भी पिछड़ा हुआ है। इस वर्ग को ऋण के लिए फार्म भरना, किसी अन्य व्यक्ति की गारंटी का प्रबंध करना तथा कई अन्य औपचारिकताओं को पूरा करने में कठिनाई महसूस होती थी। इसलिए यह वर्ग बैंकों तथा बड़ी-बड़ी वित्तीय संस्थाओं तक अपनी पहुँच नहीं बना पाता था। इस प्रकार वित्तीय संस्थाओं के साथ इन औपचारिकताओं को कठिनाई की तरह समझने वाला यह लघु व्यवसायी ग्राम तथा स्थानीय स्तर के सूदखोरों के चंगुल में फँस जाता था। इस सूदखोरी के चक्रव्यूह में ब्याज की दर 2 से 5 प्रतिशत प्रतिमाह एक सामान्य प्रचलन बन चुका था। 50 हजार रुपए का ऋण लेने वाला व्यक्ति एक या दो हजार रुपए प्रतिमाह ब्याज देने के लिए मजबूर हो जाता था। इस प्रकार ब्याज दर ब्याज का सालोसाल भुगतान करने के बावजूद भी वह मूल ऋण को वापस नहीं दे पाता था। कई बार तो ऐसे लोगों को अपनी छोटी-मोटी भूमि, संपत्तियाँ या घर के आभूषण आदि भी बेचने पड़ते थे।

दूसरी तरफ बड़ी-बड़ी राशि के ऋणों से जुड़ा भ्रष्टाचार भी इस वर्ग को सदैव बैंकों और बड़ी वित्तीय संस्थाओं से दूर ही रखता था। करोड़ों रुपए के ऋण स्वीकार करने की प्रक्रिया में रिश्वतखोरी की राशियाँ भी लाखों में होती है। दूसरी तरफ यदि किसी व्यक्ति को एक लाख रुपए तक के ऋण की आवश्यकता है तो इसमें से शायद वह हजार-दो हजार की राशि भी ऋणदाता संस्था के भ्रष्ट अधिकारियों को नहीं दे पाता था। सरकार ने मुद्रा बैंक योजना का क्रियान्वयन प्रारंभ कर दिया है तो स्वाभाविक रूप से इस वर्ग में यह भाव मजबूत हुआ है कि भारत सरकार के स्तर से भी उनके लिए एक विशेष सहायता योजना उपलब्ध है।

मुद्रा बैंक योजना का लाभ पहुँच वाले व्यवसायी ही न उठा ले जाएँ, इसलिए लघु व्यवसायियों के लिए भी तीन प्रकार की श्रेणियों में ऋण व्यवस्था घोषित की गई है। शिशु श्रेणी में 50 हजार रुपए तक के ऋण, किशोर श्रेणी में 50 हजार रुपए से अधिक परंतु 5 लाख रुपए तक के ऋण तथा तरुण श्रेणी में 5 लाख से अधिक परंतु 10 लाख रुपए तक के ऋण देने की व्यवस्था है। इस योजना में यह स्पष्ट निर्देश है कि 60 प्रतिशत ऋण शिशु श्रेणी के व्यवसायियों को दिए जाएँ।

इस मुद्रा बैंक योजना से लघु स्तर के सिलाई-बुनाई की गतिविधियों में लगे लोग, स्थानीय यातायात की सेवा देने वाले लोग जैसे रिक्शा, तिपहिया, टैक्सी और छोटे

मालवाहन, फोटोकॉपी, कंप्यूटर, कोरियर, छोटे केमिस्ट, साइकिल, मोटरसाइकिल तथा कार मरम्मत में लगे कारीगर, अनेक प्रकार के लघु और कुटीर उद्योगों में लगे लोग जैसे पापड़, अचार, जैम तथा अन्य कृषि सहायक उद्योगों में लगे लोग, हथकरघा और जरी कार्यों में लगे लोग अब खुलकर छोटे-छोटे ऋणों को प्राप्त कर पाएँगे। इन सारे कार्यों में भी यदि कोई उद्यमी महिला होगी तो उन्हें प्राथमिकता के आधार पर ऋण दिया जाएगा। इस ऋण प्रक्रिया में बड़े ऋणों की तरह गारंटी जैसी औपचारिकताओं की भी कोई कठिनाई शामिल नहीं है।

□

आदर्श ग्राम गांधी का सपना

हमारे देश की सभ्यता और संस्कृति निस्संदेह मानवता की सभी कसौटियों पर खरी उतरती है। बेशक हमारा देश आज भी एक कृषि प्रधान देश है। परंतु कृषि प्रधान समाज के लिए यह आवश्यक नहीं है कि गाँवों में गंदगियों का ढेर जगह-जगह लगा हो, गाँवों के जौहड़ (तालाब) मच्छर पैदा करने के स्थान बन जाएँ, खुले में शौच की परंपराएँ बेरोक-टोक चलती रहें और छोटे-बड़े हर प्रकार के अपराधों पर कोई रोकथाम न लगे, पंचायतें अपना प्रभाव समाप्त करती रहें और जिस कृषि प्रधान समाज के बल पर हमारे देश की संस्कृति और सभ्यता का आदर्श आदिकाल में पैदा हुआ था, वह आदर्श समाप्त होते जाएँ। महात्मा गांधी ने ऐसे भारत की कल्पना की थी, जो प्राचीन संस्कृति और आधुनिकता का मिश्रण होगा, जिसमें स्वच्छता प्रमुख स्थान पर होगी। वह सफ़ाई पर जोर भी देते थे, ताकि हम यूरोपीय देशों के मुकाबले में खड़े हो सकें। यह दुर्भाग्य है कि भारत के ऐसे समग्र विकास की कल्पना विस्मृत कर दी गई और सिर्फ शहरों का विकास हुआ, जहाँ एक तरफ नव-धनाढ्यों की बस्तियाँ थीं तो दूसरी तरफ रोजी-रोटी की तलाश में गाँवों से पलायन करके आए गरीबों की झुग्गी-झोंपड़ियाँ थीं। जहाँ साफ-सफाई की तरफ कोई ध्यान नहीं दिया जाता था। देश की आजादी के बाद नरेंद्र मोदी पहले प्रधानमंत्री हुए, जिनके मन में भारत के समग्र विकास की परिकल्पना प्रबल रूप से विद्यमान है। वे हर योजना पर चर्चा करते समय इस बात का बड़ी बारीकी से ध्यान रखते हैं कि किसी भी बड़ी-से-बड़ी योजना का लाभ छोटे-से-छोटे स्तर के ग्रामीण व्यक्ति को किस प्रकार मिलेगा और कहीं उसे किसी प्रकार की हानि तो नहीं होगी। वे जब विदेशी उद्योगपतियों को भारत में निवेश के लिए आमंत्रित करते हैं तो स्वाभाविक रूप से उन्हें स्मरण रहता है कि भारत के गाँवों की दशा सुधरनी चाहिए। गाँव का व्यक्ति भारतीय सभ्यता का प्रतिनिधित्व करनेवाला दिखाई देना चाहिए। सभ्य नागरिकों के अतिरिक्त गाँवों की भौतिक दशा जैसे—सड़कें, सफाई, बिजली, पानी इत्यादि भी आधुनिकतम शैली में विकसित होनी चाहिए।

इस चिंतन के साथ श्री नरेंद्र मोदी ने अक्तूबर 2014 में 'सांसद आदर्श ग्राम योजना'

की घोषणा की। इस योजना का नाम 'ग्राम विकास योजना' भी रखा जा सकता था, यदि उद्देश्य केवल गाँव के भौतिक विकास तक सीमित होता। विकास के स्थान पर आदर्श शब्द के पीछे भी बहुत बड़ी दार्शनिकता छिपी है। इस योजना के माध्यम से श्री मोदीजी ने दो मुख्य महान् नेताओं महात्मा गांधी तथा लोकनायक जयप्रकाश नारायण के विचारों को भारतीय समाज में क्रियान्वित करने का प्रयास किया है। उन्होंने राजनीतिक दायरे से ऊपर उठकर सभी दलों के सांसदों को शामिल होने का एक सुनहरा अवसर प्रदान किया है।

महात्मा गांधी का प्रबल विचार था कि ग्राम स्वराज नैतिक मूल्यों पर ही मजबूत हो सकता है। एक आदर्श ग्राम को विवादों, झगड़ों, चोरियों आदि से मुक्त होना चाहिए, जिससे लोग भेदभाव रहित वातावरण में जी सकें। प्रधानमंत्री श्री नरेंद्र मोदी ने गांधीजी के इन विचारों के बल पर ही आदर्श ग्राम योजना का शुभारंभ करते हुए कहा कि गाँव में प्रकाश केवल बिजली के खंभों से ही नहीं आएगा, बल्कि सच्चा प्रकाश जीवन मूल्यों, अच्छी शिक्षा तथा सामूहिक भावनाओं से पैदा होगा। देशभक्ति, आत्मविश्वास उतने ही आवश्यक हैं, जितना भौतिक सुख-सुविधाएँ, जैसे—अच्छी सड़कें, बिजली, पानी तथा पूर्ण स्वच्छ वातावरण जिससे लोगों का स्वास्थ्य सदैव उत्तम बना रहे। इसके लिए नशों से मुक्ति तथा स्वास्थ्यवर्द्धक परंपराओं का विकास, वृद्ध नागरिकों का सम्मान आदि अत्यंत आवश्यक हैं।

लोकनायक जयप्रकाश नारायण का मानना था कि सामूहिक लोकतंत्र की शुरुआत गाँव से ही हो सकती है, जहाँ प्रत्येक व्यक्ति गाँव के विकास से संबंधित आवश्यकताओं का निर्धारण करे और सामूहिक निर्णयों के माध्यम से गाँव के विकास पर ईमानदारी से धन खर्च हो। इस विचार का अनुमोदन करते हुए प्रधानमंत्री ने आदर्श ग्राम योजना के माध्यम से यह सुनिश्चित कराने का आदेश दिया है कि गाँव में भोजन की किसी प्रकार से कमी न हो, कोई व्यक्ति बेरोजगार न हो, कोई अशिक्षित न हो, ग्रामीण उद्योग प्रगति करें, पूर्ण स्वच्छ और स्वस्थ वातावरण को सुनिश्चित कराते हुए सभी भौतिक सुविधाएँ गाँवों में भी सुनिश्चित कराई जाएँ।

नैतिक मूल्यों, स्वास्थ्यवर्द्धक परंपराओं तथा परस्पर सम्मान की आदतों को गाँव के लोगों में स्थापित करना। मानव विकास के नाम पर स्वास्थ्य सुविधाएँ, भ्रूण हत्या जैसी कुरीतियों को समाप्त करना, स्वास्थ्यवर्द्धक भोजन, शिक्षा के लिए हर प्रकार की सुविधाएँ। सामाजिक विकास के नाम पर गाँव में अपने से वृद्ध लोगों का सम्मान, सामूहिक सेवा कार्यों के लिए तैयार रहना, हर प्रकार के अपराध से मुक्त वातावरण तथा अनुसूचित जाति, जनजाति या किसी अन्य प्रकार के भेदभाव को समाप्त करके एकीकृत समाज की रचना। आर्थिक विकास के नाम पर खेती में नए-नए प्रयोग, पशुपालन तथा दुग्ध उत्पादन में वृद्धि, ग्रामीण लघु उद्योगों को प्रोत्साहन तथा गाँवों को उस आर्थिक विकास के स्तर

पर ले आना, जिससे आदर्श ग्राम एक पर्यटन स्थल की तरह विकसित हो सके। पर्यावरण संरक्षण के लिए अधिक-से-अधिक वृक्षारोपण, वर्षा के पानी को एकत्र करना, प्रत्येक घर में शौचालयों का निर्माण। मूलभूत सुविधाओं में स्वच्छ पीने का पानी, मुख्य सड़क मार्गों से गाँव को जोड़ते हुए सड़क मार्ग, प्रत्येक घर में बिजली, बैंक, ए.टी.एम. तथा इंटरनेट सुविधाएँ। स्वराज प्रशासन के नाम पर गाँवों को भी विद्युत् प्रशासन के तरीकों से जोड़ना, हर प्रकार के प्रमाण पत्र आदि सरलता से उपलब्ध कराना तथा पंचायतों के निर्वाचन सर्वसम्मति के आधार पर करने की परंपराएँ विकसित करना।

मेरा अनुभव है कि सरकार द्वारा उपलब्ध कराए गए कोष के बल पर भौतिक विकास कार्यक्रमों से भी अधिक आवश्यक है गाँवों के अंदर व्यक्तिगत विकास, मानव विकास और सामाजिक विकास के लिए गाँव के लोगों को शामिल करके समय-समय पर भावनात्मक दिशा-निर्देश देना। पंचायत को पूर्ण स्वायत्तता का एहसास करवाना। सांसद के तौर पर मेरे आदर्श ग्राम में किसी भी विवाद, झगड़े या अपराध की घटना नहीं हुई। गाँव की बहुओं को शामिल करके एक विशेष कार्यक्रम के द्वारा हमने उन्हें गाँव की बेटियों के रूप में जीवनयापन करने के लिए प्रेरित किया। रक्षाबंधन के अवसर पर सामूहिक राखी बँधवाने का कार्यक्रम आयोजित करके महिलाओं को सुरक्षा का भावनात्मक एहसास प्रदान किया। इतना ही नहीं बल्कि रक्षाबंधन के अवसर पर भाई के कर्तव्यों का पालन करते हुए गाँव की सभी महिलाओं को दो-दो लाख रुपए के बीमा कवर भी भेंट किए। गाँव के बुजुर्गों के लिए विशेष पिकनिक का आयोजन करके उन्हें आस-पास के विकसित शहरों में आधुनिक स्कूल तथा अस्पतालों आदि का भ्रमण कराया। गाँव को विवादमुक्त और नशामुक्त करने के प्रयास सफल होने प्रारंभ हो गए। गाँव के प्रत्येक परिवार को चिकित्सा कार्ड उपलब्ध करवाए गए। प्रत्येक परिवार को जन-धन योजना से भी जोड़ दिया गया है। गाँव में एक अच्छे विद्यालय का प्रयास प्रारंभ हुआ। जिलाधिकारी को प्रति सप्ताह इस गाँव के दौरे के लिए निर्देश दिया गया। पुलिस अधीक्षक ने स्वतः ही प्रति सप्ताह इस गाँव में जाकर नैतिक शिक्षा के प्रवचन देने का कार्य प्रारंभ कर दिया। गाँव में बिजली की आपूर्ति नियमित रूप से प्रारंभ कर दी गई है। मल निष्कासन के लिए भी नालियों और सीवर की व्यवस्था की गई। भारत के प्रत्येक संसद् सदस्य को आदर्श ग्राम योजना के माध्यम से विकास की एक नई डगर प्रस्तुत करनी चाहिए।

□

प्राकृतिक आपदाएँ और बीमा योजना

व्यक्ति स्वभाव से अपने भविष्य के प्रति चिंतित रहता है। कभी-कभी उसकी ये चिंताएँ तनाव और आक्रोश का कारण बन जाती हैं। यदि भविष्य के प्रति व्यक्ति की चिंताओं को हम सुरक्षा में बदल सकें तो आकस्मिक घटनाओं का सामना करने पर भी वह व्यक्ति अपने सुरक्षा कवच के कारण निश्चिंत बना रहेगा। प्रत्येक दुर्घटना आकस्मिक घटना ही होती है, क्योंकि व्यक्ति दुर्घटना का सामना करने के लिए कभी भी पहले से तैयार नहीं हो पाता। यह भी सत्य है कि प्रत्येक दुर्घटना एक प्रकार से ईश्वरीय कार्य ही होती है। प्राकृतिक आपदाओं के संबंध में तो विशेष रूप से ऐसा माना जाता है कि ये घटनाएँ ईश्वर का प्रकोप हैं। भूकंप, सुनामी, आँधी-तूफान, बाढ़ और पहाड़ों का आकस्मिक टूटना आदि बेशक घटना मात्र नजर आते हों, परंतु ऐसी एक घटना से ही लाखों, करोड़ों लोग प्रभावित हो जाते हैं। आजकल वैसे भी भूकंप, समुद्री तूफानों और बाढ़ आदि की घटनाएँ अधिक होने लगी हैं। ऐसे में यदि नागरिकों को इन घटनाओं से होनेवाली आकस्मिक क्षति का बीमा उपलब्ध करवा दिया जाए तो नागरिकों को सुरक्षा का आश्वासन प्राप्त हो सकेगा। प्रत्येक व्यक्ति भविष्य के प्रति सुरक्षा चाहता है। सरकार का तो विशेष रूप से यह दायित्व बन जाता है कि नागरिकों को अधिक-से-अधिक सुरक्षा की गारंटी देकर उनकी योग्यताओं और क्षमताओं का लाभ समाज के निर्माण हेतु सुनिश्चित करे।

व्यक्ति अपने रोगों के प्रति अपने आपको सुरक्षित करते हुए चिकित्सा बीमा करवा लेता है। हमारे देश में मोटरवाहनों से दुर्घटनाग्रस्त हुए पीड़ितों के पक्ष में भी सभी वाहनों का तृतीय पक्ष बीमा अनिवार्य है, जिससे इन पीड़ितों को मुआवजे के द्वारा इस आपात स्थिति से लड़ने में सहायता की जा सके। भारतीय दंड संहिता की धारा-357ए में अपराध पीड़ितों के लिए भी सरकारी मुआवजे का प्रावधान है। परंतु राज्य सरकारों ने आज तक इस मुआवजा योजना को प्रभावशाली ढंग से लागू करने का कोई प्रयास नहीं किया।

जब कभी प्राकृतिक आपदाएँ किसी भी क्षेत्र में दस्तक देती हैं तो सारा सरकारी तंत्र अर्थात् केंद्र सरकार, राज्य सरकार और स्थानीय निकाय नागरिकों की सेवा में जुट जाते हैं। भारत में कई प्रकार की प्राकृतिक आपदाएँ समय-समय पर नागरिकों के लिए

विनाशलीला प्रस्तुत कर जाती हैं। घर टूट जाते हैं, बिजली के खंभे उखड़ जाते हैं, फसलें नष्ट हो जाती हैं, अनेक लोग मृत्यु का शिकार हो जाते हैं, शिक्षा व्यवस्था ठप हो जाती है, आवागमन तथा संचार व्यवस्था भी बाधित हो जाती है। इन परिस्थितियों में सरकारी तंत्र नागरिकों की सेवा में जुट जाता है। सबसे पहले पूरे क्षेत्र को सुरक्षा व्यवस्था के दायरे में लेकर विनाशलीला से हुए नुकसान का आकलन करते हुए उन लोगों को सुरक्षित निकालना जो जीवित बच गए हैं। उसके बाद उनके लिए स्वच्छ जल, भोजन, चिकित्सा सुविधाएँ, मलबे की सफाई, सिर ढकने के लिए आवास, संचार व्यवस्था के साथ-साथ सड़कों तथा आवागमन माध्यम को पुनर्जीवित करना, विद्यालयों का निर्माण आदि सरकारी प्राथमिकताएँ बन जाती हैं। यह एक प्रकार से उन सब नागरिकों के पुनर्वास की तरह एक विशेष क्षेत्र का पुनर्निर्माण कार्य बन जाता है। इन प्राथमिकताओं के बाद सरकार के सामने इससे भी बड़ा कार्य यह आ जाता है कि प्रत्येक परिवार के नुकसान को धन के रूप में क्षतिपूर्ति का कार्य किस प्रकार प्रारंभ किया जाए। मृतकों के लिए मुआवजा, अपंग हो चुके व्यक्तियों के लिए मुआवजा, फसलों के नुकसान का मुआवजा, घरों के टूटने का मुआवजा और यहाँ तक कि औद्योगिक इकाइयों को पुनर्स्थापित करने के लिए मुआवजा या सस्ते ऋण आदि की व्यवस्था करना।

इसी प्रकार देश में आए दिन सामूहिक हिंसा की घटनाएँ सामने आती रहती हैं। इस सामूहिक हिंसा में पीड़ितों को भी राज्य सरकारें अकसर मुआवजे की राशियाँ घोषित करती हैं, परंतु इस संबंध में आज तक कोई ऐसी योजना नहीं बन पाई, जिसके अंतर्गत भेदभाव रहित एक समान मुआवजे की गारंटी दी जा सके।

सरकार के इन मुआवजा संबंधित कार्यों में एक बहुत बड़ी सहायक योजना बन सकती है—'प्राकृतिक आपदा बीमा'। हमारे देश की बीमा व्यवस्था अब केवल सरकारी क्षेत्र का कार्य नहीं रहा। निजी कंपनियाँ भी इस व्यवसाय में आ चुकी हैं। बड़े-बड़े उद्योगपति तो भारी प्रीमियम देकर अपने हर संभावित नुकसान का बीमा करवा लेते हैं। परंतु सामान्य नागरिक अपने घरों का बीमा नहीं करवाता। बीमा कंपनियाँ अपने व्यावसायिक हितों की पूर्ति के लक्ष्य को देखते हुए इस प्रकार की बीमा गतिविधियों में रुचि नहीं लेतीं। वर्तमान बीमा दरों के चलते यदि कोई व्यक्ति प्राकृतिक आपदाओं से क्षतिग्रस्त हुए घर के पुनर्निर्माण के संबंध में 50 लाख का बीमा करवाए तो उसे लगभग 2 हजार रुपए का वार्षिक प्रीमियंम देना पड़ेगा। घर के अंदर सामान के संबंध में 10 लाख के बीमे के लिए लगभग 400 रुपए का वार्षिक प्रीमियम बनेगा। कुछ बीमा कंपनियाँ वार्षिक के स्थान पर 5 वर्ष का बीमा भी उपलब्ध करवाती हैं। परंतु बीमा कंपनियाँ, क्योंकि व्यावसायिक संस्थाएँ हैं, इसलिए वे मुआवजा राशि देने से पूर्व कई प्रकार के तकनीकी दाँव-पेंच लगाती हैं। वैसे भी बीमे का मुआवजा मिलने में न्यूनतम एक वर्ष का समय इन कंपनियों के द्वारा

व्यतीत कर दिया जाता है। ये कंपनियाँ पूरी बीमा राशि भी कभी प्रदान नहीं करतीं। कृषि क्षेत्रों में आनेवाली प्राकृतिक आपदाओं के कारण तो और भी अधिक कठिनाइयाँ आती हैं। कृषक वर्ग सामान्यत: शिक्षा के अभाव में भी न तो ऐसे उपाय कर पाता है और न ही उनका लाभ उठा पाता है। सामान्य घरेलू व्यवस्थाओं तथा कृषि क्षेत्रों में बीमा करवाने की परंपरा इन्हीं कारणों से बहुत कम है।

प्राकृतिक आपदाओं में नागरिकों की हर संभव सहायता का मुख्य दायित्व सरकारों का ही होता है। इसलिए इन आपदाओं से ग्रस्त क्षेत्रों के निवासियों के लिए सरकारों को प्राकृतिक आपदा बीमा योजना प्रारंभ करनी चाहिए। इस संबंध में लंबे चिंतन और विचार-विमर्श की आवश्यकता है। हमारे देश का 30 प्रतिशत हिस्सा भयंकर भूकंप की आशंकाओं में है, इसके अतिरिक्त 27 प्रतिशत हिस्से में सामान्य भूकंप की संभावनाएँ रहती हैं, 12 प्रतिशत हिस्सा बाढ़ की आशंकाओं से घिरा रहता है। इसी प्रकार हमारे देश के समुद्री किनारों का 76 प्रतिशत भाग समुद्री तूफान और सुनामी की आशंकाओं से ग्रसित रहता है। इन सभी आपदाग्रस्त क्षेत्रों में रहनेवाले नागरिकों के लिए आपदा प्रबंधन का एक ठोस उपाय हो सकता है—'प्राकृतिक आपदा बीमा'। यदि केंद्र सरकार इस प्रकार की कोई सुनियोजित योजना बनाने में सफल हो जाती है तो प्राकृतिक आपदाओं के समय सरकारों का वित्तीय बोझ भी सामान्य और सामूहिक निर्माण कार्यों तक ही सीमित हो जाएगा। फिर सरकारों को प्रारंभिक दौर में भोजन, पानी आदि के अतिरिक्त केवल सड़कों, बिजली, संचार व्यवस्था, स्कूल, अस्पताल आदि के निर्माण पर ही ध्यान केंद्रित करना होगा।

केंद्र तथा राज्य सरकारें आपदा संभावित सभी क्षेत्रों के निवासियों के लिए संयुक्त रूप से इस बीमा योजना के लिए एक ऐसे कोष का निर्माण करें, जिसमें प्रत्येक परिवार की प्रीमियम राशि सरकारें स्वयं प्रदान करें और विकट स्थिति पैदा होने पर बीमा कंपनियाँ उस विशाल धनराशि को मुआवजे के रूप में आपदाग्रस्त क्षेत्र में उदारतापूर्वक बाँटने की व्यवस्था करें। इससे जहाँ सरकारों का आकस्मिक वित्तीय बोझ कम होगा, वहीं नागरिकों को तुरंत सहायता उपलब्ध कराना संभव हो सकेगा और नागरिकों के मन में सुरक्षा की गारंटी का एहसास होगा।

इस संबंध में मैंने राज्यसभा की याचिका समिति के समक्ष भी एक याचिका प्रस्तुत की थी, जिसमें केंद्र सरकार को प्रार्थना की गई थी कि इस प्रकार की योजना का शीघ्र निर्माण किया जाए, जो आपदा क्षेत्रों में मृत्यु, अपंगता तथा संपत्ति के नुकसान का बीमा सुविधा उपलब्ध करवा पाए।

□

न्याय व्यवस्था के पूर्ण सुधार की तैयारी

मेरे सामाजिक जीवन की शुरुआत संघ के सामाजिक कार्यों से हुई। मैंने अपने व्यक्तिगत जीवन में वकालत को एक सामाजिक सेवा रूपी पेशे के रूप में ही समझा। भारत की न्याय व्यवस्था आज तक भारतवासियों को पूरी तरह से सहानुभूति और संतोष का एहसास देने में सक्षम नहीं बन पाई। मैंने एक वकील के रूप में न्याय व्यवस्था की, जो सबसे बड़ी कमी देखी वह न्याय में देरी के रूप में ही दिखाई दी। हमारी न्याय व्यवस्था आज तक यह दावा नहीं कर पा रही कि न्यायालय के समक्ष प्रस्तुत होनेवाले मुकदमों का पूर्ण और अंतिम निर्णय एक या दो वर्ष के भीतर संभव हो सकता है। मैंने अपने 20 वर्ष के वकालत अनुभव के दौरान कोई एक भी मुकदमा ऐसा नहीं पाया, जिसमें निर्णय के साथ-साथ क्रियान्वयन भी संपन्न हुआ हो।

निचली अदालतों में ही कई वर्ष ट्रायल के बिताने के बाद उच्च न्यायालय और सर्वोच्च न्यायालय में लंबी अवधि के साथ-साथ वकीलों की भारी फीसें सामान्य व्यक्ति के उत्साह को लगभग समाप्त कर देती हैं। सामान्यत: एक दशक मुकदमेबाजी में बिताने और अच्छी खासी राशियाँ खर्च करने के बाद यदि व्यक्ति को विजय प्राप्त होती भी है तो उस विजय को लेकर वह बहुत अधिक उत्साहित और प्रसन्न नजर नहीं आता। इसके विपरीत यदि किसी तकनीकी कमी के कारण व्यक्ति अपने सच्चे पक्ष के बावजूद भी पराजय का सामना करता है तो सहज अनुमान लगाया जा सकता है कि उस वक्त वह सारी न्याय व्यवस्था के साथ अपनी किस्मत को भी कितना कोसता होगा।

मैंने राज्यसभा सदस्य के नाते संसद् में एक प्राइवेट मेंबर बिल प्रस्तुत किया, जिसमें दीवानी प्रक्रिया संहिता की धारा-80 में कुछ संशोधन करने का प्रस्ताव रखा था। दुर्भाग्यवश वह बिल पारित न हो सका। धारा-80 के अंतर्गत यदि किसी व्यक्ति को सरकार के विरुद्ध कोई मुकदमा करना हो तो मुकदमे से पूर्व दो माह का लिखित नोटिस देना पड़ता है। जबकि वास्तविकता यह है कि इस दो माह के नोटिस के बावजूद भी आज तक किसी सरकारी विभाग ने अपनी गलती स्वीकार करते हुए याचिकाकर्ता नागरिक की विधिवत् सहायता नहीं की होगी। ऐसे निरर्थक प्रावधान को सार्थक बनाने के लिए मैंने प्रस्ताव किया था कि

जब भी कोई व्यक्ति सरकारी विभाग को धारा-80 के अंतर्गत नोटिस भेजे तो उस सरकारी विभाग और विशेष रूप से संबंधित जिम्मेदार अधिकारी को यह सुनिश्चित करना चाहिए कि यदि किसी मामले में वास्तव में कोई कानूनी त्रुटि रही है तो उसे स्वीकार करके प्रार्थी का कार्य विधिवत् संपन्न किया जाए। यदि संबंधित विभाग ऐसा नहीं करता और प्रार्थी अदालत से अपने पक्ष में निर्णय प्राप्त कर लेता है तो उस अवस्था में संबंधित जिम्मेदार अधिकारियों पर व्यक्तिगत रूप से भारी जुरमाना लगाकर याचिकाकर्ता को मुकदमे के खर्च के रूप में मुआवजा दिया जाना चाहिए।

इसके अतिरिक्त मैंने ट्रायल अदालतों में मुकदमों का बोझ कम करने से संबंधित भी कई दृष्टिकोण संसद् में समय-समय पर उठाए। आज यदि कोई न्यायाधीश एक लंबी अवधि पूरे ट्रायल में बिताने के बाद गुण-दोष के आधार पर जब अपना निर्णय देता है तो उसे प्रत्येक निर्णय के कुछ अंक दिए जाते हैं। प्रत्येक न्यायाधीश को अपनी सेवा में अधिक-से-अधिक अंक इकट्ठे करके अपनी सेवा रिकॉर्ड सुदृढ़ करने का अवसर मिलता है। वही न्यायाधीश यदि किसी मुकदमे में दोनों पक्षों का समझौता करवाकर मुकदमे का निपटारा करता है तो उसे सामान्य गुण-दोष पर आधारित निर्णयों के बदले दिए अंकों से कम अंक दिए जाते हैं। इस कारण सामान्यत: न्यायाधीशों की समझौता प्रक्रिया में समय व्यर्थ करने में रुचि ही नहीं बनती। इसके विपरीत यदि प्रत्येक न्यायाधीश को समझौते पर आधारित निर्णय के बदले सामान्य अंकों से अधिक अंक देने का प्रावधान निर्धारित कर दिया जाए तो सारे देश के न्यायाधीश पूरे उत्साह के साथ समझौता प्रक्रिया में रुचि लेने लगेंगे। इससे ट्रायल पर खर्च होनेवाला लंबा समय बचाया जा सकता है।

इसी प्रकार पुलिस के समक्ष जब छोटे-छोटे सामान्य अपराधों से संबंधित मुकदमे आते हैं तो पुलिस उन छोटे-छोटे मुकदमों की छानबीन और उन्हें अदालत में प्रस्तुत करने से लेकर गवाहों के बयान अदालत में दर्ज कराने तक लंबा समय और अपनी सारी ऊर्जा उसी प्रकार लगाती है, जिस प्रकार बड़े-बड़े अपराधों में समय और ऊर्जा लगती है। यदि सारे देश की पुलिस को एक विशेष अभियान के अंतर्गत इस बात के लिए प्रशिक्षित कर दिया जाए कि छोटे-छोटे अपराधों में उन्हें दो मार्गों से कार्य करना चाहिए। प्रथम, पीड़ित और अपराधी पक्ष को परस्पर सामने बिठाकर प्रेमपूर्वक समझौता करवाना चाहिए। समझौता करवाने का अर्थ होना चाहिए, जहाँ संभव और उचित हो वहाँ मुआवजे की व्यवस्था करवाना और अपराध करनेवाले व्यक्ति से गंभीरतापूर्वक क्षमा याचना करवाना। इस कार्य में स्थानीय पंचायतों तथा सामाजिक कार्यकर्ताओं का सहयोग लिया जा सकता है। द्वितीय और महत्त्वपूर्ण मार्ग है, अपराधी के मस्तिष्क को पूरी तरह से अपराधमुक्त करने का प्रयास करना। इस मार्ग पर कुछ नैतिक और मनोवैज्ञानिक विशेषज्ञों, स्थानीय सामाजिक और धार्मिक संस्थाओं की सहायता लेने के साथ-साथ विशेष पुलिस सेल भी

गठित किए जा सकते हैं, जो अपराधी को नैतिकता, देशभक्ति आदि चारित्रिक लक्षणों से युक्त एक निश्चित अवधि का प्रशिक्षण दें। पुलिस को इस सारे कार्य में केवल एक निरीक्षक की भूमिका ही निभानी चाहिए। इस प्रकार के प्रयासों से स्वाभाविक रूप में एक तरफ मुकदमों में कमी आएगी तो दूसरी तरफ अपराधियों को छोटे-छोटे अपराधों से विमुख करके एक नैतिक जीवन का मार्ग भी दिखाया जा सकता है, जिससे भविष्य में अपराध दर के कम होने की भी प्रबल संभावना तैयार हो सकेगी।

दंड प्रक्रिया संहिता की धारा में यह स्पष्ट प्रावधान है कि यदि कोई व्यक्ति पुलिस के समक्ष झूठी शिकायत करता है या अदालत के समक्ष झूठी गवाही देता है तो ऐसे व्यक्तियों के विरुद्ध सख्त कानूनी काररवाई की जाए। परंतु वास्तव में इन प्रावधानों का प्रयोग न के बराबर होता है। जिसके कारण पुलिस के समक्ष भारी संख्या में झूठी शिकायतें और अदालतों के समक्ष झूठी गवाहियाँ अकसर देखने को मिलती हैं।

केंद्रीय कानून मंत्रालय ने प्रधानमंत्री श्री नरेंद्र मोदी के विशेष निर्देशों के फलस्वरूप देश के लगभग एक हजार से अधिक निष्क्रिय कानूनों को समाप्त करके यह संदेश दिया है कि केवल कानून ही न्याय का मार्ग प्रशस्त नहीं करते। न्याय के लिए तो न्यायालयों के साथ-साथ समस्त नागरिकों, सामाजिक और धार्मिक संगठनों की भी महत्त्वपूर्ण भूमिका निर्धारित की जा सकती है।

सरकार ने एक राष्ट्रीय लिटिगेशन योजना तैयार की है, जिसमें निरर्थक मुकदमों को समाप्त करने की दिशा में लक्ष्यबद्ध कार्यक्रम निर्धारित किए गए हैं। केंद्र सरकार ने जिला स्तर से लेकर उच्च न्यायालयों के स्तर तक न्यायालयों की सारी प्रक्रियाओं का कंप्यूटीकरण करने का भी विशेष अभियान प्रारंभ कर दिया है। अदालतों के सभी स्तरों पर न्यायाधीशों की संख्या बढ़ाने में भी तीव्रगति से कार्य किया गया है। लोक अदालतों के माध्यम से मुकदमों के निपटारे की गति भी तेज की गई है।

सांध्य अदालतें आयोजित करने के साथ-साथ न्यायालयों की छुट्टियाँ कम करने और सेवानिवृत्त न्यायाधीशों की पुनः नियुक्ति जैसी योजनाओं पर भी गंभीरता से विचार होना चाहिए। यदि सरकार के साथ-साथ समाजसेवी कार्यकर्ता तथा पंचायतें और अन्य सामाजिक और धार्मिक संगठन भी न्याय व्यवस्था में यथासंभव अपना-अपना सहयोग देने लगें तो वह दिन दूर नहीं होंगे, जब भारत की अदालतों का बोझ कम हो जाएगा और मुकदमों का निपटारा कुछ माह में या अधिकतम एक वर्ष के अंदर संभव होगा। प्रत्येक कानून और न्यायिक प्रक्रिया का मूलाधार नैतिकता होती है। अंत में मुझे स्मरण हो रही है—एक पुरानी नैतिक लेन-देन की कथा। एक किसान ने भूमि का एक नया टुकड़ा खरीदकर जब उस पर हल चलाना प्रारंभ किया तो हल की टकराहट से एक स्वर्णमुद्राओं का घड़ा प्राप्त हुआ। वह घड़ा लेकर भूमि विक्रेता के पास गया और कहने लगा कि मैंने

केवल भूमि खरीदी है, इस धन पर मेरा अधिकार नहीं है। इसके उत्तर में भूमि विक्रेता ने कहा कि मैंने जब भूमि बेच दी तो उसके किसी कण पर अब मेरा भी अधिकार नहीं है। लेन-देन की इस नैतिकता को यदि आज का समाज अपना ले तो संभवतः मुकदमेबाजी की जड़ें ही समाप्त हो सकती हैं।

□

भुखमरी समाप्त करने के लिए बने फूड बैंक

भुखमरी से मरने की खबरों से मन-मस्तिष्क को गहरा आघात लगता है। जिस देश में भुखमरी की घटनाएँ सामने आती हैं, वह देश अपने शेष विकास का दावा करते हुए कितना आडंबरवादी दिखाई देता है, जो अरबों-खरबों रुपए का विकास कर सकता है; परंतु मानवता का दायित्व निभाते हुए अपने एक नागरिक या उसके परिवार को जीने के योग्य न्यूनतम पौष्टिक भोजन नहीं उपलब्ध करवा पाता।

संयुक्त राष्ट्र संघ ने वर्ष 2030 को शून्य भुखमरी का लक्ष्य निर्धारित किया है। भुखमरी की समस्या वास्तव में गरीबी की समस्या का अंतिम परिणाम है। संयुक्त राष्ट्र संघ विश्व की सभी सरकारों, अपने अलग-अलग विभागों तथा गैर-सरकारी संस्थाओं और व्यापारिक कंपनियों के साथ-साथ अनेक सामाजिक नेताओं को सम्मिलित करके भोजन की सुरक्षा सुनिश्चित कराने के लिए लगातार प्रयास कर रहा है। इस अभियान में संयुक्त राष्ट्र संघ के इस विभाग ने लगभग एक हजार से अधिक गैर-सरकारी संगठनों को इस अभियान में जोड़ रखा है। हाल ही में संयुक्त राष्ट्र संघ के भोजन कार्यक्रम नामक इस अंग ने एक अंतरराष्ट्रीय सम्मेलन में कई गंभीर प्रस्ताव पारित किए और अनेक घोषणाएँ की गईं। संयुक्त राष्ट्र संघ का यह विभाग लगातार भुखमरी को समाप्त करने की दिशा में अग्रसर है। वर्ष 2015 में इस विभाग ने 81 देशों के लगभग 7 करोड़ से अधिक लोगों को भोजन सहायता उपलब्ध कराने का महान् कार्य किया। इसमें स्कूली बच्चों को नियमित रूप से उपलब्ध कराए जानेवाले भोजन का कार्यक्रम भी शामिल है। यह विभाग सारे संसार के देशों में उन क्षेत्रों को अपने अभियान में शामिल करने के लिए रेखांकित करता है, जहाँ बच्चों को पूर्ण पौष्टिकता के स्तर का भोजन नहीं मिल पाता। यह संगठन मुख्यत: सारे संसार से प्राप्त दान राशियों के आधार पर चलता है। इस संगठन में लगभग 14 हजार से अधिक कार्यकर्ता जोड़े गए हैं। संयुक्त राष्ट्र संघ के इस विभाग के पास पानी के 20 जहाज, 70 हवाई जहाज तथा 5 हजार ट्रक शामिल हैं।

इस विभाग का आकलन है कि भुखमरी की समस्या मुख्य रूप से विकासशील देशों में अधिक पाई जाती है। जहाँ लगभग 12 से 13 प्रतिशत जनता निर्धारित पौष्टिक स्तर

से कम भोजन प्राप्त करती है। इसके अतिरिक्त यह समस्या उन क्षेत्रों में अधिक है, जहाँ प्राकृतिक आपदाएँ अधिक उत्पन्न होती हैं। एशिया के देशों में लगभग दो तिहाई भुखमरी पाई जाती है। भुखमरी का शिकार होनेवालों में बच्चों की संख्या सबसे अधिक होती है, क्योंकि बच्चे भूख को या पौष्टिक भोजन की कमी को अधिक काल तक बरदाश्त नहीं कर पाते। ऐसे बच्चे शीघ्र ही रोगों का शिकार होकर मृत्यु के मुख में प्रवेश कर जाते हैं। संयुक्त राष्ट्र संघ का आकलन है कि सारे संसार में प्रत्येक 9 में से एक व्यक्ति भुखमरी की तरफ अग्रसर है।

निस्संदेह संयुक्त राष्ट्र संघ का यह कार्य एक महान् मानवतावादी कार्य है, परंतु संयुक्त राष्ट्र संघ यदि इस लक्ष्य को मानवतावादी मनोविज्ञान के साथ जोड़कर यथाशीघ्र हासिल करने के लिए प्रयास करे तो इस लक्ष्य के लिए वर्ष 2030 के निर्धारण की कोई आवश्यकता नहीं थी। यदि संयुक्त राष्ट्र संघ के स्तर पर सभी देशों को एक मानवतावादी अभियान के साथ जोड़ दिया जाए तो भुखमरी की समस्या इस अभियान को लागू करने के तुरंत बाद समाप्त की जा सकती है।

भारत में परोपकार, समाजसेवा, परकल्याण और यहाँ तक कि दूसरों के लिए सर्वस्व न्योछावर करनेवाले लोगों और भावनाओं की कमी नहीं है। हमारे देश में अनेक ऐसे महान् व्यक्ति और संगठन हैं, जो गरीबों और दुखियों को लगातार भोजन उपलब्ध कराने का कार्य कर रहे हैं। हमारे देश में मंदिरों और गुरुद्वारों में लंगरों और भंडारों की प्रथा भी इस बात का संकेत देती है कि हमें दूसरों को भोजन कराने में कितना आनंद प्राप्त होता है। घर आए अतिथि को तो हम 'अतिथि देवो भव' कहकर भगवान् के समान दर्जा देते हैं और इस भावना के साथ ही हमारे मन में तत्काल यह विचार पैदा हो जाता है कि हमारा अतिथि हमारे घर से कुछ-न-कुछ खाकर अवश्य जाए। अनेक व्यक्ति और संगठन अस्पतालों में लगातार भोजन और दवाइयाँ निःशुल्क उपलब्ध करवाते हैं। हमारे देश में किसी कोने में भी बेशक छोटी सी ही प्राकृतिक आपदा क्यों न दस्तक दे, देश के सुदूर प्रांतों से भी खाद्य सामग्री पहुँचनी प्रारंभ हो जाती है। कई बार तो खाद्य सामग्री इतनी अधिक मात्रा में पहुँच जाती है कि वहाँ पड़ी-पड़ी सड़ने लगती है। ऐसी महान् भावनाओं वाले देश का गहरा मनोविज्ञान है—परोपकार और किसी को भूखा न रहने देना। इस मनोविज्ञान के सहारे, यदि संयुक्त राष्ट्र संघ सारे संसार के लोगों से ऐसी भावनाओं को अपनाने का आह्वान करे, सभी संसारवासियों को प्रतिदिन एक समय या सप्ताह में एक दिन के भोजन का त्याग करके उसके बराबर राशि को एक निर्धारित कोष में जमा करने का आह्वान करे तो मुझे पूरा विश्वास है कि सारा संसार मिलकर एक ही झटके में इस भुखमरी की समस्या के नामोनिशान को इस धरती से ही खत्म कर देगा। संयुक्त राष्ट्र संघ को वर्ष 2030 जैसे सुदूर लक्ष्य का निर्धारण नहीं करना पड़ेगा, अपितु संयुक्त राष्ट्र संघ

को एक मानवतावादी नारा बुलंद करना होगा कि प्रत्येक व्यक्ति सप्ताह में एक बार किसी भूखे के लिए भोजन राशि दान करे। वैसे भी हमारा देश मूलत: एक धार्मिक परंपराओं वाला देश है, जहाँ कहीं गौग्रास के नाम पर तो कहीं अन्य पशु-पक्षियों के नाम पर भोजन दान देने की पुरानी परंपरा है। हमारे धर्म स्थलों में लंगर प्रसाद आदि का भी एक पुराना रिवाज चलता आ रहा है। इन परिस्थितियों में यदि भारत सरकार सभी देशवासियों को भोजन दान के नाम पर प्रतिव्यक्ति एक न्यूनतम राशि दान करने का आह्वान करे तो भोजन कोष (फूड बैंक) के नाम से एक बहुत बड़ा धनकोष हमारे देश में जोड़ा जा सकता है। हमारी इस परंपरा का अनुसरण करते हुए संयुक्त राष्ट्र संघ के लिए सारे संसार में ऐसा प्रयास करना सरल हो पाएगा।

□

अदालती प्रक्रिया में सुधार जरूरी

हमारे देश की न्याय व्यवस्था पर मुकदमों का बोझ कम होने के स्थान पर लगातार बढ़ता जा रहा है। जब भी अदालतों में बढ़ते मुकदमों या एक-एक मुकदमे के निर्णय में अनेक वर्ष व्यतीत होने पर चिंतन होता है तो सारी समस्याओं का कारण एक ही बात के रूप में व्यक्त कर दिया जाता है कि अदालतों में न्यायाधीशों की संख्या कम है। यदि किसी न्यायाधीश के पास थोड़े से मुकदमे हों, लेकिन यदि वह प्रक्रिया और कानूनों में सक्षमता और भावनात्मक दृष्टिकोण से काम नहीं करता तो कम मुकदमों के बावजूद भी वह अनेक वर्ष तक अच्छे निर्णय नहीं दे पाएगा। न्यायाधीशों की क्षमता बढ़ाने के लिए प्रशिक्षण और न्याय प्रक्रिया में कुछ छोटे-बड़े संशोधन करके अच्छे नतीजे हासिल किए जा सकते हैं।

दीवानी मुकदमों की एक बहुत बड़ी संख्या सरकार के साथ मुकदमेबाजी के रूप में देखी जाती है। इस संबंध में दीवानी प्रक्रिया कानून की धारा-80 के अंतर्गत एक विशेष प्रावधान है। जब भी किसी नागरिक को सरकार के किसी कार्य से असंतोष हो और उसके असंतोष का बाकायदा कोई कानूनी आधार भी हो तो उसे संबंधित सरकारी विभाग पर मुकदमा करने से पूर्व संबद्ध सरकारी अधिकारी को अपने असंतोष के तथ्यों और कानूनों सहित एक नोटिस देना होता है। यदि संबंधित सरकारी अधिकारी दो माह तक इस नोटिस का संतोषजनक उत्तर नहीं देता तो उसके बाद वह नागरिक अदालत में मुकदमा प्रस्तुत कर सकता है। सरकारों और अदालतों को केवल यह सुनिश्चित करना चाहिए कि ऐसे प्रत्येक नोटिस का संतोषजनक उत्तर अवश्य दिया जाए। किसी भी नागरिक के असंतोष का उत्तर देते समय कानूनी विशेषज्ञों से राय भी लिया जाना चाहिए। परंतु अकसर देखा जाता है कि सरकारी अधिकारी ऐसे नोटिस को गंभीरता से नहीं लेते। परिणामस्वरूप नागरिक अदालतों का द्वार खटखटाने के लिए विवश हो जाते हैं। कई वर्षों की लड़ाई के बाद उन्हें न्यायालय से संतोषजनक समाधान मिलता है। परंतु सरकारी अधिकारी न्यायालय के निर्णय के बावजूद उच्च न्यायालयों में अपील करने में नागरिकों का समय भी खराब करते हैं और सरकारी धन का भी अपव्यय होता है। जब न्यायालयों द्वारा बार-बार नागरिकों

के हित में निर्णय दिया जाता है तो ऐसे मामलों में संबंधित सरकारी अधिकारियों पर भारी जुर्माना लगाने के साथ-साथ अनुशासनात्मक काररवाई का प्रावधान भी किया जाना चाहिए, क्योंकि उनकी नासमझी और अहंकारी प्रवृत्ति के कारण नागरिकों को कष्ट भोगना पड़ता है और उनके कई वर्ष कानूनी लड़ाई में बर्बाद होते हैं। यदि सरकारी अधिकारियों के विरुद्ध काररवाई प्रारंभ कर दी जाए तो भविष्य में सभी सरकारी अधिकारी कानून की पूरी समझ के साथ और यहाँ तक कि कानूनी विशेषज्ञों के परामर्श से ही निर्णय लेना प्रारंभ कर देंगे। इससे अदालतों में प्रस्तुत होनेवाले मुकदमों की बहुत बड़ी संख्या में कमी आ पाएगी। मैंने इस आशय का सुझाव संसद् के समक्ष रखा था।

इसी प्रकार आपराधिक मुकदमों में यह देखा गया है कि पुलिस थानों में बहुत सी झूठी और मनगढ़त शिकायतें प्रस्तुत कर दी जाती हैं। भारतीय दंड संहिता की धारा-182 में झूठी शिकायत के आधार पर आपराधिक मुकदमेबाजी प्रारंभ करनेवाले व्यक्तियों के विरुद्ध भी 6 माह तक की सजा का प्रावधान है। परंतु सारे देश के पुलिस स्टेशनों और मजिस्ट्रेटी अदालतों ने इस प्रावधान का प्रयोग यदा-कदा ही किया होगा। यदि इस प्रावधान का उचित मामलों में प्रयोग किया जाए तो झूठी मुकदमेबाजी पर पूरी तरह लगाम लगाई जा सकती है।

आपराधिक मुकदमों में जब कोई व्यक्ति जमानत के अभाव में जेल से ही मुकदमा लड़ता है तो उसे हर 14 दिन बाद अदालत में पेश किया जाता है। देश भर में प्रतिदिन लाखों बसों पर कैदियों को जेल से मजिस्ट्रेट के सामने लाने, ले जाने के लिए अपार धनराशि खर्च की जा रही है। यह पूरी तरह से निरर्थक प्रक्रिया है, जिसका सरल समाधान यह हो सकता है कि एक मजिस्ट्रेट के सामने जेल के लिए निर्धारित कर दिया जाए, जिसकी अदालत जेल में ही लगे और वहीं पर वह अपराधियों की रिमांड अवधि बढ़ाता रहे।

अकसर सभी मुकदमों में सबसे ज्यादा लंबा समय गवाहों के बुलाने और अदालत में उनकी गवाही दर्ज कराने में खर्च होता है। आपराधिक मुकदमों में तो एक ही सुनवाई तिथि के लिए 8-10 गवाहों को सम्मन भेज दिए जाते हैं, जबकि ट्रायल अदालत के कार्यभार को देखते हुए मुश्किल से एक या दो व्यक्तियों की ही गवाही लिखना संभव हो पाता है। इस प्रक्रिया के चलते अदालतों के साथ-साथ गवाहों पर भी निरर्थक बोझ पड़ता है, जिन्हें गवाही देने के लिए कई-कई बार कोर्टों के चक्कर काटने पड़ते हैं। ऐसे में कई गवाह तो थक-हार कर गवाही देने से ही बचने का प्रयास करते हैं। एक तरफ मुकदमेबाजी लंबी होती है तो दूसरी तरफ गुण-दोष के आधार पर मुकदमे के पीड़ित पक्ष को भी हानि होती है। इसका सरल उपाय केवल व्यवस्थागत परिवर्तन से संभव हो सकता है। प्रत्येक पक्ष अदालत की अनुमति से केवल उतने ही गवाहों को बुलाए, जिनकी गवाही लिखना उस दिन संभव हो। यदि पक्ष अपने गवाह को समय पर उपस्थित नहीं कर पाता

तो उसके लिए उस पक्ष पर भारी जुरमाना लगाया जाए, जिसका एक हिस्सा विरोधी पक्ष को और दूसरा हिस्सा जिला कानूनी सहायता समिति को दिया जाए।

दीवानी और आपराधिक सभी मुकदमों में ट्रायल न्यायाधीश को प्रतिमाह किए गए निर्णयों के बदले कुछ यूनिट उनकी नौकरी की फाइल में जोड़े जाते हैं। प्रत्येक न्यायाधीश के लिए प्रतिमाह कुछ न्यूनतम यूनिट एकत्र करना आवश्यक होता है। यदि एक न्यायाधीश को गुण-दोष के आधार पर घोषित एक निर्णय के लिए पाँच यूनिट मिलते हैं तो समझौता प्रक्रिया के माध्यम से यथाशीघ्र निपटाए गए मुकदमों के बदले उसे सात या आठ यूनिट दिए जाने चाहिए। यदि केंद्र और राज्य सरकारें इस छोटे से व्यवस्थात्मक बदलाव को लागू कर सकें तो देश के सभी न्यायाधीश गुण-दोष पर निर्णय करने में अनेक वर्ष बिताने के स्थान पर समझौता प्रक्रिया के माध्यम से मुकदमों को निपटाने में जुड़ जाएँगे। गुण-दोष पर आधारित निर्णय किसी एक पक्ष का समर्थन करता है तो दूसरे का विरोध। जिसके विरुद्ध निर्णय होता है, वह व्यक्ति आगे-आगे बड़ी अदालतों में अपीलें करता फिरता है। जबकि समझौता प्रक्रिया से निपटने पर दोनों पक्ष संतोष महसूस करते हैं। आगे की अपील से अदालतों के सामने मुकदमों का बोझ भी कम हो जाता है।

□

धार्मिक सांस्कृतिक

अल्पसंख्यक हो रहे हिंदू

संविधान में अल्पसंख्यक शब्द की कहीं कोई परिभाषा नहीं दी गई। संभवतः संविधान निर्माताओं ने ऐसा इसलिए किया होगा, ताकि राष्ट्रीय विघटन की समस्या खड़ी न हो। लेकिन 1992 में बने राष्ट्रीय अल्पसंख्यक आयोग अधिनियम की धारा 2 (ग) में मुसलिम, इसाई, सिख, बौद्ध और फारसी आदि को अल्पसंख्यक की मान्यता दे दी गई। इन समुदाओं को यह मान्यता राष्ट्रीय स्तर पर दी गई। उस दिन से देश अल्पसंख्यक और बहुसंख्यकों की श्रेणी में बँट गया। हालाँकि यह मान्यता राष्ट्रीय स्तर पर दी गई थी। लेकिन कानून में खोट के चलते यह मान्यता उन राज्यों में भी लागू हो गई, जहाँ ये समुदाय अल्पसंख्यक न होकर बहुसंख्यक थे।

जहाँ हिंदू ज्यादातर राज्यों में बहुसंख्यक हैं, वहीं जम्मू कश्मीर, पंजाब, अरुणाचल प्रदेश, नागालैंड और मिजोरम में हिंदू अल्पसंख्यक हैं। इसके बावजूद उपरोक्त छह राज्यों में भी हिंदुओं को न तो अल्पसंख्यकों का दर्जा हासिल है और न ही अल्पसंख्यकों को मिलने वाली सुविधाएँ। अल्पसंख्यक समुदाय के लिए मैट्रिक छात्रवृत्ति योजना, मैट्रिक उत्तर छात्रवृत्ति योजना, मौलाना आजाद राष्ट्रीय अध्येतावृत्ति, मेरिट सह-साधन आधारित छात्रवृत्ति, निःशुल्क कोचिंग एवं समृद्धि योजना, राष्ट्रीय अल्पसंख्यक विकास एवं वित्त निगम तथा क्षेत्रीय कार्यक्रम के अलावा कई अन्य योजनाएँ चलाई जा रही हैं। केंद्र सरकार द्वारा गठित राष्ट्रीय अल्पसंख्यक आयोग के अतिरिक्त प्रदेश स्तर पर भी अल्पसंख्यक आयोग बनाकर अल्पसंख्यकों को सुविधाएँ दी जा रही हैं। यह सभी आयोग किसी अल्पसंख्यक व्यक्ति के नेतृत्व में ही गठित होते हैं। परंतु जिन राज्यों में हिंदू अल्पसंख्यक हैं, वहाँ उन्हें यह सुविधाएँ न देकर हिंदुओं को महत्त्वपूर्ण सुविधाओं से वंचित कर दिया गया है। अब तो साजिश हिंदू समुदाय को अलग-अलग जाति, वर्ग, मतों और पंथों में बाँटकर राजनीतिक रोटियाँ सेंकने की चल रही है। इन सारे प्रयासों से हिंदू समुदाय धीरे-धीरे टुकड़ों में बँटते हुए स्वयं ही अल्पसंख्यक और कमजोर बनता जा रहा है।

इतिहास गवाह है कि हजारों सालों से मुगल और अंग्रेजी शासक ऐसा करने में असफल रहे हैं। परंतु वोट बैंक और स्वार्थ की राजनीति के चलते आज कई राज्यों में

हिंदुओं की हालत बद-से-बदतर होती जा रही है। सरकार की योजनाएँ वहीं लागू होती हैं, जहाँ उसे वोट बैंक की चमक दिखाई देती है। बल्कि केंद्र सरकार को यह बात भलीभाँति जान लेनी चाहिए कि सरकार बनाने में हिंदुओं का योगदान अन्य समुदायों से अधिक होता है। क्योंकि संख्या में अधिक होने के कारण इनके मत भी अधिक होते हैं और कांग्रेस पार्टी में 70 प्रतिशत से अधिक की भागीदारी भी हिंदुओं की ही है। ऐसे में हिंदुओं के हितों की अनदेखी करना तर्कसंगत नहीं हो सकता। केंद्र सरकार द्वारा अल्पसंख्यकों की परिभाषा को स्पष्ट न किया जाना, यह सिद्ध करता है कि मात्र वोट बैंक की राजनीति करके हिंदुओं को गुमराह ही नहीं, बल्कि उनका शोषण भी किया जा रहा है। जम्मू कश्मीर के पंडितों के साथ जो हुआ, उसे पूरा विश्व जानता है और जो आज असम में हो रहा है, वह भी किसी से छिपा नहीं है। आजादी के समय देश के बँटवारे में पाकिस्तान से आकर जम्मू कश्मीर में बसने वाले हिंदू और सिखों को आज तक भारतीय नागरिकता नहीं दी गई और उन्हें रिफ्यूजी कहकर पुकारा जाता है। यदि अधिनियम बनाकर अल्पसंख्यकों को अधिकार दिए जा सकते हैं तो जिन राज्यों में हिंदू अल्पसंख्यक हैं, वहाँ उनके हितों का संरक्षण करना भी सुनिश्चित किया जाना चाहिए। जिससे उनके मन में यह कुंठा न रहे कि उनके हितों की अनदेखी की जा रही है। जिस प्रकार सर्वोच्च न्यायालय के निर्णयों के आधार पर भाषाई अल्पसंख्यक शैक्षणिक संस्थाओं की राज्य स्तर के आधार पर पहचान की गई है, उसी प्रकार समुदायों को भी राज्य स्तर पर ही अल्पसंख्यक या बहुसंख्यक के रूप में परिभाषित किया जाए।

शास्त्रों में भी कहा गया है कि सरकार को हर अहम फैसला अपने परम विद्वान् और सच्चे हितैषी मंत्रियों के परामर्श से ही करना चाहिए, चापलूसों और स्वार्थी मंत्रियों की बातों में नहीं फँसना चाहिए, क्योंकि ऐसे तत्त्व देश को दुश्मनों के हाथों बेच सकते हैं। लेकिन आज शास्त्रों के मौलिक सिद्धांतों की अनदेखी करते हुए केंद्र सरकार द्वारा ऐसे निर्णय लिये जा रहे हैं, जो भविष्य में देश हित में नहीं होंगे। इतना ही नहीं बाहरी देशों से यहाँ आकर बसने वाले मुसलिम और ईसाइयों को भी इन सरकारी योजनाओं का लाभ दिया जा रहा है। लेकिन मूल निवासियों के लिए सरकार के पास बाँटों और राज करो की नीति के अतिरिक्त कुछ नहीं है। अब समय आ गया है कि सरकार हिंदुओं के धैर्य की परीक्षा लेना छोड़ दे और समरसता का संचार करते हुए राज्य स्तर पर अल्पसंख्यकों के हितों की रक्षा के लिए एक स्पष्ट नीति बनाकर लागू की जाए।

□

भाई घन्हैयाजी

अधिकार और कर्तव्य एक ही सिक्के दो पहलू हैं। समाज में एक नागरिक के नाते यदि हमें कुछ अधिकार प्राप्त हैं तो उसके साथ जुड़े कुछ कर्तव्य भी हैं। संविधान और कानूनों के दायरे से बाहर सामान्य जीवन में भी अधिकारों और कर्तव्यों का द्वंद्व कदम-कदम पर हमें देखने को मिलता है। मुझे वक्ता या लेखक होने के नाते, यदि बोलने का अधिकार है तो स्वाभाविक रूप से मेरा यह कर्तव्य भी बनता है कि मेरी वाणी या लेखनी किसी के अधिकारों का उल्लंघन न करे, अनुचित रूप से किसी की आस्था और विश्वास को ठेस न पहुँचे। इस प्रकार मेरा हर अधिकार मुझे स्मरण कराता है कि उनका प्रयोग करते समय मुझे दूसरों के प्रति अपने कर्तव्यों का पालन करना है।

भारत का संविधान मूल अधिकारों के नाम पर अनेक प्रकार की स्वतंत्रताएँ घोषित करता है। भारत की अदालतों में जितने भी मुकदमे चल रहे हैं, वे सब अधिकारों की माँग से जुड़े हैं। परंतु हमारी सरकारों और यहाँ तक कि न्याय व्यवस्था ने भी इस तरफ कभी ध्यान नहीं दिया कि जब कोई व्यक्ति अपने अधिकारों के उल्लंघन की शिकायत करता है तो हमारी दृष्टि इस बात पर होनी चाहिए कि किस व्यक्ति के द्वारा कर्तव्य पालन न किए जाने के कारण शिकायतकर्ता के अधिकारों का उल्लंघन हुआ है। अदालतें शिकायतकर्ता को अधिकार तो दिला देती हैं, परंतु उस व्यक्ति को कोई पाठ नहीं पढ़ा पातीं, जिसने अपने कर्तव्यों का पालन नहीं किया। यदि यह प्रथा प्रारंभ हो तो निस्संदेह भविष्य में अधिकारों के हनन की शिकायतें भी कम हो जाएँ।

भारत के संविधान में ही अनुच्छेद-51ए के द्वारा नागरिकों के मूल कर्तव्यों की घोषणा की गई। परंतु यह प्रावधान केवल आलंकारिक अध्याय बनकर रह गया। यह केवल मात्र उस उपदेश की तरह है, जिसका पालन नागरिकों के अपने विवेक पर छोड़ दिया जाता है। हमारी सरकारें या समाज इन कर्तव्यों का पालन सुनिश्चित कराने के लिए कोई भी प्रयास नहीं करते।

कर्तव्य पालन के पीछे दार्शनिक अवधारणा पर चिंतन किया जाना चाहिए। परिवार के एक सदस्य के नाते हमारा यह दायित्व है कि हम वृद्धजनों का सम्मान करें और

प्रत्येक सदस्य की हर संभव सहायता के लिए तत्पर रहें। घर से बाहर सड़क पर हमारा यह कर्तव्य होता है कि मार्ग में यदि हमें कोई अपंग आदि दिखाई दे तो उसे सड़क पार कराने में सहायता करें, यदि हम किसी वाहन पर हैं तो वाहन इस प्रकार से चलाना कि जिससे दुर्घटना की संभावना न रहे। अपने कार्यस्थल पर हमारा यह प्रयास होना चाहिए कि हमारे किसी भी कार्य से हमारी संस्था या समाज के किसी सदस्य को निरर्थक परेशानी न हो और हम अपना हर कार्य समय पर और ईमानदारीपूर्वक संपन्न करें। इन छोटी-छोटी बातों के आधार पर हम कर्तव्य पालन को अपने जीवन में स्थायी रूप से तभी स्थापित कर पाएँगे, जब हमारी भावना हमारे कर्तव्य पालन को ही ईश्वर भक्ति, देशभक्ति, समाजसेवा या मानव जीवन की सफलता के रूप में समझने लगे। हमारे प्रत्येक कार्य के साथ, यदि इनमें से कोई भी दृष्टिकोण जुड़ जाए तो स्वाभाविक रूप से हमारे कार्य इन्हीं लक्ष्यों से प्रेरित होने के कारण पूर्ण रूप से शुद्ध, ईमानदार और योग्यतापूर्वक संपन्न होने लगेंगे।

दशम गुरु गोविंद सिंहजी के साथ उनके एक अनुयायी थे—भाई घन्हैयाजी। वे पहले से ही साधुओं-संतों के साथ घूमते रहने के कारण आध्यात्मिक शांति के मार्ग पर चल रहे थे। अंतिम तीन गुरुओं के सान्निध्य में रहनेवाले वैरागियों के साथ भी भाई घन्हैयाजी को काफी समय बिताने का अवसर प्राप्त हुआ। अंततः वे गुरु तेग बहादुरजी के शिष्य बने और उनके बाद वे गुरु गोविंद सिंह जी की सेवा में रहे। गुरु गोविंद सिंहजी ने 1704 के युद्ध में उनकी ड्यूटी लगाई कि वे प्रतिदिन युद्ध के बाद प्यासों को जल सेवा उपलब्ध कराएँ। उन्होंने गुरु के निर्देश को इस भावना से धारण किया कि वह जब भी किसी प्यासे को जल पिलाने लगते तो उनके मन-मस्तिष्क में अपने गुरु की छवि ही प्रस्तुत हो जाती थी। इस प्रकार वे विपक्षी सेना के घायल सैनिकों को भी अपनी गुरु भक्ति का प्रसाद जल सेवा के रूप में प्रस्तुत कर जाते थे। गुरु गोविंद सिंहजी के कुछ अनुयायियों ने उनके इस कार्य की शिकायत की। जब गुरु गोविंद सिंहजी ने भाई घन्हैयाजी के समक्ष उनके विरुद्ध प्रस्तुत शिकायत का उल्लेख किया तो भाई घन्हैयाजी ने उत्तर दिया— "सच्चे पातशाह! युद्ध के बाद मेरे अंदर अपने-पराए का कोई भेद नहीं रहता। मैं केवल आपकी आज्ञा पालन का भाव मन में रखते हुए, जब किसी को भी जल पिलाता हूँ तो मुझे सबमें आपकी ही छवि नजर आती है। क्योंकि आपने बड़ी प्रबलता के साथ हमें यह पाठ पढ़ाया है कि सब प्राणियों में परमात्मा की शक्ति का संचार हो रहा है। इसलिए सब प्राणियों को हम अपने समान ही समझें।" उनके इस उत्तर पर गुरु गोविंद सिंहजी ने कहा कि इस शिष्य ने गुरुबाणी के गहरे संदेश को अपने जीवन में उतार लिया है। गुरु गोविंद सिंहजी ने अब उन्हें मरहम पकड़ाते हुए कहा कि आज के बाद हर घायल की चिकित्सा भी तुम्हें ही करनी है। इस प्रकार ईश्वरीय भावना से परिपूर्ण चिकित्सा तो सीधा ईश्वर का वरदान ही बन जाएगी। यदि हम अपने प्रत्येक कार्य में भाई घन्हैयाजी की तरह निष्काम सेवा का भाव पैदा

कर लें तो हमारा प्रत्येक कार्य कर्तव्य पालन की कसौटी पर स्वत: ही खरा बन जाएगा।

भाई घन्हैयाजी का जीवन ई. सं. 1648 से लेकर 1718 की अवधि तक का है। निष्काम चिकित्सा और सेवा के कारण अंतरराष्ट्रीय स्तर पर भी उन्हें मान्यता प्राप्त है। भारत की रेडक्रॉस शाखा के दिल्ली कार्यालय में भी भाई घन्हैयाजी का बड़ा चित्र स्थापित है।

जिस प्रकार 20 दिसंबर को 'अंतरराष्ट्रीय मानवाधिकार दिवस' के रूप में मनाया जाता है, उसी प्रकार भाई घन्हैयाजी की पुण्यतिथि 20 सितंबर को 'अंतरराष्ट्रीय कर्तव्य दिवस' के रूप में घोषित किया जाना चाहिए। इस प्रयास से हमारी सरकारें और समाज एक नई शुरुआत के लिए प्रेरित हो सकते हैं। प्रत्येक नागरिक अधिकारों की माँग से पहले अपने कर्तव्य पालन को सुनिश्चित करें। इस प्रकार यदि कर्तव्य पालन हमारे समाज का एक मुख्य लक्षण बन जाता है तो स्वाभाविक रूप से अधिकारों की माँग करते हुए लाखों मुकदमे अदालतों में आने की संभावना समाप्त हो सकती है। कर्तव्य पालन की स्थापना से कानूनी और संवैधानिक अधिकारों के साथ-साथ मानवाधिकारों का भी उल्लंघन होने की संभावनाएँ समाप्त हो जाएँगी। पंजाब में भाई घन्हैयाजी की पुण्यतिथि को 'मानव सेवा दिवस' के रूप में मनाया जाता है। उनके नाम पर गठित कई मानव सेवा संगठन भी चिकित्सा सहायता के कार्यों में आज भी उन्हीं की तरह निष्काम सेवा में लगे हैं।

भारत तो ऋषियों-मुनियों और सूफी-संतों का देश है। हमारे आध्यात्मिक गुरुओं की स्मृति मात्र ही हमें आध्यात्मिक मार्ग पर चलने की प्रेरणा देती है। यदि गंभीरता से विचार किया जाए तो आध्यात्मिक मार्ग अपने आपमें कर्तव्यपालन का ही मार्ग है, जिसमें केवल अपने कर्तव्यपालन पर ईमानदारी से ध्यान दिया जाता है। फल अपने आप ही सुंदर और इच्छा से अधिक प्राप्त होते हैं। वास्तव में कर्तव्यपालन पर दृष्टि जमाकर कर्म करनेवाला व्यक्ति अपने कार्य में इतनी एकाग्रता विकसित कर लेता है कि उसे फलों की चिंता ही नहीं रहती। फल तो वैसे भी ईश्वराधीन होते हैं। योगीराज श्रीकृष्णजी ने गीता में यही उपदेश प्रत्येक मानव के लिए एक गंभीर और दार्शनिक चिंतन के रूप में प्रस्तुत किया है, इसी कारण आज सारा विश्व गीता के उपदेशों को कर्तव्यपालन के साथ जोड़कर समझ रहा है।

भाई घन्हैयाजी का जीवन उसी अध्यात्म मार्ग का प्रतीक है, जिसे आधुनिक भाषा में कर्तव्य मार्ग कहा जाता है। इसलिए मेरा केंद्र सरकार से निवेदन है कि वे इस महान् आत्मा के जन्मदिवस को 'अंतरराष्ट्रीय कर्तव्य दिवस' के रूप में घोषित करवाने के लिए सारे अंतरराष्ट्रीय समुदाय को प्रेरित करते हुए संयुक्त राष्ट्र संघ के समक्ष यह प्रस्ताव प्रस्तुत करें।

□

चित्रकूट का महत्त्व

केंद्र सरकार के पर्यटन मंत्रालय ने स्वदेश दर्शन योजना के अंतर्गत कुछ विशेष महत्त्वपूर्ण धार्मिक और सांस्कृतिक पर्यटन स्थलों को चिह्नित किया हुआ है। इस योजना में लगभग 50 विशेष सर्कट घोषित किए गए हैं। रामायण सर्कट, कृष्ण सर्कट, बुद्ध सर्कट, उत्तर-पूर्वी भारत सर्कट, समुद्री तटों का सर्कट, हिमालय सर्कट, वन्य जीवन सर्कट, आदिवासी सर्कट, ग्रामीण सर्कट तथा आध्यात्मिक सर्कट आदि। हरिद्वार, केदारनाथ, बद्रीधाम जैसे धार्मिक स्थलों को जोड़कर हिंदू सर्कट हैं तो दूसरी तरफ निजामुद्दीन औलिया, अजमेर शरीफ तथा चरारे शरीफ आदि को समाहित करते हुए मुसलिम सर्कट और दक्षिण भारत के कुछ विशेष चर्चों को शामिल करके इसाई सर्कट, हरिमंदिर साहब, नांदेड़ साहब, हेमकुंड साहब तथा पटना साहब को समाहित करके सिख सर्कट और इसी प्रकार जैन सर्कट, पारसी सर्कट, सूफी सर्कट आदि की योजनाएँ बनाई गईं। कृष्ण सर्कट में मथुरा, वृंदावन के साथ-साथ द्वारिका और कुरुक्षेत्र आदि को भी शामिल किया गया है। रामायण सर्कट में 6 राज्यों उत्तर प्रदेश, बिहार, तेलंगाना, छत्तीसगढ़, कर्नाटक तथा तमिलनाडु के 11 पर्यटन स्थलों को शामिल किया गया है। विशेषज्ञ समिति ने इस सर्कट में चित्रकूट को शामिल करने का भी महत्त्वपूर्ण सुझाव दिया था।

मर्यादा पुरुषोत्तम श्रीराम के भक्तों के लिए मध्य प्रदेश के सतना जिले का चित्रकूट क्षेत्र विशेष महत्त्व रखता है। इस क्षेत्र की प्राकृतिक छटा और यहाँ के जल स्रोत ने ही संभवतः श्रीरामचंद्रजी को अपने वनवास काल के 12 वर्ष से भी अधिक का समय यहीं बिताने के लिए मोहित कर लिया होगा। यह संपूर्ण क्षेत्र वनाच्छादित वादियों से घिरा हुआ है। इस क्षेत्र में श्रीरामचंद्रजी की उपस्थिति के इतिहास का गवाह बने अनेक ऐसे स्थल हैं, जो आज भारत की धार्मिक व सांस्कृतिक संपदा प्रतीत होते हैं। ऐसा माना जाता है कि श्रीरामचंद्रजी ने इस चित्रकूट क्षेत्र की 84 कोस परिधि को अपने श्री चरणों से पवित्र किया। श्रीराम का अनुगमन करते हुए भरत ने चित्रकूट में ही उनके दर्शन किए थे। इस क्षेत्र में कामाद गिरि पर्वत है, जिस पर राम-सीता की पर्णकुटी बनी थी और जिसकी परिक्रमा मथुरा-वृंदावन के गोवर्धन पर्वत की तरह की जाती है। जिस पहाड़ी पर लक्ष्मणजी राम

और सीता की पर्णकुटी की पहरेदारी करते थे, वह लक्ष्मण पहाड़ी के नाम से प्रसिद्ध है। रामघाट के किनारे भी एक पर्णकुटी थी, जो रामसैया के नाम से प्रसिद्ध है। इस स्थल पर राम-सीताजी के विश्राम चिह्न तथा धनुष चिह्न भी बने हुए हैं। देवांगना स्थल भी श्रीराम के जीवन से जुड़ा एक धर्म स्थान है। श्रीराम और सीता ने रामघाट पर भी कुछ समय आवास किया। भरत के प्रति श्रद्धा व्यक्त करते हुए भी एक स्थल मांडव्य आश्रम के नाम से प्रसिद्ध है। भरतजी श्रीराम के राज्याभिषेक के लिए सभी तीर्थों का जल लाए थे, जिसे अत्रि मुनिजी के परामर्श से भरतकूप में स्थापित किया गया था। वह भरतकूप भरतपुर में आज भी भरत की स्मृति में एक धार्मिक स्थल माना जाता है। स्फटिक शिला वह स्थल है, जहाँ इंद्रपुत्र जयंत ने कौवे के रूप में सीता माता पर प्रहार किया था। सीता माता के स्नान करनेवाले स्थल का नाम गुप्त गोदावरी है। टाठी घाट में मंदाकिनी गोल आकार लेती है, इसलिए इसका नाम थाली की तरह गोल अर्थात् टाठी जाना जाता है। अत्रि आश्रम वह स्थल है, जहाँ श्रीराम और सीता की भेंट अत्रि मुनि तथा माता अनुसुइया के साथ हुई थी। अमरावती श्रीराम के पूर्वज राजा अंबरीश की तप:स्थली है, जहाँ श्रीराम ने विश्राम किया था। यहीं पर विराध ने श्रीराम पर आक्रमण किया था। श्रीराम और विराध के युद्ध से श्रीराम के वस्त्र तथा हथियार खून से सन गए थे, जिन्हें टिकरिया पुष्करणी में धोया गया था। पुष्करणी के बाद श्रीराम ने मार्कंडेय आश्रम में पूजा की थी। विराध को जिस जगह दफनाया गया था, उस स्थल का नाम विराध कुंड है। शरभंग आश्रम में श्रीराम ने इंद्र को दर्शन दिए और शरभंग मुनि के साथ उनकी भेंट हुई। इस शरभंग आश्रम के आस-पास अनेक छोटे-बड़े स्थल, यज्ञ मंडप आदि श्रीराम की स्मृति को आज भी धार्मिक जनों के मन में जाग्रत् कर देते हैं। अश्वमुनि आश्रम वह स्थल है, जहाँ ऋषियों के लिए सुरक्षित स्थान बनाए गए। इसी स्थल पर अनेक राक्षसों का संहार हुआ था। सुतीक्ष्ण मिलन स्थल पर श्रीराम-सीता तथा लक्ष्मण की भेंट सुतीक्ष्ण मुनि के साथ हुई थी। सिद्धा पहाड़ के बारे में माना जाता है कि यह पहाड़ ऋषियों की अस्थियों के ढेर से बना है। जिन्हें देखकर श्रीराम ने भूमि को राक्षस विहीन करने की भीष्म प्रतिज्ञा की थी। बृहस्पति कुंड पर भी श्रीराम ने अनेक बार यज्ञ किए। तापस हनुमान मंदिर वह स्थल है, जहाँ तक भरद्वाज ऋषि ने अपने चार शिष्य श्रीराम को मार्ग बताने के लिए भेजे थे। लोरी स्थल पर दशरथ कुंड वह स्थान है, जहाँ श्रीराम जी को पिता दशरथ के स्वर्गवास का आभास हो गया था। उन्होंने सीता और लक्ष्मणजी को बताए बिना अपने पिता की स्मृति में श्रद्धा यज्ञ किया था। चित्रकूट मार्ग पर रामनगर गाँव में भी श्रीराम लक्ष्मण ने स्नान और पूजा की, जिसे कुमारद्वय तालाब कहा जाता है। महर्षि वाल्मीकि का प्राचीन आश्रम भी इसी क्षेत्र में है। एक स्थल का नाम सीता रसोई है, जहाँ स्थित एक कुएं को अमृतकुंड कहा जाता है। एक अन्य स्थल पर श्रीराम के पदचिह्न पूजे जाते हैं, जिसका नाम राम शैल है।

सुतीक्ष्ण आश्रम में सारंगधर वह स्थल है, जहाँ श्रीराम ने भुजाएँ उठाकर राक्षसों के वध की प्रतिज्ञा की थी। इस स्थल पर अद्‌भुत वट वृक्ष है, जिसके पत्ते बड़े होकर स्वतः ही दोने का आकार ले लेते हैं। साधकों का मानना है कि इस स्थल पर ध्यान अच्छा लगता है। अगस्त्य आश्रम जाने से पूर्व श्रीराम उनके भाई अग्निजिह्वा के आश्रम भी गए थे, जो आज भी इसी नाम से प्रसिद्ध हैं। अगस्त्य आश्रम स्वयं एक प्रसिद्ध धर्मस्थल है। कलिंजर वह दुर्ग है, जहाँ के शिलालेखों पर प्राचीन काल की गौरव गाथाएँ लिखी हुई हैं। ऐसा माना जाता है कि श्रीराम इस स्थल पर भी आए थे।

□

चिंता के विषय

शिक्षा में सैनिक प्रशिक्षण

आज हमारे देश के युवा वर्ग को हम सामान्यत: दिशाहीन होता हुआ देख रहे हैं। कुछ लोग बेशक औपचारिक शिक्षा में परीक्षाओं को उत्तीर्ण करते हुए बड़ी-बड़ी योग्यताओं को भी प्राप्त कर जाते हैं, परंतु नागरिकों के जीवन में स्व-अनुशासन से लेकर देशभक्ति तक के सिद्धांतों में अकसर हमें समाज की दशा कमजोर ही नजर आ रही है। आजादी के आंदोलन के समय युवाओं की भूमिका पर हमें गर्व होता है, आजादी के बाद भी लंबे समय तक हम युवाओं को सामाजिक कुरीतियों के खिलाफ अभियान छेड़ते हुए देख रहे थे, लेकिन आज का युवा सामाजिक कुरीतियों के खिलाफ खड़ा होना तो दूर की बात खुद आसानी से दिग्भ्रमित होकर नशे जैसी गंभीर आदतों का शिकार हो रहा है। मैं छात्रावस्था में राष्ट्रीय स्वयंसेवक संघ से जुड़ा हुआ था तो अकसर हमें कभी शहर की यातायात व्यवस्था के संचालन के लिए लगा दिया जाता था, कभी बाढ़ पीड़ित क्षेत्रों में भेज दिया जाता था, 1971 के युद्ध छिड़ने पर सैनिकों को भोजन आदि पहुँचाने के लिए रेलवे स्टेशनों पर नियुक्त कर दिया जाता था तो कभी गरमी के दिनों में रेलवे स्टेशनों पर सामान्य यात्रियों को भी जल आदि पिलाने के लिए नियुक्त कर दिया जाता था। उस समय हमें ऐसा लगता था कि हमारे जैसे भारत के लोगों में इतनी अपार सेवा भावना है कि किसी भी आवश्यक कार्य में सरकार बेशक कार्य करे या न करे हमें अपने कर्तव्य का पालन अवश्य करना चाहिए। यह सारी भावना हमारे अंदर एक अनुशासित संगठन के कारण पैदा हुई थी। कुछ दशक पूर्व तक एन.सी.सी. तथा एन.एस.एस. जैसी संस्थाओं का शिक्षा व्यवस्था में बोलबाला था, परंतु आज ये संस्थाएँ भी लगातार कमजोर होती जा रही हैं।

आज सड़क पर कोई वाहन दुर्घटना होती है तो उस दृश्य को देखकर निकल जानेवाले हजारों लोगों में से अकसर कोई एक भी व्यक्ति पीड़ित को अस्पताल ले जाने की हिम्मत नहीं दिखा पाता। दुर्घटना के बाद नकारात्मक सामाजिक एकता दिखाते हुए आरोपित ड्राइवर की गिरफ्तारी न होने पर पुलिस के विरुद्ध आंदोलन में तो हजारों लोग शामिल हो जाते हैं, अन्य वाहनों को आग लगाते हुए भी देखे जा सकते हैं, परंतु उस वक्त फिर ये लोग भूल जाते हैं कि शासन और प्रशासन के विरुद्ध अपनी बात उजागर

करने का आंदोलन भी अनुशासित तरीके से होना चाहिए। वे यह भूल जाते हैं कि यह सारा देश हमारे एक बड़े घर के समान है, इसकी सारी संपत्तियाँ हमारी अपनी संपत्तियाँ हैं। महिलाओं के साथ दुर्व्यवहार होता है, अनेक प्रकार के अपराध सरेआम होते हैं, परंतु युवा शक्ति ऐसे समय पर आगे बढ़कर सेवा और सहायता के लिए सामने नहीं आती। आज के युवाओं की मनोवैज्ञानिकता कमजोर और डरपोक हो चुकी है।

दूसरी तरफ आज हर व्यक्ति देश और समाज की सारी अव्यवस्थाओं के लिए सरकार को दोषी ठहराना प्रारंभ कर देता है। अपने कर्तव्य पालन की तरफ किसी का कोई ध्यान नहीं। यह सत्य है कि आज के युवक के सामने बेरोजगारी और अपने भविष्य को लेकर सबसे अधिक चिंता है। हर व्यक्ति भ्रष्टाचार से भी दु:खी दिखाई देता है। इन सारी अव्यवस्थाओं के बीच जीता हुआ युवक मजबूरन धीरे-धीरे नशे की चपेट में आने लगता है। परिणामस्वरूप केंद्र सरकार को सैकड़ों करोड़ रुपए नशामुक्ति जैसे कार्यों पर खर्च करने पड़ रहे हैं। हमारे देश के कुछ पूर्वी तथा दक्षिण प्रांतों में नक्सलवाद की समस्या भी प्रारंभ में युवाओं के विद्रोह का ही रूप था। यह सत्य है कि आज संसार का सबसे बड़ा उद्योग एक तरफ सैनिक सामान के उत्पादन और बिक्री का है तो दूसरी तरफ नशीले पदार्थों का अवैध धंधा भी सारे विश्व में एक उद्योग की तरह पनप रहा है। यह निस्संदेह एक अंतरराष्ट्रीय षड्यंत्र है, परंतु हमारे लिए सबसे प्रमुख विषय यह है कि हमारे युवा इस षड्यंत्र के शिकार न हों।

युवाओं को समाजसेवी, देशभक्त और अनुशासित नागरिक बनाने के लिए केवल एक ही मार्ग है कि उन्हें विद्यालय के स्तर पर अनिवार्य सैनिक प्रशिक्षण दिया जाए। यह सैनिक प्रशिक्षण खेल-खेल में युवाओं को सर्वांगीण विकास की ओर प्रेरित कर देता है, जहाँ शारीरिक और मानसिक रूप से सुदृढ़ छात्र अपनी औपचारिक शिक्षा के साथ-साथ समाज की हर सेवा के लिए तैयार हो सकते हैं।

मैंने लगभग 170 देशों में इस प्रकार के सैनिक प्रशिक्षण की व्यवस्थाओं का अध्ययन किया। कुछ देशों में यह प्रशिक्षण अनिवार्य है, कहीं ऐच्छिक है तो कहीं चयन करनेवाले विभिन्न विषयों के बीच इसका समावेश किया गया है। परंतु मेरी यह स्पष्ट मान्यता है कि भारत में विद्यालय स्तर पर युवक और युवतियों दोनों में यह प्रशिक्षण अनिवार्य किया जाना चाहिए। इस अभियान के अनेक लाभ होंगे।

सैनिक प्रशिक्षण के बाद युवक नशे की तरफ प्रेरित नहीं होंगे। ऐसे प्रशिक्षण से निकले युवक अनुशासित नागरिक की तरह अपने कार्यों को करेंगे तो समाज में नैतिकता की स्थापना भी स्वत: ही होने लगेगी। इस प्रशिक्षण में प्रत्येक छात्र का शारीरिक और मानसिक प्रशिक्षण भी समय-समय पर होता रहेगा, जिससे वह भविष्य में किसी बड़े रोग का शिकार होने से बच जाएगा। ऐसे युवक देश में अनुशासनहीन अर्थात् हिंसक

आंदोलनों में सहायक नहीं होंगे, अपितु उनके द्वारा चलाए गए समाज सुधार के आंदोलन एक सभ्य समाज की रचना में मील का पत्थर साबित होंगे। आज सारे देश में नागरिकों के मध्य जो नकारात्मक वातावरण बना हुआ है, इस प्रशिक्षण योजना के माध्यम से वह स्वत: ही लगभग 4-5 वर्षों के बाद एक अच्छे सकारात्मक वातावरण में बदल जाएगा। इस सकारात्मक वातावरण में सारा भारत देशभक्ति की भावनाओं से तरंगित होने लगेगा।

इन सब विचारों और उद्देश्यों को लेकर मैंने वर्ष 2012 में 'अनिवार्य मिलिट्री प्रशिक्षण' बिल संसद् में प्रस्तुत किया। जिसका मुख्य प्रावधान यह था कि देश के युवाओं को न्यूनतम एक वर्ष का अनिवार्य मिलिट्री प्रशिक्षण दिया जाए। इस प्रशिक्षण से निकले युवकों को सेना, अर्द्धसैनिक बलों, पुलिस तथा अन्य नौकरियों में कुछ प्राथमिकता दी जाए। ऐसे प्रशिक्षण प्राप्त युवक/युवतियाँ यदि बेरोजगार रहें तो उन्हें सरकार बेरोजगारी भत्ता दे। ऐसे प्रावधान बनने के बाद विद्यालय के प्रत्येक युवक/युवती में सैनिक प्रशिक्षण के लिए होड़ लग जाएगी।

इस बिल पर राज्यसभा में कई घंटे चर्चा हुई। इस चर्चा के दौरान मैं इतना हर्षित था, क्योंकि मुझे यह एहसास होने लगा था कि सभी राजनीतिक दलों के राजनेता इस बिल के समर्थन में विचार व्यक्त कर रहे थे। परंतु दुर्भाग्यवश मेरे इस बिल का भी वही हश्र हुआ जो आजादी के बाद बाकी निजी बिलों का होता रहा, बिल पारित नहीं हुआ। फिर भी मेरा उत्साह किसी दृष्टि से भी कम नहीं हुआ। मैं लगातार केंद्र सरकार को इसके लिए प्रेरित करता रहूँगा कि भारत की शिक्षा व्यवस्था में अनिवार्य सैनिक प्रशिक्षण को अनिवार्य किया जाए। हमारे स्व. प्रधानमंत्री श्री लाल बहादुर शास्त्रीजी का नारा 'जय जवान, जय किसान' भी भारत के युवाओं को फौजियों की तरह अनुशासित और सुदृढ़ बनाने की प्रेरणा था।

□

अपने कर्तव्य पहचानिए

भारत के संविधान, उसके आदर्शों, संस्थाओं, राष्ट्रीय ध्वज और राष्ट्रीय गान का आदर, स्वतंत्रता आंदोलन को प्रेरित करनेवाले राष्ट्रभक्ति के आदर्शों का अनुसरण, भारत की एकता और अखंडता की रक्षा, राष्ट्रवासियों की सेवा, सभी नागरिकों में भाईचारा स्थापित करना और भेदभाव वाली प्रथाओं का त्याग, स्त्रियों का सम्मान, भारत की संस्कृति और परंपराओं की रक्षा, पर्यावरण की रक्षा और प्राणियों के प्रति दयाभाव, वैज्ञानिक दृष्टिकोण, मानवतावाद, ज्ञान और सुधारवाद को प्रोत्साहन, सार्वजनिक संपत्ति की रक्षा और अहिंसा के सिद्धांत, अपने-अपने क्षेत्र में पारंगत होकर राष्ट्र के विकास में सहयोग, सभी बच्चों को शिक्षा के अवसर उपलब्ध करवाना आदि कुछ ऐसे कर्तव्य हैं, जिन्हें भारतीय संविधान के अनुच्छेद-51ए में नागरिकों के लिए कुछ मूल कर्तव्य के रूप में घोषित किया गया है।

यह अनुच्छेद संविधान के 42वें संशोधन के माध्यम से वर्ष 1976 में जोड़ा गया, जबकि नागरिकों के मूल अधिकार प्रारंभ से ही भारतीय संविधान में उपलब्ध थे। सर्वोच्च न्यायालय ने इन मूल कर्तव्यों को सदैव महत्त्वपूर्ण माना है, परंतु इनके लागू करने की बाध्यता को कभी स्वीकार नहीं किया।

मूल कर्तव्य का अर्थ है कि भारत के नागरिकों को कुछ ऐसे दायित्वों का स्मरण करवाना, जिनका पालन करना उनके अपने लिए तथा एक स्वतंत्र, निष्पक्ष, स्वस्थ और जिम्मेदार समाज की रचना के लिए महत्त्वपूर्ण हो। भारत अनेक प्रकार की परंपराओं और रीति-रिवाजों से संपन्न देश है। यहाँ अनेक मत-पंथों और विश्वासों को मानने वाले लोग रहते हैं। इतनी व्यापक भिन्नताओं के बावजूद सभी भारतवासी अपने आपको एक राष्ट्रीय संस्कृति से जुड़े हुए महसूस करें, यह तभी संभव है, जब सभी नागरिकों को मानवतावादी सभ्य समाज की रचना तथा देश की एकता से संबंधित कुछ मुख्य सिद्धांत मूल कर्तव्यों की तरह समझाए जाएँ। इस उद्देश्य को ध्यान में रखकर ही इन मूल कर्तव्यों को संविधान में जोड़ा गया।

आज भारतीय नागरिक जब राष्ट्रीय ध्वज और राष्ट्रीय गान का आदर नहीं करते तो

सर्वोच्च न्यायालय को तरह-तरह के निर्देश जारी करने पड़ते हैं। जबकि होना यह चाहिए था कि स्वतंत्रता के बाद से भारतीय नागरिकों के मन में इस राष्ट्रीय पहचान का सम्मान करने की भावनाएँ एवं परंपराएँ विकसित की जातीं। अनेक लोग संविधान और कानून का पालन नहीं करते और भिन्न-भिन्न प्रकार के अपराधों में लिप्त रहते हैं, उसका कारण है कि सरकार और समाज ने नागरिकों के मन में कानून का पालन करने के प्रति लगाव पैदा करने के कोई विशेष प्रयास नहीं किए। जिस प्रकार स्वतंत्रता आंदोलन के दौरान शहर-शहर और गाँव-गाँव में देशभक्ति का जलजला दिखाई देता था, वह आज इसलिए दिखाई नहीं देता कि स्वतंत्रता के बाद हमारी सरकारें नागरिकों को देशभक्ति के कोई विशेष कार्यक्रम नहीं दे पाई। देश में जब भी कहीं प्राकृतिक आपदाएँ आती हैं और सरकारें सभी नागरिकों से दान-अनुदान, धन और सामग्री की भिक्षा माँगना प्रारंभ करती हैं तो देखकर मन कितना संतुष्ट होता है कि एक प्रांत के पीड़ित नागरिकों के लिए देश के कोने-कोने से सहायता सामग्री प्रारंभ हो जाती है। इतना ही नहीं सात समुद्र पार बसने वाले भारतीय नागरिकों के मन में भी भारतवासियों के दु:खों में भागीदारी की भावनाएँ पनपने लगती हैं। प्रधानमंत्री सहायता कोष जैसे प्रयास भी इन्हीं कर्तव्यों का पालन सुनिश्चित कराने के लिए सारा वर्ष उदारतापूर्वक नागरिकों और संस्थाओं के सहयोग से सिंचित होते रहते हैं।

मानवतावाद के नाम पर तो सारा संसार देश, धर्म आदि की परवाह किए बिना ही सहायता की अपील को अपने कंधों पर ले लेता है। इसी प्रकार भारत की सरकार यदि अपनी संस्कृति, परंपराओं, पर्यावरण, संरक्षण और प्राणियों के प्रति दयाभाव आदि को लेकर नागरिकों के मन में समय-समय पर मानवतावादी अपीलें जारी करती रहे तो कोई कारण नहीं कि हमारा देश और समाज अनेक समस्याओं के समाधान स्वत: ही पैदा करने लगेगा।

जब भी कभी राजनीतिक या अन्य कारणों से प्रांतवाद, जातिवाद या संप्रदायवाद जैसे विवाद उभरते हैं तो उसका कारण सीधा दिखाई देता है कि हमारी सरकारें भाई-चारे और राष्ट्रीय एकता की भावनाओं को देश के नागरिकों के बीच स्थापित करने में सफल नहीं रह पाईं। जब भी किसी महिला के साथ समाज में बदसलूकी या अपराध सुनने को मिलता है, उसे भी सरकार की ही विफलता समझा जाता है। सरकार का कार्य केवल अपराधियों को दंडित करना ही नहीं है, अपितु उससे भी पहले सरकार का दायित्व यह होना चाहिए कि महिलाओं के सम्मान की भावनाओं को देश के एक-एक नागरिक के मन और मतिष्क में इस तरह बैठा दिया जाए कि ऐसे सिद्धांत प्रत्येक नागरिक को अपने जीवन का महत्त्वपूर्ण सिद्धांत समझने के लिए मजबूर कर दें। जब हम हड़तालों और आंदोलनों को हिंसक होते हुए देखते हैं और सरकारी भवनों, बसों आदि को अग्नि के भेंट चढ़ते हुए देखते हैं तो भी हमें सरकार की ही विफलता दिखाई देती है कि हमारी सरकारों

ने देश के नागरिकों को सार्वजनिक संपत्तियों की सुरक्षा और अहिंसक तरीकों का पाठ नहीं पढ़ाया। हमारी सरकारें देश के नागरिकों के हर दु:ख-दर्द में यदि अपने कर्तव्यपालन को पर्याप्त महत्त्व देतीं और नागरिकों को भी अपनी ऊर्जा, अपनी क्षमताएँ देशहित में विकसित करने की प्रेरणा देतीं तो शायद सार्वजनिक हिंसा हमारे समाज में देखने को भी न मिलती। गरीबी के कारण जब हम बच्चों को स्कूलों में नहीं अपितु ढाबों में बरतन साफ करते हुए, कारें साफ करते हुए और भिक्षावृत्ति में शामिल देखते हैं तो केवल मूल कर्तव्यों में शिक्षा के अवसर की प्रेरणाओं को शामिल करना पर्याप्त नहीं लगता। इन सब कर्तव्यों के पालन करने के लिए हमारी सरकारों को पहल करके विशेष सामाजिक क्रांति प्रारंभ करनी चाहिए।

सभी नागरिक मिलकर एक सरकार के माध्यम से अपने राष्ट्र का निर्माण करते हैं। इसलिए जब कुछ सिद्धांतों को नागरिकों के मूल कर्तव्यों के रूप में सूचीबद्ध किया जाता है तो स्वाभाविक रूप से वे सभी सिद्धांत सरकार के भी मूल कर्तव्य माने जाने चाहिए। किसी सिद्धांत को मूल कर्तव्य कहने का सीधा अभिप्राय यह है कि वह सिद्धांत हमारे जीवन का अत्यंत आवश्यक अंग है। मूल कर्तव्यों का महत्त्व जितना देश के नागरिकों के लिए है, उतना ही महत्त्व देश की सरकारों के लिए भी समझा जाना चाहिए। नागरिक केवल सरकार के माध्यम से ही एक संगठित शक्ति बनते हैं। इसलिए हमारी सरकारों को सबसे पहले इन मूल कर्तव्यों के प्रचार-प्रसार अर्थात् इन्हें नागरिकों के दिल और दिमाग तक स्थापित करने का प्रयास करना चाहिए। जब सरकारें इस कार्य को प्रारंभ कर देंगी तो स्वाभाविक रूप से अनेक धार्मिक, सामाजिक, राजनीतिक और अन्य गैर-सरकारी संगठन भी इस प्रयास में शामिल होने लगेंगे और एक दिन ऐसा आएगा, जब स्वाभाविक रूप से देश का एक-एक नागरिक इन मूल कर्तव्यों को अपने जीवन के लक्षण के रूप में धारण करता हुआ दिखाई देगा और यही मूल कर्तव्य सरकार के प्रयासों से एक महाक्रांति के रूप में दिखाई देने लगेंगे। कर्तव्यों की यह महाक्रांति प्रारंभ हो सकती है—राष्ट्रीय कर्तव्य दिवस की घोषणा के साथ।

□

कश्मीर में केंद्रीय अधिकारी

जम्मू कश्मीर राज्य से सेवानिवृत्त हुई एक महिला प्रशासनिक अधिकारी ने राज्य की राजनीति और प्रशासनिक सेवा के बीच चलने वाली खींचतान से संबंधित अनेक घटनाओं का उल्लेख करते हुए एक पुस्तक भी लिखी। भ्रष्टाचार के अतिरिक्त इस पुस्तक में यह पीड़ा भी व्यक्त की गई है कि जम्मू कश्मीर में प्रशासनिक अधिकारियों को भी बाहरी व्यक्ति की तरह समझा जाता है। जिस प्रकार राज्य की राजनीति में उग्रवाद समर्थन के तत्त्व पाए जाते हैं, उसके कारण भी प्रशासनिक अधिकारियों पर लगातार एक मानसिक दबाव बना रहता है। ऐसे वातावरण के चलते कोई भी प्रशासनिक अधिकारी लोगों की समस्याओं और विकास कार्यों पर पूरा ध्यान नहीं लगा पाता। ऐसे में केवल वही प्रशासनिक अधिकारी राज्य में टिके रह पाते हैं, जो राज्य की राजनीति के सामने समर्पण दिखाते हैं। क्योंकि ऐसे अधिकारियों को जम्मू कश्मीर की राजनीति संरक्षण देती है। ऐसी अवस्था में यदि कुछ प्रशासनिक अधिकारी जम्मू कश्मीर राज्य में सेवा देने से बचते हैं तो ऐसा स्वाभाविक ही है।

एक प्रशासनिक अधिकारी अपने जीवन में 30-35 वर्ष जनता की सेवा में लगाकर स्वाभाविक रूप से यह इच्छा रखता है कि जिस स्थान पर उसने लोगों की सेवाएँ की हैं, लोगों के साथ संबंध बनाए हैं, सेवानिवृत्ति के बाद वह उसी स्थान पर अपने जीवन का शेष समय भी शांतिपूर्वक बिता सके। परंतु जम्मू कश्मीर राज्य के कानूनों में इतना भी लचीलापन नहीं है कि 30-35 वर्ष तक लोगों की सेवा में लगे प्रशासनिक अधिकारियों को सेवानिवृत्ति का जीवन बिताने के लिए थोड़ी सी जमीन भी उपलब्ध करवाई जा सके या इन केंद्रीय उच्चाधिकारियों को अपनी भूमि या मकान खरीदने की अनुमति ही दी जा सके।

यदि राज्य सरकार राज्य के लोगों की उचित सेवा पर ध्यान देना चाहती है तो उसे सर्वप्रथम इन केंद्रीय उच्चाधिकारियों के व्यक्तिगत जीवन से जुड़ी कुछ समस्याओं पर तत्काल ध्यान देना होगा। किसी भी राज्य के विकास में सफलता तभी संभव हो सकती है, जब जनता से जुड़े अधिकारियों तक पूरी जिम्मेदारी और सम्मान के साथ शक्तियों का विकेंद्रीकरण किया जाए। इस जिम्मेदारी के चलते राजनीतिक हस्तक्षेप न्यूनतम स्तर

पर होना चाहिए।

तीन–चार दशकों की सेवा के दौरान यदि किसी केंद्रीय उच्चाधिकारी की मृत्यु होती है तो उसके आश्रितों को उनकी योग्यता के अनुसार राज्य सरकार में नौकरी देने का प्रावधान भी राज्य में इन उच्चाधिकारियों की कमी को दूर करने की दिशा में महत्त्वपूर्ण सिद्ध होगा। कुछ समय पूर्व जम्मू कश्मीर के दो आई.ए.एस. अधिकारियों की सेवा के दौरान मृत्यु हुई, जिनमें से एक मूलतः राजस्थान निवासी था तो दूसरा हरियाणा प्रांत से संबंधित था। मैंने इस संबंध में बहुत प्रयास किया, परंतु अब तक इनके किसी आश्रित को नौकरी आदि की सुविधा प्राप्त नहीं करवाई जा सकी। एक बार फिर मैंने प्रधानमंत्री तथा केंद्रीय गृहमंत्री को इस संबंध में एक विस्तृत ज्ञापन भेजा है।

राज्य सरकार को यह नहीं भूलना चाहिए कि सरकार और जनता के बीच यही केंद्रीय उच्चाधिकारी ही एक महत्त्वपूर्ण कड़ी हैं। सरकार का प्रत्येक कार्य इन्हीं अधिकारियों के माध्यम से जनता तक पहुँचता है और जनता की आवाज भी इन्हीं अधिकारियों के माध्यम से सरकार तक पहुँचती है, जिसके बल पर सरकार को नीतियों के निर्माण में भरपूर सहायता मिलती है। इसलिए इन केंद्रीय उच्चाधिकारियों को दिया गया पूर्ण संरक्षण और इनकी हर परेशानी के प्रति राज्य सरकार की संवेदनशीलता राज्य के हर छोटे–बड़े कार्य की गुणवत्ता को कई गुना बढ़ा सकती है।

□

जेलों का वातावरण सुधारवादी कैसे बने?

जेल की अवधारणा मूलत: अपराधी को दंडित करने के विचार के साथ जुड़ी है। वैसे तो जेल की सजा अपने आपमें एक दंड ही है। व्यक्ति को उसके परिवार और पूरे समाज से अलग करके एकांकी जीवन के रूप में दंड दिया जाता है। परंतु जेल के अंदर पहुँचकर कोई भी कैदी एकांकी जीवन जी नहीं पाता, उसे भिन्न-भिन्न प्रकार के कैदियों के साथ, नए समाज के साथ रहना पड़ता है। ऐसे वातावरण में अन्य अपराधियों के किस्से कहानियाँ उसे प्रभावित करते हैं। आपराधिक घटनाओं से जुड़े व्यक्तियों के बीच रहकर लगातार उन्हीं किस्सों को सुनते रहने से हर कैदी के मन पर प्रभाव पड़ता है। इस वातावरण में वह जब भी बाहर के समाज की कल्पना करता है तो उसे महसूस होता होगा कि समाज को उसके अपराध की जेल सजा से संतुष्टि नहीं हुई, इसलिए उसे स्थायी अपराधी मान लिया है। समाज की यह सोच उस अपराधी के लिए ही नहीं, अपितु बाहर बैठे उसके परिजनों के लिए भी रोज-रोज के मानसिक बोझ का विषय बन जाती है। जेल में बैठा अपराधी यह कल्पना नहीं कर पाता कि सजा काटने के बाद उसे समाज में वही पुराना सम्मान और जीवनयापन का वातावरण प्राप्त हो पाएगा, उसे कोई अच्छी नौकरी मिल पाएगी या एक सामान्य व्यवसाय में समाज उस पर विश्वास कर पाएगा। इन सभी प्रश्नों के उत्तर की कल्पना उसे नकारात्मक ही दिखाई देती होगी। ऐसे विचारों के बीच उसके लिए एक ही मार्ग दिखाई देता होगा कि वह भी अन्य अपराधियों की तरह अपराध को ही अपने जीवनयापन का साधन मान ले।

सिर्फ जेल सुधार के लिए कुछ नियमों या व्यवस्थाओं को बदलने से यह सारा वातावरण सुधर जाएगा इसकी शत-प्रतिशत संभावना नहीं है। वास्तव में जब सारे समाज को अपराध के मनोवैज्ञानिकता से जुड़े सभी पक्षों पर एक निश्चित दिशा समझाई जाएगी और उसका क्रियान्वयन सर्वप्रथम जेल के अंदर से ही होगा तो स्वाभाविक रूप से व्यापक परिवर्तन का मार्ग प्रशस्त होगा।

इसके लिए सबसे पहला सुझाव तो यही है कि जेल प्रशासक को एक ऐसे महान् व्यक्तित्व के रूप में तैयार किया जाए, जिसे प्रत्येक अपराधी एक गंभीर चुनौती के साथ

सौंपा जा सके। इस आशा और विश्वास के साथ कि जेल प्रशासन का वह मुखिया अपने अधीन सारे प्रशासन तंत्र को उस अपराधी के पूर्ण कायाकल्प के लिए झोंक देगा। जेल प्रशासन मुखिया को सैद्धांतिक रूप से ऐसा मनोवैज्ञानिक विशेषज्ञ होना चाहिए, जो यह दावा कर सके कि उसे अपराधी प्रवृत्तियों से ग्रस्त व्यक्ति सौंपा जा रहा है, जिसकी शिक्षा, मन और बुद्धि की अवस्थाओं को ध्यान में रखते हुए उसकी सजा अवधि के दौरान ही उसे उस अपराधी को एक सामाजिक और हो सके तो उच्च आध्यात्मिक व्यक्ति के रूप में परिवर्तित करना है। यदि जेल प्रशासन को इस प्रकार के लक्ष्य के लिए तैयार किया जा सके तो यह असंभव नहीं होगा कि जेल में प्रवेश करनेवाला प्रत्येक अपराधी अपनी सजा अवधि के बाद समाज को एक परोपकारी, त्यागी, ईमानदार और अहिंसक व्यक्ति के रूप में प्राप्त होगा। यदि जेल प्रशासन इतने महान् कार्य को जेल दिनचर्या का मूल सिद्धांत बना सके तो निस्संदेह समाज भी ऐसे प्रशासन द्वारा तैयार किए गए व्यक्तियों को पुन: एक सामान्य नागरिक की तरह स्वीकार करने में संकोच नहीं करेगा।

सारे देश में लगभग 1300 से कुछ अधिक जेलों के लिए ऐसे जेल प्रशासन मुखियाओं का चयन नव-नियुक्त भारतीय प्रशासनिक सेवा (आई.ए.एस.), भारतीय पुलिस सेवा (आई.पी.एस.), भारतीय राजस्व सेवा (आई.आर.एस.), भारतीय विदेश सेवा (आई. एफ.एस.) की तरह एक अलग वर्ग के रूप में किया जा सकता है। जिस प्रकार प्रशासनिक अधिकारियों या पुलिस अधिकारियों को अपने-अपने क्षेत्र का प्रशिक्षण दिया जाता है, उसी प्रकार जेल प्रशासनिक मुखिया के रूप में एक नया क्षेत्र निर्धारित करना होगा जिसका नाम भारतीय प्रिजन प्रशासनिक अधिकारी अर्थात् आई.पी.ए.एस. रखा जा सकता है। इस क्षेत्र में नियुक्त अधिकारी को जेल प्रशासन के सुधारात्मक पक्ष के बारे में विशेष रूप से प्रशिक्षित किया जा सकता है। ऐसे जेल प्रशासन मुखियाओं में मानवतावाद, सामाजिकता और आध्यात्मिकता के उच्च सिद्धांतों के प्रति लगाव सर्वोच्च महत्त्व का लक्षण होना चाहिए। ऐसे लक्षणों से सुसज्जित आई.पी.ए.एस. अधिकारियों को जब देश की जेलों का प्रमुख नियुक्त किया जाएगा तो स्वाभाविक रूप से एक दशक के अंदर ही इसके अच्छे परिणाम भी सामने आने लगेंगे।

जेल सुधार के अनेक महत्त्वपूर्ण विषयों पर असंख्य आँकड़े और शोध आदि उपलब्ध हैं। जेल सुधार के नाम पर कैदियों की अनेक भौतिक आवश्यकताओं के लिए आवाज उठाई जाती है। परंतु जेल सुधार के इस बीज मंत्र पर आज तक किसी विद्वान् शोधकर्ता ने इतनी गहरी गंभीरता के साथ विचार प्रस्तुत नहीं किया। संयुक्त राष्ट्र संघ ने भी जेल सुधार के नाम पर अनेक भौतिक आवश्यकताओं के साथ-साथ सुधारवादी प्रयासों को सूचीबद्ध किया है। परंतु जेल प्रशासन के मुखिया के रूप में एक उच्च मनोवैज्ञानिक और आध्यात्मिक विशेषज्ञ को नियुक्त किया जाए, जो एक अपराधी व्यक्ति में से राक्षसी

प्रवृत्तियों को उखाड़कर बाहर फेंकने और उस अपराधी व्यक्ति में सामान्य मानवीय, सामाजिक और आध्यात्मिक प्रवृत्तियों का उदय करने में सक्षम हो, आत्मविश्वास से परिपूर्ण हो। ऐसी कल्पना अभी विश्व के किसी भी देश या संयुक्त राष्ट्र संघ के संज्ञान में भी नहीं लाई जा सकी।

मैंने स्वयं दिल्ली की तिहाड़ जेल सहित पंजाब की 7 जेलों में दौरे करके कैदियों को 'जल बचाओ अभियान' से जोड़ने का प्रयास किया। इस अभियान के कुछ समय बाद जब मैंने इन जेलों से कैदियों में परिवर्तन की रिपोर्ट माँगी तो मुझे पता लगा कि बहुत बड़ी संख्या में कैदी 'जल बचाओ अभियान' के लगभग सभी महत्त्वपूर्ण निर्देशों को क्रियान्वित करने लगे हैं। इससे मुझे यह अनुभव हुआ कि कैदियों को भी यदि किसी अच्छी और लाभकारी बातों की तरफ आकृष्ट किया जाए, तो वे ऐसे विचारों को अवश्य ही स्वीकार करते हैं और उन्हें जीवन में उतारने लगते हैं। पंजाब मानवाधिकार आयोग का सदस्य होने के नाते भी मैंने अनेक बार जेलों में जाकर कैदियों की समस्याएँ सुनने और उनकी हर संभव मदद करने के लिए प्रयास किए। उससे भी मेरा यही अनुभव रहा कि जेल के अंदर बीतने वाला जीवन भी अपने भविष्य के सुधार के प्रति उतना ही सचेत और अनुसरण करनेवाला होता है, जितना जेल के बाहर रहनेवाला सामान्य नागरिक।

इस बीच भारतीय रेडक्रॉस सोसाइटी निकट भविष्य में भारत की जेलों में सजा काट रहे अपराधियों में से कुछ को उनकी योग्यता के अनुसार चुनकर प्राथमिक चिकित्सा (फर्स्ट एड) का प्रशिक्षण देने की व्यापक योजना पर भी विचार कर रही है। यदि यह योजना क्रियात्मक रूप से सामने आ पाई तो यह भी अपने आपमें कैदियों को सामाजिक मानसिकता में ढालने का एक सुंदर प्रयास होगा। जो कैदी प्राथमिक चिकित्सा में प्रशिक्षित होंगे, उनका कार्य जेल के अन्य साथियों को आवश्यकता पड़ने पर चिकित्सा सहायता के साथ-साथ एक सामान्य स्वास्थ्य कार्यकर्ता की तरह भी विकसित किया जा सकेगा।

□

राजनीति में महिलाओं की भागीदारी

राज्यसभा सांसद के नाते मुझे अंतरराष्ट्रीय संसदीय संगठन के अफ्रीका महाद्वीप के जांबिया देश में हुए सम्मेलन में भाग लेने का अवसर प्राप्त हुआ। सम्मेलन का विषय था—'राजनीतिक प्रक्रिया में महिलाओं की भागीदारी'। यह अंतरराष्ट्रीय संगठन महिलाओं को राजनीतिक प्रक्रिया में सशक्त बनाने के लिए कई दशकों से विशेष प्रयास कर रहा है। इससे पूर्व भी कई बार इस संगठन ने महिला विषयों पर कई सम्मेलन आयोजित किए थे। महिलाओं की राजनीतिक भागीदारी सुनिश्चित करने के लिए एक अंतरराष्ट्रीय संयोजन समिति भी गठित की है, जिसमें सदस्य देशों से एक-एक महिला सांसद को शामिल किया गया है, जो अपने देश में इस संगठन का प्रतिनिधित्व करते हुए संगठन के विचारों और प्रस्तावों को अपने देश के राजनीतिक दलों और सरकारों तक पहुँचाने का कार्य कर सके। इस अंतरराष्ट्रीय संगठन की यह महिला समिति लगातार स्वतंत्र रूप से कार्य करती रहती है। इसी संगठन के प्रयासों का परिणाम है कि आज सारे विश्व में महिलाओं की राजनीतिक भागीदारी लगातार बढ़ती जा रही है।

भारत की राजनीतिक प्रक्रिया में महिलाओं की भागीदारी के संबंध में सम्मेलन को संबोधित करते हुए मैंने कुछ आँकड़े प्रस्तुत किए। भारतीय संविधान में 73वें और 74वें संशोधन के माध्यम से देश भर में पंचायत स्तर पर निर्वाचन प्रक्रिया में 50 प्रतिशत महिलाओं की भागीदारी सुनिश्चित की गई। इसका परिणाम यह निकला कि पहले पंचायत स्तर पर लगभग 4 प्रतिशत महिलाएँ भाग लेती थीं, जो अब 50 प्रतिशत के लगभग पहुँच चुकी हैं। आज भारत के 4 राज्यों जम्मू-कश्मीर, पश्चिम बंगाल, गुजरात तथा राजस्थान में महिला मुख्यमंत्री भारत की इस प्रतिबद्धता को व्यक्त कर रही हैं कि भारत में महिलाओं की राजनीतिक भागीदारी में किसी प्रकार की भी कोई बाधा नहीं है। पूर्वकाल में श्रीमती सुचेता कृपलानी तथा सुश्री मायावती उत्तर प्रदेश की मुख्यमंत्री रह चुकी हैं। 1972 से 1976 के मध्य श्रीमती नंदिनी सतपति उड़ीसा की मुख्यमंत्री थीं। 1970 के ही दशक में श्रीमती शशिकला काकोदकर गोवा की मुख्यमंत्री थीं। 1980 के दशक में एक मुसलिम महिला सईदा अनवर तैमूर आसाम की मुख्यमंत्री रहीं तो तमिलनाडु में जानकी रामचंद्रन

और जयललिता ने मुख्यमंत्री पद को सुशोभित किया। 1990 के दशक में पंजाब में श्रीमती राजेंद्र कौर भट्टल मुख्यमंत्री रहीं, बिहार में श्रीमती राबड़ी देवी, दिल्ली में श्रीमती सुषमा स्वराज तथा श्रीमती शीला दीक्षित मुख्यमंत्री रहीं। 2003 में सुश्री उमा भारती ने मध्य प्रदेश मुख्यमंत्री पद का दायित्व सँभाला। कोई भी महिला एक सामान्य पुरुष की तरह राजनीति में भाग ले सकती है और सारे देश का नेतृत्व कर सकती है। भारत में राष्ट्रीय तथा क्षेत्रीय स्तर के 5 मुख्य राजनीतिक दल ऐसे हैं, जिनका पूरा नेतृत्व और नियंत्रण महिलाओं के हाथ में है, जैसे—कांग्रेस की पूर्व अध्यक्षा श्रीमती सोनिया गांधी, बहुजन समाजवादी पार्टी की सुश्री मायावती, पश्चिम बंगाल की सुश्री ममता बनर्जी तथा जम्मू-कश्मीर पी.डी.पी. की मुखिया सुश्री महबूबा मुफ्ती।

भारत की प्रथम महिला प्रधानमंत्री श्रीमती इंदिरा गांधी के काल से ही यह सिद्ध हो चुका था कि भारत में राजनीतिक स्वतंत्रता संविधान में ही नहीं, अपितु वास्तविक रूप में क्रियान्वित है। श्रीमती प्रतिभा पाटिल भारत के राष्ट्रपति पद को भी सुशोभित कर चुकी हैं। भारतीय संसद् में वर्तमान लोकसभा अध्यक्षा श्रीमती सुमित्रा महाजन के अतिरिक्त श्रीमती मीरा कुमार भी इस पद को सुशोभित कर चुकी हैं। भारतीय राज्यों में 1947 से आज तक लगभग 23 महिलाएँ राज्यपाल पद को भी सुशोभित कर चुकी हैं। उत्तर प्रदेश की तो प्रथम महिला राज्यपाल भारत कोकिला और सुविख्यात स्वतंत्रता सेनानी श्रीमती सरोजनी नायडू बनी थीं। उसके बाद पश्चिम बंगाल में पद्मजा नायडू, महाराष्ट्र में विजय लक्ष्मी पंडित, आंध्र प्रदेश तथा गुजरात में श्रीमती शारदा मुखर्जी, आंध्र प्रदेश में श्रीमती कुमुदबेन जोशी, केरल में श्रीमती ज्योति वेंकटचलम, रामदुलारी सिन्हा तथा श्रीमती शीला दीक्षित, मध्य प्रदेश में श्रीमती सरला ग्रेवाल, पुद्दुचेरी में श्रीमती चंद्रवती तथा राजेंद्र कुमारी वाजपेयी, तमिलनाडु में श्रीमती फातिमा बीबी, हिमाचल प्रदेश में श्रीमती शीला कौल, श्रीमती वी.एस. रमादेवी, श्रीमती प्रभा राव तथा श्रीमती उर्मिला सिंह, कर्नाटक में श्रीमती वी.एस. रमादेवी, राजस्थान में श्रीमती प्रतिभा पाटिल, श्रीमती प्रभा राव तथा मारग्रेट अलवा, उत्तराखंड में श्रीमती मारग्रेट अलवा, गुजरात में श्रीमती कमला बेनीवाल, मिजोरम में कमला बेनीवाल, गोवा में श्रीमती मृदुला सिन्हा तथा झारखंड में श्रीमती द्रौपदी आदि ने राज्यपाल पद को सुशोभित किया है।

प्रधानमंत्री श्री नरेंद्र मोदी ने अपने कार्यकाल के शुरू में ही 'बेटी बचाओ, बेटी पढ़ाओ' अभियान के द्वारा महिलाओं के लिए जीवन जीने की मूल स्वतंत्रता को सुरक्षित करने के प्रति अपना संकल्प व्यक्त किया। इस अभियान के पीछे प्रधानमंत्रीजी की सोच यही थी कि बेटियों का जीवन सुरक्षित करके उन्हें पढ़ा-लिखाकर हर प्रकार से संपन्न और प्रगतिशील बनाया जाना चाहिए।

आज हमारे देश के उच्च न्यायालयों में अनेक महिलाएँ न्यायाधीश पदों को सुशोभित

कर रही हैं। जिला अदालत स्तर तक भी अनेक महिलाएँ न्यायाधीश के रूप में न्याय प्रक्रिया के मूल को सुदृढ़ कर रही हैं। सर्वोच्च न्यायालय के न्यायाधीश पद पर भी महिलाएँ पहुँच चुकी हैं। एयरफोर्स जैसे जोखिम भरे संगठनों में भी महिलाओं की भागीदारी अब पूरी बराबरी के साथ सुनिश्चित हो चुकी है। भारत के व्यापार और उद्योगों में भी महिलाओं की भागीदारी लगातार बढ़ती जा रही है। मीडिया में आज महिलाएँ पुरुषों के बराबर ही सक्षम हो चुकी हैं। इसके अतिरिक्त विज्ञान प्रौद्योगिकी सहित जीवन के सभी क्षेत्रों में महिलाएँ लगातार अग्रसर हो रही हैं। प्रतिवर्ष मैट्रिक और इंटर की बोर्ड परीक्षाओं में और यहाँ तक कि आई.ए.एस. तथा अन्य प्रतियोगी परीक्षाओं में भी महिलाएँ कई बार तो पुरुषों से भी अधिक आगे दिखाई देती हैं।

भारतीय राजनीतिक प्रक्रिया ही नहीं अपितु समग्र समाज में महिलाओं की इस बढ़ती भागीदारी को देखकर हमें गर्व होना चाहिए कि हमारे देश के किसी मार्ग पर भी महिलाओं की स्वतंत्रता बाधित नहीं है। महाराष्ट्र तथा दक्षिण भारत के कुछ मंदिरों में हाल ही में महिलाओं के प्रवेश पर प्रतिबंध के संबंध में न्याय प्रक्रिया ने कड़ा रुख अपनाते हुए महिलाओं को बराबरी का मूल अधिकार प्रदान किया है।

विधानसभाओं तथा संसद् में महिलाओं के लिए 33 प्रतिशत आरक्षण को लेकर राष्ट्रीय स्तर पर जो कानून तैयार किया गया है, उसे राज्यसभा तो पारित कर चुकी है और आशा है कि लोकसभा भी देर-सवेर इस बिल को पारित करके एक चिर-प्रतिक्षित योजना के लिए मार्ग प्रशस्त करेगी।

□□□